春风再一次刷新了世界

李少君 著

GUANGXI NORMAL UNIVERSITY PRESS
广西师范大学出版社
·桂林·

春风再一次刷新了世界

CHUNFENG ZAI YI CI SHUAXIN LE SHIJIE

图书在版编目（CIP）数据

春风再一次刷新了世界 / 李少君著. -- 桂林 : 广西师范大学出版社，2025. 5. -- ISBN 978-7-5598-8013-0

Ⅰ. I217.2

中国国家版本馆 CIP 数据核字第 2025C6X934 号

广西师范大学出版社出版发行

广西桂林市五里店路 9 号　　邮政编码：541004

网址：http://www.bbtpress.com

出版人：黄轩庄

全国新华书店经销

北京博海升彩色印刷有限公司印刷

北京市通州区中关村科技园区通州园金桥科技产业基地环宇路 6 号

邮政编码：100076

开本：940 mm × 1 230 mm　1/32

印张：12.5　　字数：220 千

2025 年 5 月第 1 版　　2025 年 5 月第 1 次印刷

印数：0 001~5 000 册　　定价：68.00 元

目　录

散文及散文诗卷

小说卷

诗论卷

随笔卷

诗歌卷

抒怀

树下，我们谈起各自的理想
你说你要为山立传，为水写史

我呢，只想拍一套云的写真集
画一幅窗口的风景画
（间以一两声鸟鸣）
以及一帧家中小女孩的素描

当然，她一定要站在院子里的木瓜树下

应该对春天有所表示

倾听过春雷运动的人，都会记忆顽固
深信春天已经自天外抵达

我暗下决心，不再沉迷于暖气催眠的昏睡里
应该勒马悬崖，对春天有所表示了

即使一切都还在争夺之中，冬寒仍不甘退却
即使还需要一轮皓月，才能拨开沉沉夜雾

应该向大地发射一支支燕子的令箭
应该向天空吹奏起高亢嘹亮的笛音

这样，才会突破封锁，浮现明媚的春光
让一缕一缕的云彩，铺展到整个世界

霞浦的海

一

霞浦，霞光的巢穴
霞光从此起飞，霞光从此出动
黄昏，全部收回，织就满天锦绣

二

霞浦，霞光的渊薮
从天边涌来，从海中跃出
取下毛笔，蘸一点霞光，写万千彩章

三

霞浦，山海相映
山之陡峭，恰显海之气象
海之辽阔，方有山之险峻
山，高耸出了高度；海，深沉进而深远

四

霞浦自成一世界，云环雾罩
竖立的悬崖是你的，岬角的小花也是
混沌的雾霭是你的，推涌的波浪也是
海是天然舞台，那一轮磅礴而出的崭新的太阳
也是你的

五

海刷新着世界，每一天都是新的一天
海永远年轻，古老只属于速朽的事物

在霞浦，一切如此现代并继续现代
每天花样翻新的云，每天轮流升起的日和月
你也不再是昨天的你，你已被海风刷新了境界

当我在世界各地行走……

我到过东欧小城郊外的葡萄园
草木静寂，没有任何人来欢迎我们
一条小狗一只小猫都没有
但我们仍欣欣然，在枝叶间一路游荡

我还到过德黑兰市中心的公园里
穆斯林在草地上铺开地毯，合围而坐
青年男女赤脚伸进沟渠冰凉的水里
他们的快乐，不只是表面上的

我也到过新泽西附近的茂密森林里
公路旁停留时，我看见一头鹿迅疾离去
但当地人告诉我，隐秘的不远处
也许有一只狼正冷眼盯着我

我每走到一处，总有声音提醒我：
下车时请带好你的贵重物品
我想了一下，我最贵重的
只有我自己，和我的一颗心

西山暮色

久居西山，心底渐有风云
傍晚我们要下山时，他还不肯走
说要守住这一山暮色

他端坐寺庙前，仿佛一个守庙人
他黝黑朴实的面孔，也适宜这一角色
他目送我们，也目送一个清静时代的远去

热带雨林

雨幕一拉，就有了热带雨林的气息
细枝绿叶也舒展开来，显得浓郁茂盛
雨水不停地滴下，一条小径通向密林
再加上氤氲的气象，朦胧且深不可测

没有雨，如何能称之为热带雨林呢
在没有雨的季节，整个林子疲软无力
鸟鸣也显得零散，无法唤醒内心的记忆
雨点，是最深刻的一种寂静的怀乡方式

江南

春风的和善，每天都教育着我们
雨的温润，时常熏陶着我们
在江南，很容易就成为一个一个的书生

还有流水的耐心绵长，让我们学会执着

最终，亭台楼阁的端庄整齐
以及昆曲里散发的微小细腻的人性的光辉
教给了我们什么是美的规范

父亲的身影未出现

“你爸身体不舒服，不下楼吃饭了”
梦中，我们兄弟三人，围坐一桌
母亲做完菜，解下围裙
擦了一下手，招呼我们开始吃晚饭

这是第一次，父亲的身影没有出现
半个月前，父亲去世了
这是他去世后第一次出现在我梦中
母亲说他去世前两天就没怎么吃东西

这一次，父亲的身影未出现
在梦中，他也只是被我们谈论到……

西部的旧公路

从高速疾驰而来的东部人
难以适应这里的荒芜和慢节奏

夕阳西下，人烟稀疏
公路前头慢吞吞行走的牛群
它们从不理睬你的喇叭和喊叫
任你费尽力气吆喝驱赶也不让路

这些牲畜就是要用这种态度告诉你：
它们才是这里真正的主人！

自述

在古代，我应该是一只鹰
在河西走廊的上空逡巡

后来，坐化为麦积山上的一尊佛像
浓荫之下守护李杜诗意地和一方祖庭

当代，我幻变为一只海鸥
踩着绿波踏着碧浪，出没于海天一色

但我自由不羁的灵魂里
始终回荡着来自西域的野性风暴

忆上林湖

那一年，一个以春天名义的雅集
四位俊友，在湖中小船上逍遥
青梅酒令人兴致勃勃，但不至于癫狂
我还年轻，你也身体无恙
正是意气风发的洒脱年龄
文质彬彬的节制之后，渐露狂野
脱口成诗，挥洒落笔，举杯敬清风和青山

一整个春天的清香都在四围流淌
我们尚不知已被时代的幸运之神垂顾过
此后，我温如玉，你坚如青瓷
而另外两位，也如竹与兰在尘世各自馨香

来雁塔之问

万亩荷花，十里垂柳，随处竹林
如此风光遗产，还剩多少？

半池月色，一泓清水，数声蛙鸣
此等闲适心态，还余几分？

吟两句诗，抚一曲琴，养一夜心
这样的隐逸君子，还有几个？

情似湘江，顽如石鼓，固若衡岳
此等节操胸襟，当下何处可觅？

年少时在南北各地行走，怀此疑问
现如今东洲岛上船山书院或可解惑

送别
——致李叔同

送别
你把自己送到了寂静之地
悲欣交集，终归圆寂

你凡事认真
一刀一笔刻下的人生印迹
历历清晰，如一幅版画
从繁华落为枯寂，不过色相

你曾历尘世，遍居佛国
始终未能逃离孤独之境
一世为孤独世，一国乃孤独国
芒鞋青衫竹杖，一人是孤独行者

碧玉

国家一大，就有回旋的余地
你一小，就可以握在手中慢慢地玩味
什么是温软如玉啊
他在国家和你之间游刃有余

一会儿是家国大事
一会儿是儿女情长
焦头烂额时，你是一帖他贴在胸口的清凉剂
安宁无事时，你是他缠绵心头的一段柔肠

在松溪遇见青山

星夜，携一本王维诗集到松溪
早晨推开窗，抬头就是满目青山

夜车的清风已经提醒过我
这一定是郁郁松林里才有的草木清香

通往青山的道路有几条？
有一条肯定是我这样循迹连夜而来的

在松溪，青山无处不在
你有意抑或无意，前后左右都会邂逅青山

在青山之下，你想到的也许是都市红尘
那就把青山独独留给我吧
我愿在此逍遥度世，度过与世无争的一世

春天里的闲意思

云给山顶戴了一顶白帽子
小径与藤蔓相互缠绕，牵挂些花花草草
溪水自山崖溅落，又急吼吼地奔淌入海
春风啊，尽做一些无赖的事情
吹得野花香四处飘溢，又让牛羊
和自驾的男男女女在山间迷失……

这都只是一些闲意思
青山兀自不动，只管打坐入定

故乡感

我和各地的人都有过交流
他们都有着固执但各异的故乡感

胡同那头射来的一道晨光
映照热气腾腾的早点铺
磨剪子抢菜刀的吆喝声
……这一切是秋风唤起的故乡感

也有人重点强调阳春三月杏花江南
悠长小巷里打着印花雨伞
结着丁香一样哀愁的红颜女子

但是，最打动我的是一个游子的梦呓：
院子里的草丛略有些荒芜
才有故园感，而阔叶
绿了又黄，长了又落……

傍晚

傍晚，吃饭了
我出去喊仍在林子里散步的老父亲

夜色正一点一点地渗透
黑暗如墨汁在宣纸上蔓延
我每喊一声，夜色就被推开推远一点点
喊声一停，夜色又聚集围拢了过来

我喊父亲的声音
在林子里久久回响
又在风中如波纹般荡漾开来

父亲的应答声
使夜色明亮了一下

南渡江

每天，我都会驱车去看一眼南渡江
有时，仅仅是为了知道晨曦中的南渡江
较夕阳西下的南渡江有无变化
或者，烟雨朦胧中的南渡江
与月光下的南渡江有什么不同

看了又怎么样？
看了，心情就会好一点点

西湖边

为什么走了很久都没有风
一走到湖边就有了风？
杨柳依依，红男绿女
都坐在树下的长椅上
白堤在湖心波影里荡漾

我和她的争吵
也一下子被风吹散了

敬亭山记

我们所有的努力都抵不上
一阵春风，它催发花香
催促鸟啼，它使万物开怀
让爱情发光

我们所有的努力都抵不上
一只飞鸟，晴空一飞冲天
黄昏必返巢
我们这些回不去的浪子，魂归何处

我们所有的努力都抵不上
敬亭山上的一座亭子
它是中心，万千风景汇聚到一点
人们云一样从四面八方赶来朝拜

我们所有的努力都抵不上
李白斗酒写成的诗篇
它使我们在此相聚畅饮长啸
忘却了古今之异，消泯于山水之间

端午怀屈原

一

凤凰，一定是天边彩霞的奇幻转化
如此明艳斑斓，又如此神行飘逸
以丽天为疆域，与日月并驾齐驱，翩然飞翔
只有你和你的诗篇配得上这灿烂的荣耀
在宜昌秭归，我看过朝霞和晚霞后得出这一结论

二

凤凰驾驭长风，展开四方，择木而栖
首选梧桐、橘树等，南方嘉木亦获青睐
芰荷和芙蓉装扮织就绚丽缤纷的衣裳
在沅芷澧兰的领地，在汨罗江流域
我仰望高大挺拔的乔木，一如仰望你之身影

三

危情时刻，重温你激荡过无数灵魂的诗章
仍强烈地深深打动我，响亮轰鸣的黄钟大吕
千百年来一直回荡在悠久古老的中国大地上
那些浓烈的热爱，那些深沉的悲愤和哀痛
和滚滚而下的长江一起，冲击着敲打着中国的胸膛

四

世间常有骚与愤，不过随风而逝的情绪发泄
唯你的抒情，凌云而上，升华为一种精神
因你配之以道与义，饰之以香草幽兰
你以璎珞编缀，绸缎铺之，霓虹耀之
文采斐然，彰显天地间最惊艳动人之锦绣华章

五

端午祭日，我居家拜读完你的黄金诗篇
谨携小院里所有花草树木致敬高天凤凰
它们是（排名不分先后）：香柏、牡丹、玫瑰
女贞、丁香、水杉、碧桃、卫茅、玉簪、晚樱
忍冬、鸢尾、杜仲、棣棠、黄杨、榆叶梅和国槐

清明

这一天注定细雨霏霏，或春光明媚
这一天青草萋萋，树木肃穆
这一天花亦安静，鸟亦低语
这一天水寂寞无声，山等候着前来扫墓者

这一天，沿途皆迷幻，似曾相识
老者和孩子，旧识与新人，死者或生者
都被春之魔力从各个角落召唤出来
每一个皆有缘者，每一个都仿佛亲人

这一天可以思前顾后，告往知来
借一场大哭卸下包袱，轻装出发
这一天可以穿越阴阳，抹平差距
蝴蝶白日盘桓坟地，燕子日暮按时返回檐巢

这一天是一切交接、轮回和中转的平台
前乃冬之风霜背影，后为春之轻盈步履
一边是哀泣与祭祀，一边是踏青与高歌
悲伤与喜悦同一刻发生，酒醉催促高潮

这一天，神和鬼私自默契
应许诺万物以安宁清静
这一天，天和地亦商量妥当
要启用这一天来达成一个世上的大和解

在北碚

一

自在据说是此地典型生活方式
溪水相伴，花草长期驻扎在窗前
白云，随一声声鸟鸣不时地来探望你

孤独，由此打开深邃的境界
缙云山，就这样提升了你精神的高度

二

倾听了太多灵魂的诉说
北碚文化馆，绵延着悠远的记忆
一场细雨，薄薄地打湿清晨的石板地面……

我走过，披着一件历史的风衣
这文明传递的温暖，一直慰藉我到了现在

三

花鸟市场、广场舞和麻将、火锅
另一个时代里则是慷慨激昂奔走呐喊
到平民学校去教书去开启民智
那个挥动着报纸大声疾呼的长袍眼镜青年
一定是风靡一时的街头偶像

四

北碚往事太多，仰望、沉思和叹息也多
心里就总想和这里发生一点关系
那就为之写一首诗吧

那些枫叶一样火红的岁月哦
写了，就应该像诗里写的那样去生活！

荒漠上的奇迹

对荒漠来说
草是奇迹，雨也是奇迹
神很容易就在小事物之中显灵

荒漠上的奇迹总是比别处多
比如鸣沙山下永不干涸的月牙泉
比如三危山上无水也摇曳生姿的变色花

荒漠上还有一些别的奇迹
比如葡萄特别甜，西瓜格外大
牛羊总是肥壮，歌声永远悠扬

荒漠上还有一些奇迹
是你，一个偶尔路过的人创造的……

妈妈打手机

接到妈妈手机时，我正在开车
有些火急火燎，有些手忙脚乱
快七十的妈妈第一次用手机
说给远在天涯海角的儿子打一个试试
我急忙问：妈妈，没什么事吧
妈妈说：没事，就试试手机
我说好的，就这样啊。小车正在拐弯
我刚想放下手机，妈妈又说：
没事，没事，你要注意身体，不要太胖
我支吾说好的好的，没事了吧？
小车汇入滚滚车流，我有些应接不暇
妈妈又说：没什么事，我们都挺好的
你爸爸也很好，你不用老回来
其实我回去得并不多，但车流在加速
我赶紧说：知道了，你也注意身体
妈妈说：我身体还不错，你爸爸也很稳定
你要照顾好自己，不用为我们操心
我语气加快：好，好，我会的
妈妈又迟迟疑疑说：没什么事了

再忙也要注意身体啊……

前面警察出现，我立马挂掉手机

鼻子一酸，两行眼泪不争气地流了下来

江南小城

仿佛慢得回到了前一个世纪……

风慢得适合在柳条间缠绵
船慢得适合在狭长的运河上漂荡
人慢得适合在此散步流连抒情
——和每一个人都要点头问好
你慢得适合幽居在一条寂寞的巷子里
——小院深深绿荫浓

而这一切啊，慢得适合回忆回味
当一朵花从桥上扔到我头上
我久久没有回过神来……

自道

在荒芜的大地上
我只能以山水为诗
在遥远的岛屿上
我会唱浪涛之歌

白云无根，流水无尽，情怀无边
我会像一只海鸥一样踏波逐浪，一飞而过
……海上啊，到处是我的身影

最终，我只想拥有一颗海天辽阔之心

偶过古村落

村头，鲜艳的凤凰花在枝头招摇

回首处，一扇小门春风外
满院绿荫红杏生

来时是蝴蝶引路，如入迷宫
去时则黑狗相送，走出花丛

村庄仍然掩映在老榕树的庇护下
窗口的青山，也越来越远

古井里的那一潭幽绿
是此地最迷人的古董

海之传说

伊端坐于中央，星星垂于四野
草虾花蟹和鳗鲡献舞于宫殿
鲸鱼是先行小分队，海鸥踏浪而来
大幕拉开，满天都是星光璀璨

我正坐在海角的礁石上小憩
风帘荡漾，风铃碰响
月光下的海面如琉璃般光滑
我内心的波浪还没有涌动……

然后，她浪花一样粲然而笑
海浪哗然，争相传递
抵达我耳边时已只有一小声呢喃

但就那么一小声，让我从此失魂落魄
成了海天之间的那个为情而流浪的人

回湘记

那个叫萝玛的咖啡馆我没见过它
它也没见过我，所以门半闭半开，两侧的迎宾小姐
听我说普通话，一时没反应过来怎样招呼我

那个叫陈家米粉的小餐厅似曾相识
它也似乎记得我，所以那半碗肉丝米粉
为表示热烈，辣得让我差点流下了眼泪

那个叫黛丽丝的美发店我不熟悉它
它看着我也很陌生，所以它冷着脸
对我这样只剪个短发的不速之客有意怠慢

那个叫碧洲公园的地方我以前常去
它也很了解我，所以老榕树里的和风扑过来
宛如老友相拥，对面的东台山恍惚冲我眨了一下眼睛

我曾经常对着朗诵的涟水河
对我当然印象深刻，我曾献给它无数的诗歌
猛一见到消失多年的我，流速一下加快

河边草木也有些小小的激动

那突如其来的故乡的小雨显然也知道我
我也觉得它很亲切，它打湿了我的头发
但柔和得仿佛只是亲人抚摸了一下

对面母校大门里轻盈走出一位白衣少女
她好像认识我，我也看着很面熟
她仿佛二十多年前隔壁班的女生，先是冲着我一笑
然后害羞地低下了头

境界里有芬芳

我驻足于北方的庭院
目光辐射至边疆

这一夜我的胸襟也辽阔得无边无疆
我心中只容纳一个你
然后把更广大的空间留给了世界

如同空旷的大地上生长出江山
涵养亦如平原，推崇高峻
仿佛深空，点缀明月
在高楼上看烟花，幻美乍现

墙角的那一支玉兰花从夜色里闪出
芬芳逸向清远

芬芳中出境界
境界里有芬芳

二十四桥明月夜

一个人站在一座桥上发短信
另一座桥上也有一个人在发短信
一座桥可以看见另一座桥

夜色中伫立桥上发短信的人儿啊
显得如此娇嫩、柔弱
仿佛不禁春风的轻轻一吹

春

白鹭站在牛背上

牛站在水田里

水田横卧在四面草坡中

草坡的背后

是簇拥的杂草，低低的蓝天

和远处此起彼伏的一大群青山

这些，整个地构成了一个春天

四合院

一座四合院，浮在秋天的花影里
夜晚，桂花香会沁入熟睡者的梦乡
周围，全是熟悉的亲人
——父亲、母亲、姐姐、妹妹
都在安睡

那曾经是我作为一个游子
漂泊在异乡时最大的梦想

可能性

在香榭里大街的长椅上我曾经想过
我一直等下去
会不会等来我的爱人

如今，在故乡的一棵树下我还在想
也许在树下等来爱人的
可能性要大一些

暴风雪之夜

那一夜，暴风雪像狼一样在林子里逡巡
呼啸声到处肆虐
树木纷纷倒下，无声无息
像一部默片上演
我们铺开白餐巾，正襟危坐
在厨房里不慌不忙地吃晚餐
而神在空中窥视

只有孩子，跑到窗户边去谛听

南山吟

我在一棵菩提树下打坐
看见山，看见天，看见海
看见绿，看见白，看见蓝
全在一个大境界里

坐到寂静的深处，我抬头看对面
看见一朵白云，从天空缓缓降落
云影投在山头，一阵风来
又飘到了海面上
等我稍事默想，睁开眼睛
恍惚间又看见，白云从海面冉冉升起
正飘向山顶

如此循环往复，仿佛轮回的灵魂

雾的形状

雾是有形状的
看得见摸得着的

雾浮在树上，就凝结成树的形状
雾飘散在山间小道上，就拉成带状
雾徘徊在水上，就是水蒸气的模样
雾若笼罩山顶，就呈现出塔样的结构
雾是有形状的
是看得见摸得着的

唯有心里的雾啊
是隐隐约约朦朦胧胧的
谁也不知道它是什么样的
它盘踞在心里，就终年不散
沁凉沁凉的，打湿着一个人的身与心

如果我们硬要说它像什么形状
我们只能说它像谜的形状

夜晚，一个人的海湾

当我君临这个海湾
我感到：我是王
我独自拥有这片海湾
它隐身于狭长的凹角
三面群山，一面是一泓海水
——浩渺无垠，通向天际

众鸟在海面翱翔
众树在山头舞蹈
风如彩旗舒卷，不时招展飞扬
草亦有声，如欢呼喝彩
海浪一波一波涌来，似交响乐奏响
星光璀璨，整个天空为我秘密加冕
我感到：整个大海将成为我的广阔舞台
壮丽恢宏的人生大戏即将上演——
为我徐徐拉开绚丽如日出的一幕

而此时，周围已经清场
所有的灯光也已调暗

等帷幕被掀起的刹那

世界被隔在了后面

世界在我的后面，如静默无声的观众

自白

我自愿成为一位殖民地的居民
定居在青草的殖民地
山与水的殖民地
花与芬芳的殖民地
甚至，在月光的殖民地
在笛声和风的殖民地……

但是，我会日复一日自我修炼
最终做一个内心的国王
一个灵魂的自治者

安静

临近黄昏的寂静时刻
街边，落叶在轻风中打着旋
秋风温柔地抚摸着每一张面孔
油污的摩托车修理铺前
树下，一位青年工人坐在小凳上发短信
一条狗静静地趴在他脚边

全世界，都为他安静下来了

她们

清早起来就摆桌铺布的阿娇
是一个慵懒瘦高的女孩
她的小乳房在宽松的服务衫里
自然而随意地晃荡着

坐在收银台前睡眼蒙眬的小玉
她白衬衫中间的两粒纽扣没有扣好
于是隐隐约约露出些洁白的肉体
让人心动遐想但还不至于起歪心

这些懵懵懂懂的女孩子啊
她们浑然不知自己的美
但她们模糊地意识到自己的弱
晚上从不一个人出门上街
总是三三两两，勾肩搭背
在城市的夜色中显得单薄

乌蒙山间

当年，在崇山峻岭间
在随便哪一条必经之路上设下关卡
就可以割据一方，占山为王

也许是巧合，今年我来到此地
当飞机停落在山坳的一片平地上
我怎么看也觉得机场的出入口
修得像山寨寨门，还是只要一拉闸口
这小小的山间小城
就可以成为一个独立王国

自由

春风没有禁忌
从河南吹到河北

鸟儿没有籍贯
在山东山西之间任意飞行

溪流从不隔阂
从广西流到广东

鱼儿毫无生疏
在湖南湖北随便来回串门

人心却有界限
邻居和邻居之间
也要筑起栅栏、篱笆和高墙

东湖边

在亭中，我面对月下波光粼粼的湖面
珞珈山、洪山和磨山
环绕着东湖，就如三位老友
与我对坐相望，遥遥举杯

当年，也是在湖边，也是这样对坐
我与黄斌、沉河、良明，且饮且歌
开口就是慷慨激昂
闭嘴就相忘江湖了

一转眼，樱花落满月光下杯盘狼藉的石桌

没有西西不好玩

她一直在西西家的楼下走来走去
妈妈在一旁看着她
她急躁不安，嘟着嘴嘀嘀咕咕
说不好玩，西西不出来
就一点都不好玩……
妈妈说那你叫她下来呀
她抬头看了看西西家高高的窗户
忸忸怩怩不好意思开口
就一直和自己别扭着

她真是喜欢和西西在一起玩啊
她一看见她，就会安静下来
当然，也有可能更疯

事故

十字路口
一辆汽车和另一辆汽车发生了碰撞
两辆趾高气扬、横冲直撞的汽车瞬间粉身碎骨

于是，所有呼啸而来呼啸而去的汽车
暂时地停了下来
它们小心翼翼地东张西望
探头探脑地降慢了速度
甚至，它们还停顿静默了那么一会儿
然后，绕过这钢铁的尸体扬长而去

那停顿静默的一会儿，就好像是一次短暂的默哀
一个简单的小型哀悼会
奔驰、宝马、法拉利、劳斯莱斯
都加入进来，无一例外

上海短期生活

在尚湖边喝茶，看白鸟悠悠下
到兴福禅寺听钟声，任松子掉在身上
在虞山下的小旅馆里安静地入睡……
一度是我上海短期生活的周末保留节目
和作为一个中产阶级的时尚品牌

美好的时光总是短暂得来不及回味
公路像毛细血管一样迅速铺张
纵横交错地贯穿在长江三角洲
沪常路上，车厢里此起彼落的
是甲醇多少钱一吨
我要再加一个集装箱的货等等
语气急促、焦躁，间以沮丧、疲惫

后来遇到了她
我是悠闲的，让她产生了焦虑
感到了自己生活的非正常
她的焦灼干扰着我
让我也无法悠闲下去
成了一个在长江三角洲东奔西走的推销员

异乡人

上海深冬的旅馆外
街头零星响起的鞭炮声
窗外沾着薄雪的瘦树枝
屋里来回踱步的异乡人

越是夜里的都市越显得寂寥
这不知来自何处的异乡人啊
他在窄小的屋子里的徘徊
有着怎样的一波三折
直到他痛下决心，迈出迟疑的一步

小酒馆里昏黄的灯火
足以安慰一个异乡人的孤独
小酒馆里喧哗的猜拳酒令
也足以填补一个异乡人的寂寞

撞车

当汽车驰过
金属野兽的轰隆声低沉浑浊
它大马力的冲击无人可挡
没有肉身能抗住它的轻轻一撞

车撞上狗的一瞬
我身体一缩，心里一紧
疼痛如墨汁在宣纸上蔓延
紧急刹车，也无法避免这一切

就像无数次
车替人承受了一撞
车被撞上时的那种心痛
也是一样的，也是承受一种死亡
一种无法躲避的命运
人安然无恙，车却满身伤痕

我又看到了车祸
人倒在地上，鲜血像是染在了衣袖上

那触目惊心的红

真的发生了，反而显得不真实

时间静止，仿佛电视剧拍摄的中场

自行车像是一个道具

那辆汽车也似乎若无其事

只有那个人，慢慢地瘫软

最后四肢朝天

并不是所有的海……

并不是所有的海
　　都像想象的那么美丽
我见过的大部分的海
都只有浑浊的海水、污秽的烂泥
　　一两艘破旧的小船、废弃的渔网
垃圾、避孕套、黑塑料袋遍地皆是
和我们司空见惯的尘世毫无区别
和陆地上大部分的地方没有什么两样

但这并不妨碍我
　　只要有可能，我仍然愿意坐在海滩边
凝思默想，固执守候
直到，夜色降临、凉意渐起
直到，人声渐稀、潮声渐小
直到，一轮明月像平时一样升起
　　一样大，一样圆
　　一样光芒四射
照亮着这亘古如斯的安静人间

花坛里的花工

夏日正午，坐在小汽车凉爽空调里的男子
在等候红绿灯的同时也悠然欣赏着外面的街景
行人稀少，店铺冷清，车流也不再忙乱
那埋身于街边花坛里的花工更俨然一幅风景
鲜艳的花草在风中摇曳，美而招摇
花丛里的花工动作缓慢，有条不紊
花工的脸深藏于花丛，人与花仿佛融在了一起

花工始终将头低着
深深地藏在草帽里面
他要抵御当头烈日的烘烤
他还要忍受背后淋漓的大汗
一阵一阵地流淌

神降临的小站

三五间小木屋
　　泼溅出一两点灯火
我小如一只蚂蚁
今夜滞留在呼伦贝尔大草原中央的
　　一个无名小站
独自承受凛冽孤独但内心安宁

背后，站着猛虎般严酷的初冬寒夜
再背后，横着一条清晰空旷的马路
再背后，是缓缓流淌的额尔古纳河
　　在黑暗中它亮如一道白光
再背后，是一望无际的简洁的白桦林
　　和枯寂明净的苍茫荒野
再背后，是低空静静闪烁的星星
　　和蓝莹莹的温柔的夜幕

再背后，是神居住的广大北方

河流与村庄

一条大河
是由河流与村庄组成的

一个村庄
是一条大河最小的一个口岸
河流流到这里
要弯一下，短暂地停留
并产出一些故事

杏花村、桃花村、榆树村
李家村、张家村、肖家村
牛头村、马背村、鸡冠村
又在河边延伸出
一个个码头、酒楼与小店铺
酝酿着不一样的掌故、趣闻与个性

然后，
由大河，把这些都带到了远方
并在远方，以及更远方
传散开来

恩河之夜

拉手风琴的俄罗斯老人眼中深藏的忧郁
与那匹站在冰天雪地里一动不动的高贵的老马的
　　眸子里的忧郁是一样

而纤细睫毛上沾着碎雪的女子的银铃似的浅笑
碰碎了凝聚在我紧锁的眉头上的那一道乌云

某苏南小镇

在大都市与大都市之间
一个由鸟鸣和溪流统一的王国
油菜花是这里主要的居民
蚱蜢和蝴蝶是这里永久的国王和王后
深沉的安静是这里古老的基调

这里的静寂，静寂到能听见蟋蟀在风中的颤音
这里的汽车像马车一样稀少
但山坡和田野之间的平缓地带
也曾有过惨烈的历史时刻
那天清晨青草被斩首，树木被割头
惊愕的上午，持续多年的平静因此打破
浓烈呛人的植物的死亡气味经久不散

这在植物界被称为史上最黑暗时期的“暴戮事件”
人类却轻描淡写为“修剪行动”

夜行

我们这一列深夜出行的队伍
坐在雪橇上，像一支黑暗中秘密行动的小分队
向着灯火依稀的小镇出发

马蹄声声，敲击着冰冻的路面
仿佛队列行进的古老节奏
马打着响鼻，呼出的热气在寒冷中迅即蒸发

马有的快，有的慢
快的马碰到前面的雪橇，就自行刹住
马背上的毛沾着细碎的雪屑
在昏暗的马灯下晶莹闪亮

天空是鹰的帝国，此时沉寂
但安静中积蓄着一种爆发力
果然，蓦地一只黑鹰不知从何处射出
姿势优美有力，似乎被派来和我们抢速度

地下到处是冻硬的马粪

我相信如果捡起来掷出去
它的力量一定超过石头
在古代这肯定是最好的冷兵器

但这刻我们忍受寒冷的能力已接近极限
我们全都袖着手缩着头，比赛着沉默
无心周边的景物，没有了任何争胜之心
我们急切地期盼的只是
尽快赶到最近一户人家的炉火旁

夜深时

肥大的叶子落在地上，触目惊心
洁白的玉兰花落在地上，耀眼炫目
这些夜晚遗失的物件
每个人走过，都熟视无睹

这是谁遗失的珍藏？
这些自然的珍稀之物，就这样遗失在路上
竟然无人认领，清风明月不来认领
大地天空也不来认领

海上小调

海风吹着船，船上很多床
船就是一张大床
在波浪之中摇晃
海浪声如同催眠曲
深夜坐船的人难以入眠

深夜坐船的人
无论怎么看都像一群逃难者
感觉是被从陆地上放逐
在茫茫大海上，心神不宁
眼睛总是搜寻着点点渔火
抑或一盏灯、一座岛屿和海岸线

凡是深夜流落过的人都知道
宁要一张安稳的床
不要一条动荡的船

鄱阳湖边

丘陵地带，山低云低
更低的是河里的一条船

丘陵密布的地带
青草绵延，细细涓流
像毛细血管蜿蜒迂回
在草丛中衍生
房子嵌在其间如积木
人在地上行走小成一个黑点

偶尔，一只白鹤从原野缓缓上升
把天空无限拉长铺开
人不可能高过它，一只鹤的高度
人永远无法上升到天空

我头枕船板，随波浪起伏
两岸青山随之俯仰

山中小雨迷谁人

山中的小街，总是飘着一些小雨
像电影里那样冷清寂寥
像小说的描述，诡异神秘
像传说中那样，只有七八家小店
四五个铺面，却隐居了三位侠客
两个高人，和一个隐名埋姓的
曾经的江洋大盗

像所有的故事里的核心
这里还有一位貌美如花的年轻老板娘
她不知犯下了怎样的滔天大罪抑或
遭遇了怎样的惊险变故
来到了此地，甘于寂寞
大部分的情节
就围绕着她戏剧性地演绎

我是一个到此地短暂居住的过客
我也暗恋她的美丽
但我从未想过成为男主角

始终只是一个旁观者和局外人
看那些好汉为她绞尽脑汁使尽手段
直到有一天，我带走了她
彻底离开了此地，消失在人海中

在关于此事的各种版本中
只有我的形象是固定不变的：
一个被山中小雨迷住的诗人
一个在山中小雨里迷茫的诗人

暴雨

城市先是被云压弯了
云层层叠叠，越来越厚
压下来，城市不堪其重
巨人般的高楼矮下身来
最后缩成一团

城市接着被雨摧毁
暴雨如注，三天三夜
天空轰炸机向大地倾倒雨水炸弹
把城市炸得千疮百孔
树一棵接一棵倒下
烈士般前赴后继
再也未能站起来

人心，柔弱如一根芦苇
被倾盆暴雨压垮了

仲夏

仲夏，平静的林子里暗藏着不平静
树下呈现了一幕蜘蛛的日常生活

先是一长串蛛丝从树上自然垂落
悬挂在绿叶和青草丛中
蜘蛛吊在上面，享受着在风中悠闲摇晃的自在
聆听从左边跳到右边的鸟啼

临近正午，蜘蛛可能饿了，开始结网
很快，一张蛛网织在了树枝之间
蜘蛛趴伏一角，静候猎物出现
惊心动魄的捕杀往往在瞬间完成
漫不经心误撞入网的小飞虫
一秒钟前还是自由潇洒的飞行员呢
就这样不明不白地成了蜘蛛的美味午餐

前者不费心机
后者费尽心机
但皆成自然

朝圣

一条小路通向海边寺庙

一群鸟儿最后皈依于白云深处

隐居

晨起三件事：
推窗纳鸟鸣，浇花闻芳香
庭前洒水扫落叶

然后，穿越青草地去买菜
归来小亭读闲书

间以，洗衣以作休闲
打坐以作调息
旁看娇妻小烹调

夜晚，井边沐浴以净身
园中小立仰看月

中秋

梦中，故乡大宅深处传来的一声呼唤
惊醒了远在异乡小旅馆里的我
哦，又是中秋了，天气已凉
秋风迢递，沿着故乡大宅前的那条青石板路
走了很远，很久，才走到小旅馆的窗前
蛰伏心间的陈年往事一一苏醒：
明月、流水、树影、花魂，还有风中站立的
穿蓝花布衫、垂小辫的邻家小妹……

——桂花冰糖莲蓉的月饼
是我的最爱

春夜的辩证法

每临春天，万物在蓬勃生长的同时

也在悄悄地扬弃掉落一些细小琐碎之物

比如飞絮，比如青果

这些大都发生在春夜，如此零星散乱

只有细心的人才会聆听

只有孤独的人才会对此冥思苦想

野猫

它原本是一只家猫
老人走后，就流落在外
但它总也不肯远离这院子
总在这附近流连徘徊

每个黄昏，这只猫
都要跳到这条长椅上坐一会儿
主人在的时候，每个傍晚
它都是和主人在这条长椅上度过
她看书或叹气，它则安静地
蹲在一旁发愣或打盹

几年过去，它还保持着这个习惯
院子里的人也习以为常
它不受打扰地坐在那儿
仿佛老人还在，仿佛
老人的亡灵短暂重返
它要陪她一会儿……

摩的司机

摩的司机是一位血气方刚的小伙子
他的车后正好坐上了妖娆多姿的妙龄女郎
在车流里左闪右突，横冲直撞
女郎低低的惊叫让他心里很受用

但在接过娇嫩玉手递过来的五元车钱时
他满脸的青春痘都充血，涨得通红

海岛之夜

常想起那个夜晚
天上有星光，海上有渔火
你坐在椰树下，吹着海风

微明的天光照着你有些黝黑的脸庞
而你年轻丰满的身体
比早熟的杧果更芳香诱人

这就是我关于那个海岛的印象
后来你离去，美丽的海岛也渐渐消失
只有一支小夜曲还在悠悠缭绕
久而久之回旋沉淀为我心头的一座小岛

玉蟾宫前

一道水槽横在半空
清水自然分流到每一亩水田
牛在山坡吃草，鸡在田间啄食
蝴蝶在杜鹃花前流连翩跹
桃花刚刚开过，花瓣已落
枝头结出一个又一个小果

山下零散的几间房子
大门都敞开着，干干净净
春风穿过每一家每一户
家家门口贴着“福”字

在这里我没有看到人
却看到了道德，蕴含在万物之中
让它们自洽自足，自成秩序

落叶之美

落叶有一种说不出的美

它落在车上，有一种装点之美
它落在泥地上，有一种哀怜之美
它落在草上，有一种映照之美
它落在溪水上，有一种飘零之美

如果，只是一片落叶
落在了一块石头上呢？

鸟的迁徙

冬天，海岛上
人多了，鸟也多了
人是为了避寒
鸟却是为了觅食

鸟的迁徙
一点也不亚于人的迁徙
往南的天空
和往南的道路一样拥挤不堪

那么多的鸟在天空忙碌着
那么多的人到了冬天
却在地上无所事事

当然，也有一些人到了冬天还在忙忙碌碌
鸟最终为食亡
人则为财死

渡

黄昏，渡口，一位渡船客站在台阶上
眼神迷惘，看着眼前的野花和流水
他似乎在等人，又仿佛是迷路到了这里
在迟疑的刹那，暮色笼罩下来
远处，青林含烟，青峰吐云

暮色中的他油然而生听天由命之感
确实，他无意中来到此地，不知道怎样渡船，渡谁的船
甚至不知道如何度过黄昏，犹豫之中黑夜即将降临

河季

河流也有自己的丰水季或枯水季
还有自己的高涨季或低迷季
我在这条河边生活十多年
已把她的脾性摸得一清二楚

水深时，她像丰满妖娆的妇人
水面开阔，水流汹涌激荡
热情地漫过滩涂、庄稼和沃土
两岸草木茂盛，幽深厚密得
可以藏下任何动物野兽

水浅时，如清纯妩媚的少女
水清见底，水流也是怯生生的
缓慢而矜持地迟疑着向前试探
似乎她对自己的流向有些迷茫
被不由自主地带向了浩浩荡荡的大海

青海的草原上

连绵不绝的清风啊
　　吹拂着连绵不绝的白云
连绵不绝的白云啊
　　追逐着连绵不绝的羊群
连绵不绝的羊群啊
　　寻觅着连绵不绝的歌声……

整个草原上，只放牧着一个孤独的牧羊人

绿翠鸟

绿翠鸟，大自然美丽迷人的宠儿
闪电一样的杀手，独自栖止在枯枝上
姿态永远保持着优雅，它的眼睛
可以穿透水面，让鱼无处可逃

但水有时是一个迷阵
混乱着鸟的视线，鸟所看准的鱼
其实不在它确认的位置上
水的光线度和空气光线度的细微差别
会使鸟的瞄准发生偏离
绿翠鸟再快再凶狠
出手总有偏差，难以百发百中

鱼也有自己的天赋能力
它会本能地感知危险的逼近
水压的轻微变化让它极其敏感
鸟扑向水的一瞬间
鱼已迅速闪避

就像所有猎手与猎物之间的游戏
残忍但也总有意外闪失
就这样，鱼繁衍了下来
弱者的繁衍力总是更强，成群结队
鸟也总能捕获笨拙大意的新手
它迅速冲下一口咬住再吞进嘴里的动作
连贯而优美，就像那些个风度翩翩的绅士

三角梅小院

三角梅占据这个院子的中心
清风则是这里的特色

在这海边的小院里
绿叶和青藤从海滩一直爬到墙角
码头从小院直接伸到海中央
海风清爽啊，小弟砍椰待客忙
我躺在一张吊床上晃晃悠悠

在辛苦忙碌了一天之后
这是上天给我的最好的恩赐

远望

天空含着一个古老的月亮
我含着一颗怀乡的心
在恍惚之中隐约望见；

山路上，父亲头顶着月亮
在前面走着
我跟在后面，拖着长长的瘦小的影子

天使回故乡

——致春节返乡的铁骑大军

罗小虎是我的一个外甥，如今落户东莞
他迷信：头发落在哪里，哪里就是故乡
他决定骑着刚买的摩托车赶在年前回家理发
虽然家乡离东莞近两千里

罗小虎将决定告诉小他两岁的女友
女友竟两眼发光一阵欢呼
耶，我们可以像天使一样
在高速公路上高速飞驰，好浪漫呀

女友的惊呼声吓得路边的麻雀乱飞
抬眼看天空已无大雁的踪影
罗小虎有些欣慰又有些茫然
毕竟，这是他二十岁人生的第一次长征

就这样，他们一大早全副武装出发
加入了京广高速上春节返乡的铁骑大军
这支铁骑混在大巴、卡车、货车和小车之中

仿佛一支混合部队，一路雄赳赳气昂昂北上

这支铁骑比较灵活，一会儿快一会儿慢
当汽车撞车停滞之时，铁骑轻松超车
当大车拥堵之时，铁骑见缝插针
只是，女友相拥的温暖还是抵御不了寒风侵袭

一场无法预料的冷空气发动空前的攻击
雨雪交加北风刺骨将一切瞬间冻结
京广高速地面结冰成了世界上最大的停车场
从空中看壮观如当代的万里长城

罗小虎的摩托车夹在冰雪地上的车流里无法动弹
他也舍不得丢下包袱弃车而去
附近村民送来的热水和包子使他们不至绝望
罗小虎悲怆而又不甘地仰望着前方

当黑暗降临一切停顿毫无办法之时
罗小虎只好拿出手机向爸妈说明情况
他一边抽泣一边和女友紧紧相拥
两个人好像都看到了远方的故乡

此刻，他的心，还有她的心，都飞翔了起来

就像天使一样，回到了故乡

探亲记

春日的和风温煦，清晨的阳光温柔
长沙往西三十公里是我们的目的地
下了省际公路，还要绕过一小座青山

在一片水田与另一片水田之间行走
田里的禾苗刚插，水里的蝌蚪还小
最显农家匠心是水田的一角再挖个小池塘

一汪清水里养着几条草鱼、鲢鱼和鲫鱼
一面镜子里反映着天上的美丽
我们觉得一切似曾相识又好像从未见过

对面农舍的小狗一听到脚步声
就冲上山坡冲着我们狂吠
下面的狗一叫，上面的狗也叫

叫声中，五六座散落的农舍渐渐清晰
狗叫声此起彼伏，空气也显得有些异样
我们的后背微微渗出了细汗

路边的树荫给了我们三分钟的清凉
正午的鸡叫又加重了闷热难耐
进退两难中迎面而来两头低头走路的水牛

牛背后还跟着一位老人和他可爱的孙女
牛看人时，我们也已经认出这是小学同学的父亲
老人邀请去家里喝茶的殷勤，像杨柳又吹来了清风

“真的连茶都不喝一杯？”
“不了，我们还要赶去白箬铺。”

旧年

下班了，他带关门
就像把旧年关在了门后
这是一年的最后一天
每一个动作都像是一种暗示

倒掉茶杯里的水
就像将旧事洗净
和同事说再见
似乎是和故人告别
顺便翻一遍旧台历
有点像重温过去的三百六十五天
然后再将台历扔进字纸篓里
就像将过去的一切彻底丢弃

从空荡荡的大楼走出来
他黯然地走到树下
在幽暗的阴影下站了一会儿
现在让他唯一放不下的
就只有和她的事情了

欲断未断，欲了未能……

确实，其他的一切都过去了
旧年的饭局，旧年的娱乐，旧年的故事
旧物藏进箱子，新的一页即将掀开

只有这一段旧情，还是继续到了新年

我是有大海的人

从高山上下来的人
会觉得平地太平淡没有起伏

从草原上走来的人
会觉得城市太拥挤太过狭窄

从森林里出来的人
会觉得每条街道都缺乏内涵和深度

从大海上过来的人
会觉得每个地方都过于压抑和单调

我是有大海的人
我所经历过的一切你们永远不知道

我是有大海的人
我对很多事情的看法和你们不一样

海鸥踏浪，海鸥有自己的生活方式

沿着晨曦的路线，追逐蔚蓝的方向

巨鲸巡游，胸怀和视野若垂天之云
以云淡风轻的定力，赢得风平浪静

我是有大海的人
我的激情，是一阵自由的海上雄风
浩浩荡荡掠过这个世界……

海口老街

芭蕉只是提供了一条线索
骑楼和海南话都在暗示
茉莉花香将我牵引到了一条幽暗的胡同

我只顾埋头冒雨前行
抬头却是一座陌生的南洋式大院
我肯定没来过这里，我迷路了
却偶遇一位有过一面之缘的本地女孩
我脱口而出：你的女伴呢?

三天前，我随刚结识的当地朋友去一个茶餐厅
座中皆中学同学，两个女孩正当对面
一个性情活泼，一直参与海阔天空的聊天
一个清爽干净，始终安安静静
只是，离开的时候当地朋友告诉我
刚才我起身出去买烟的时候
那个一直安静的女孩笑我
说这个大陆仔怎么这么有意思啊

到底怎么个有意思？

很久以后我才知道

她是笑我说的那些不知天高地厚的大话

云之现代性

诗人们焦虑于所谓现代性问题
从山上到山下，他们不停地讨论
我则一点也不关心这个问题

太平洋有现代性吗？
南极呢？抑或还有九曲溪
它们有现代性吗？

珠穆朗玛峰有现代性？
黄山呢？还有武夷山
它们有现代性吗？

也许，云最具现代性
从李白的“众鸟高飞尽，孤云独去闲”
到柳宗元的“岩上无心云相逐”
再到郑愁予的“云游了三千岁月
终将云履脱在最西的峰上……”

从中国古人的“只可自怡悦，不堪持赠君”

到波德莱尔的巴黎呓语“我爱云……
过往的云……那边……那边……奇妙的云！”

还有北美天空霸道凌厉的云
以及西亚高原上高冷飘忽的云
东南亚温润的云，热烈拥抱着每一个全球客

云卷云舒，云开云合
云，始终保持着现代性，高居现代性的前列

散文及散文诗卷

中国的月

这一轮月只属于中国。

印第安的女人在月光下出世，却点燃篝火，敲响羊皮鼓，狂欢地惊噪一个好端端的月夜。在中国，不需要这种热闹。夜晚只要有月，就会有人宁静地入睡，有人低吟，有人徘徊。

意象派的诗人也偷不去中国的月，只能偷走一点点月光，糅进他们焦躁的诗行里。在多噩梦的夜晚，那一点点月光，就足以使他们安静下来。

而在中国，人生的一半就沐浴在月光中。

在月光下，人不需要食物，狂喝滥饮，只要嚼诗，嚼自己淡淡的忧伤，嚼自己的过去，嚼自己异想天开的美梦。

所以李白跳进水里捉月，但月是大家的，不能独吞。

所以苏东坡掬起月光来洗脸，悟得清风明月不用一钱买，可以尽情享用。

所以情人们在月下缠缠绵绵，懂得月光下的人儿才是最完美的，月下的情爱才是最销魂的，也不必羞羞答答。

所以所有的中国人都同享一轮明月，都记住一句诗："人有悲欢离合，月有阴晴圆缺。”

中国的月，月的中国，中国的月清清白白，月的中国温文尔雅，没有邪恶，没有粗暴，没有月下的大煞风景，只有一种原始的亘古的和平。

中国的秋

陶渊明赏菊的时候，苏轼看月的时候，便是中国的秋。

大雁排列成阵，往南飞，有些人站在山冈上，遥望故乡，忍不住泪水潸潸。

这是秋天，落叶却全然不理会人间的悲苦，落得东一点西一点，一片片落叶，便是诗了。有人把它捡起来，夹在日记本里，都发黄了。

这是中国人特有的纪念形式。

原野上，动物忙于储藏粮食，而人忙于秋收，忙于团圆。

院子里打扫得清清爽爽，一尘不染。

秋是中国人重要的一个季节。

忙了整整一年，一年的光阴就要过去了，剩下的就是清闲。人们三五个，也不说话，坐在一起各想各的心事，想起一生还有好多的遗憾未能弥补，还有好多的诺言尚未实现，恐怕是没有时间了。于是，他们心平气和地等待着，或许会发生一点什么，或许什么也不会发生。

这便是中国人的哲学。

这便是中国的秋。

秋是中国最古老的话题了。中国的秋里有中国人的人生意境。秋啊，就这样悄悄地来临了，迈着悠闲的步子，从那边走过来。

中国的爱情

中国的爱情不好用言语来表达。

中国的爱情只好用眼睛来传递“巧笑倩兮，美目盼兮”，手和手不敢碰一下，嘴和嘴不敢亲一下。

中国的爱情像一株含羞草，开放着许多的心事，轻轻地一触，就收敛起来，脸色绯红，手儿发抖，心儿跳个不停。

中国的爱情细腻得像那些小巧精致的信物，一把桃花扇，一笺薛涛诗，一丝鬓发，一块手帕，微不足道矣，却舍不得丢。

传说中国有一根红线，是月下老人用来拴住两颗心的。中国的情人们就是这样脸上淡然，心里却藕断丝连，挣不脱剪不断。

中国的情人们只能梦里相见相知相亲相爱，于是有牡丹一梦，红楼一梦。梦里来梦里去，梦里一夜春风，梦里巫山云雨，梦里花落知多少，醒来仍是一枕黄粱梦。

每个人的心里都怨着，对月伤心，见花落泪。每个人的心里都叹着，偶尔在水里看见自己的面容，只好自己爱上自己，自怜自叹。

中国的情人们也偶有心电感应的，抚一曲琴，作几句诗，高楼深闺，湖畔江边，共享一轮月，在月里看见了自己的命运。

于是，一个墙头，一个马上，才瞥见一眼就爱上了。

也有遁入空门的。

唉，中国的爱情。

中国的时空

时间好像凝固了。

中国老人坐在藤椅上昏睡百年。日头已近正午了，时间那么慢，那么长，绵延得好像没尽头，时间静止了。

只有一只蝉在反反复复地嘶鸣。

时间好像失去了意义。

时间那么多，上天赐给的时间那么多，一天和一百天又有什么区别？中国老人守住这一瞬间，闭目养神，不肯睁眼，担心睁开眼睛就会泄了自己修炼千年的真气。

中国老人面色红润，精神很好，不知道自己的白发一点一点地掉落了。

空间是四方的。

中国老人坐在正中央，内心和谐。他心里有静穆的苍天，有平静的大地，有沉默，有永恒，他满足于这个四方的世界。

时间啊！你怎么这么堆砌着，一千年一万年地重叠着，厚的，沉沉的，把中国老人埋在里面，中国老人偶尔喘一口气。

空间啊！你怎么这么狭小，不过是一座庭院，不过是一间书房。蚂蚁般的人生活在里面，忙忙碌碌，饱食终日。

中国老人用心揣度着这一切，对这一切了若指掌，不再有兴趣。

中国老人渴望成为一颗透明圆润的珍珠，外面包裹一层硬硬的壳，永远不会破裂。

那些岁月的风云

关于20世纪80年代的大学校园，我记忆深处最深的印象，居然是云。

我们常说20世纪80年代是一个风云变幻的年代，也许武大人对此最有体会。武大是我就读的武汉大学，由于地处中国的中部，对潮流往往最为敏感，20世纪80年代末期，几乎所有的武大毕业生都面临一个选择：北上、南下或回家。北上，就是去北京等地；南下，就是到广东、海南以及深圳等地；回家，就是哪里来回哪里去。20世纪80年代前期，北上是大部分人的选择。北京是政治中心，据说武大学生由于素质高，功底扎实，动手实践能力强，好用，是那些年重点大学中学生分配到中直机关最多的；20世纪80年代中期以后，市场经济渐起，商业大潮席卷而来，南方又成为潮流的中心。南方自由、开放、浪漫的气氛吸引越来越多的年轻人，于是，武大学生又纷纷南下，追逐理想而去。南下的学生开始超过北上的学生。在1980年代，武大是某种风向标，被誉为“高校中的特区”，确实有一定象征性的意义。

1985年到武大后，我写过许多关于云的文字，我把自己称为

"望云的人"，总是在山上的林荫小道或湖边小径徘徊，然后，不时抬头看看天空的云，向往着外面的世界和远方。确实，在珞珈山上，在东湖边，看云是我重要的生活。那时候春风清爽，天空明净，在山上或湖边看云，是一种享受。我住在湖滨的时候，每天早晨，一推开窗，就是一幅水墨画。湖水之上，云彩千变万化，令人惊叹，我们就生活在风景之中。躺在山坡草地上看云的感觉也不错，几根浅草摇曳，在脸上手上触碰，看着天空那些不断变化形状的云，想象着远方的一切，有时候竟然会无端激动起来，虽然消失得也会很快。当然，也会有云雾缭绕的天气，在山间漫步，则是另一种心情。青春模糊懵懂的心事，也恰如迷雾般看不清，但有着朦胧之美。

1987 年年底，我和几位武大的学生一起去海南岛。车一过柳州，进入雷州半岛，风情就为之一变。南方的天空，天低云低，一有风起，云彩就迅即翻滚、流动，所谓风起云涌，就是这种景观了。到了海南岛，云彩更是一日数变，变化、移动得更快，而且感觉就在头顶上。我第一次有了强烈的岛屿意识，所谓"海到天边云作涯，人至绝顶我为峰"，在岛屿上是很容易产生这种感觉的。20 世纪 80 年代鼓吹海洋文明，其实就是说一些沿海国家，如英国、荷兰等通过海上贸易和侵略，感觉膨胀，欲望扩张，最后竟一度称雄世界。

在岛上，云每天都不断变幻，有时候，是大朵大朵的灿烂白云绽放天空，绚丽多姿；有时候，是黑云压城，滚滚而来，层层下压，快速移动翻涌，似乎马上要天翻地覆了；还有时，是海面上微风轻拂，几片白云点缀，蓝天垂丽，好一派风平浪静。我后来写诗，立志要拍一套“云的写真集”，就是产生于此时。

20 世纪 80 年代的风气也大抵如此。那是一个风气大开大阖的时代，时代的变化如此之快，如白云苍狗，让人目不暇接。80 年代在不同的人心里留下的印象也许是不同的，但风云多变是每一个人的感受。而武大校园，这块适合看云也是风云汇聚的地方，就产生了很多诗人。诗人是那些年代的风云人物，引领时代风尚，诗人举臂一呼，应者云集。1987 年，武大在全国高校中首开学生讲座，由大学生自己来做全校讲座。我是首讲，刚开始时还有些担心没有人来听。结果是，桂园的大阶梯教室里人山人海，挤得水泄不通，我以朗诵金斯堡的诗歌开头，慷慨激昂，豪情万丈，引得欢呼声四起，掌声雷动。由此大致可见当时风气之一斑。

何其芳说，诗人都是望云的人，富于想象力，自由而散漫。在武大这样风景美丽的地方，又有云可看，青春期的激情无处发泄，只能寄望于云，因此，诗人层出不穷就毫不奇怪了。所以，武大的诗人们前赴后继地涌现，就跟武大上空那些源源不断地涌现的云一样。

后来，这些望云的人又去了不同的地方看云，王家新到过英伦，洪烛、杨晓民、邱华栋等到了北国，我则来了海南岛，李建春、黄斌等留在了武汉，还有一些，不知漂流到了何方。每次想起这些校园里的朋友，心里就一阵温暖，虽然见面不多，却总在相互支撑，一起写诗到现在。

我们在不同的地方看云，继续写作。诗人，不经常抬头去看看天空的云，是绝对写不出诗来的。

雨季之后

朋友，水底墨黑的丝藻，一条一条地在水中漂着、摆动着。水流到这里，也被划分为细细的丝线，风一吹，又消散了，无影无踪。

向江边钓鱼的老头借个火，他头也不抬，就把烟头递过来。

老头的鱼篓里空空的，浮标抖动了一下，一条大鱼从钩底逃走了。太阳已到了中天，老头的鱼篓里还是空空的。他也许不是来钓鱼的，是来寻觅一种心境。我们也一样。

坐在太阳的阴影里，坐在桥底下，我们好久没有过这么惬意了，朋友，就像小时候常常逃课，来这里躲着学抽烟。但那时候结果总是大煞风景，一个个被家长押解回去。现在，我们却什么也不必担心了，即使天塌下来，我们也还来得及跳进水里，不会先砸死我们。

朋友，我们身边那条狗多可爱，它嗅嗅湿漉漉的蜗牛，又舔舔透明的露珠。它至少比女人忠实，而且温驯，还自由快活。

不像我们，从大城市里逃出来，逃到这里来自己舔自己的伤口。

我们从雨季里走出来，只记得她告别时的微笑，都被雨水淋湿了，模模糊糊。

我们嘲弄女人吧，嘲弄之后再想念她们。

如今青山依旧，尚未白头。你我脸色平静，内心却有一种东西在崩塌，纷纷破碎。

这是淡季，萧条的人生的淡季。我们孤单地坐在这儿，看看那边，想起朋友的一句诗："出门不用带雨伞，人生难得沐上一次雨。"

朋友，你的烟蒂扔在草丛里，只有一棵草抖动了一下，四周又静寂了。

朋友，我们历尽艰辛，回到这块熟悉的地方，有一种回到家的温馨的感觉。我们还有火车上那种一晃一晃的感觉。遥遥驶往的将是哪一站，我们暂且不用管。

桥下有一座茅草棚，茅草棚里只有一张简陋的床，母亲拾破烂去了。十来岁的女孩抡着斧头劈柴。她衣衫褴褛，又脏又丑。她的光脚踩在草地上，被露水打湿了。

这样也是活着，朋友，你说，并没有什么不痛快，只要活下去。

朋友，我对你说，我将来也许会去流浪，我也许会找到一位温顺的妻子，我将带着她，顺着风、顺着雨，就这么沿着一条河漂流下去。总会找到属于我们的茅草棚，我们将安居下来。

我将把钓到的所有鱼，都让给我那贤惠的新娘。而她四处采摘来的野果，会染红我的嘴。

朋友，山中多野果，水底多青鱼呀！我们将住在河边的草地上，善解人意的小鹿会来拜访我们。

剪影

在这样的夜晚，烟头的红光就是一种挑衅。躲在角落里的那一个人，守护着自己的沉默。

林子里有掌声响起来，相互应和着，且伴以女孩子的笑声。

我想知道：身着牛仔服的我该有着怎样的风度？

我想知道：一个人在这里等上一个晚上会是什么滋味？湖对岸的篝火烧起来了，而孤独的那一个人，向黑暗的深处走去。

但愿今夜星光灿烂。

但愿今夜没有风吹草动传来的故事。

诗人，这是春天

诗人，请从你们阴冷潮湿的洞穴里面走出来吧。整个冬季像小老鼠一样整天蜷缩躲藏起来的诗人，来晒晒太阳。虽然春天仍有冬天的料峭，希望却不会再像风筝一样轻易断送。

诗人，站在你们的窗口眺望外面的世界。老太婆被阳光晒得懒洋洋的，不再咬着舌头说关于春天的坏话。婆娘撸起袖子，用自己的手到处播撒种子；男人眼睛发亮，蠢蠢欲动，不再安静地厮守炕头。

诗人，必须经历雨季，开始漫长的等待。你们不得不躺在一张藤椅上，面对窗外阴郁苍茫的天空，靠一支香烟，体验那种说不出的烦恼。烟头的红火光一闪一闪，那是仅有的温暖。农夫，在这个时候却牵牛扶犁，披着蓑衣戴着斗笠走向田野。他们的脸红了，他们的庄稼在疯狂地繁殖。

该来的季节都会到来，淋漓大雨会化为蒙蒙细雨。诗人，你不必惊奇，窗外的桃花一夜盛开，又一夜凋零了。你的女友怦然心动，想做一回葬花人。

那两片温润的嘴唇娇嫩而鲜艳，那双湿淋淋的手象征一种爱情。诗人，老鼠也在它们的洞穴里吱吱地兴奋叫着。

诗人，你一直向往着大片大片的阳光。冬季，一匹马从大草原而来，它在广场上，嗅嗅闻闻，烦躁地打着响鼻，在水泥地上低头寻找青草。诗人，整个冬季你在四面厚壁的斗室中，如一头困兽，在笼子里看见天空自由的白云。

诗人，在那阴沉沉的笼子里，你周围森森的只有黑暗的草丛。你嚼着，一篼一篼的，你拼命地嚼着。在黑夜里，后来你挤出了血，挤出了奶，那就是你的诗，你痛苦的产儿。

诗人，你未料到春天来得这样迅急，这样栩栩如生。春天遮天蔽日而来，春天铺天盖地而来，突然呈现出整个春天，如此磅礴如此宏大。你激动得眩晕过去。

诗人，这是真的，这是春天。

诗人的秋

秋是美酒，可以浇多愁的日子。

诗人穷困潦倒，坐在秋风里喝酒，唱歌，制造一种节奏，吊起破嗓子喊一声：

“秋天真美！”

秋叶被震下来，打在他们的脸上。

秋风扬起他们褴褛的衣襟。

秋雨淋在他们的头发上。

墙壁塌倒了，破破烂烂，像一个破落户蹲在角落里。野草在肩上摇曳，浅斟低吟。

诗人仍然怡然自得，手中的笔串来串去，写那种叫诗的玩意儿。

他们想和秋天玩一个小小的游戏。

秋天，像一个步履蹒跚的散步者，踽踽地来到这个世界上，用一种怜悯的眼光看着诗人。

他们却昂着头，想保持这最后一点傲气。

诗人都落到以诗乞讨的地步了，却用衣袖，悄悄擦去眼泪，不让泪水流下来。

他们相信这是可羞愧的，口袋里一文不名，空空如也。

他们卧倒在深夜，瑟缩着，听窗外一夜风雨，潇潇洒洒。他们闭上眼睛做着梦。

一位名叫菊花的女子在秋风中嫣然一笑。

所有的诗人都激动不已。

到西部去

到西部去！

从今天起，我将去流浪！

卡尔·桑德堡，你别那么忧伤地看着我。你当年背着吉他，横穿整个新大陆，在西部大草原上骑着马，一路歌唱。你在加利福尼亚铺满阳光的大道上，一路歌唱。你的歌声感动那么多的人，那么多的人（甚至那些聋人）沉默着听你歌唱。你站在大峡谷上，面对回声四起的深谷歌唱，一片轰鸣！

我的歌声却如此微弱，只有一条小狗跟在我的后面摇头晃脑。我背着行囊，用那根自制的木棍当拐杖，沿着你当年指点的路就那么出发了。

在茫茫沙漠上，也许等待我的是一个斯芬克斯之谜。

而我的流浪是一首长诗，永远没有一个结尾。

我是在一个梦里得到启示的啊！那么多穷困潦倒者、杀人犯、淘金人、江湖豪杰，还有惯盗，都怀着寻找金疙瘩的梦想，蜂拥着，奔向了西部。跟在他们后面的，是源源不断的大车，载着些许的一点什物；是贤惠能干的妻子，扶老携幼而来。那儿的生命太旺盛，石头缝里也能钻出小草，沙漠深处还有骆驼刺。那儿的空气澄清得透明，一小时径直的光照能带来一个鸡蛋的热量。那儿的雨水充沛，说下就下，倾盆而泻，绿色迅速冒出来，铺满枯干的土地和山头，转眼却是太阳高悬。那儿的石头上也繁衍着木板房，遍地流淌白色的石头的孤独。

可那里需要诗与歌啊！那本来就是史诗一样的生活，需要被歌颂，被吟唱。那粗糙干涸如沙漠一样的心，需要诗与歌的滋润，就像女人需要男人的抚爱，粗犷的土地需要汉子的开拓，夜晚需要月亮，白天需要太阳。

我就是一个诗人啊！一个歌者，一路风尘仆仆，跋涉颠簸。在路旁的小酒店里，我只要说一声："我是诗人！"就有大碗大碗的烈酒、大块大块的牛肉上来。我别无答谢，取下吉他，轻轻抚弦，给那些被生活重担压得喘不过气来的人唱上一曲，那些宁静的月夜，那些忧郁的黑夜，连马儿也感动得长嘶不已。

我并不富有，却到处施舍。我贫穷，但贫穷的不是我的心。

美丽的姑娘，你不要用那幽怨的目光挽留我。虽然那个夜晚，在那棵树下，你奉献了最珍贵的处女的嘴唇。我却犹豫了，害怕你会等待，等成了一个两眼干涸的雕像，等成了一块痴心的岩石。但那么多人需要我，我最平凡的歌声也飘进了每一个窗口，我不能留下！我会一路怀念你，一到夜晚就怀念你，见到大树就怀念你。虽然我所有的歌声都会向人们唱出来，但是有一首歌只为你而唱。 我要去那儿，那块诗和歌还贫瘠的地方，那块汉子只能靠拳头发泄精力的地方，那块婆娘在帐篷里苦苦盼着男人的地方，那块孩子没有了爸爸或没有了妈妈的地方，我将为他们而歌唱！

也许我还未到达之前，我的嗓子就哑了，我的手就僵硬了，而我的嘴唇，干瘪成了干枯的花瓣。但我还是要去！要去那块也许进去了，就出不来的土地！

西部！西部！阳光多得像酒一样溢出来的地方，激情多得像闯进了莽莽沙原的地方！我将去播种诗和歌，那些诗和歌将疯狂地生长，疯狂地繁殖！

到西部去！到西部去！

欸乃之声

那天去湖里荡舟的时候，四周静无一声。

而风吹草动，轻轻地飘落的是白色的鸟的翅膀。

芦苇一丛一丛地摇曳着。风一点一点地大起来，继续吹着。

我们都不敢轻言细语，怕破坏了这沉寂的虚空的境界。只有划桨的欸乃声，有节奏地响着。

现在想起来，那欸乃之声似乎正是为了配合这寂静的天与地而发出来的。它就像天然地永远地那样响着。

所有风景如今都淡忘了，唯有那一声又一声的欸乃之声，还在我们记忆的逝水中响着。

热情

曾经有一种爱情使我陷在里面，不能自拔，日日憔悴。她却背过身去，只对我说了一句:“你太热情。”

还有一种生活，我怀着诗一般的激情，渴望着史诗的生活。自己为自己的疯狂幻景所迷醉，恍恍惚惚，最终不知结果如何。只有这一生能证明了。

一阵奇异的风，始终袭击着我，从四面八方来，从天上地下来。我不由自主地大哭，不由自主地大笑，跪倒在地，匍匐前行，膜拜那冥冥中的神，那操纵着我的青春的神。

热情，你是众神中最受宠爱的神，那么多的人甘心拜倒在你的神秘力量下。热情，你是众神中的酒神，点燃了人们身上残存的热情的火焰，复活了古希腊精神。热情，你是无法驾驭的天神，高高在上，俯视芸芸众生，喃喃自语的符咒把生命钉在大地上的每一个角落里，听任你驱驰。

我们在奇异的风中哭泣着，软弱无力。我们的泪水那么多，流成了大海，以苍天为背景，以大地为坐标。我们在热情的十字星座的光焰中，岌岌可危，晕头转向，不知所终。

曾经有一个人，为自己的热情而发疯，又为自己的疯狂所驱使，最终死在疯狂之中，那就是凡·高。他把自己的灵魂赤裸裸地暴晒在炽热的阳光之下。阳光点燃了他的热情。他的热情化为熊熊火焰，那是一颗小小的心灵的太阳啊！强烈的阳光照在每一个仰望着的人的脸上。每一个人（甚至那些盲人、聋人、哑巴）都感受到了它的灼烫。凡·高的色彩是幻觉构建的世界。在这个世界里，盲人看到了光明，聋人听到了喧嚣，哑巴发出了声音。

在另一座大陆上，有一位孱弱的老者，叫鲁迅。在黑漆漆的夜晚，在只有狗叫的夜晚，他掏出自己的心，举起来。那颗心光芒四射，那颗心灿灿地、辉煌地照耀，悬挂在破破烂烂的大地之上，在所有的城市和村庄之上。那种痛苦的热情，深藏于他的心灵深处，如运行于岩层的地火，终有一天会喷吐而出，摧毁一切的朽木枯枝和黑暗的森林。可敬的老人，他背着沉重的十字架，却成了所有后来者的路标。举起来了，我们都有一个黄色种族的骄傲。

我也是太阳的儿子啊！却曾被白昼所抛弃，放逐我在黑夜漫漫的泥泞的路上，在黑夜里，我四处漂泊，寻找星星点点的火光：希望。我深信夜晚的太阳是存在的。我渴望像一只扑火的飞蛾，纵然焚身，也是精致碧绿的英雄。我没有找到夜晚的太阳。所有的人却蓦地闯入了白昼，强烈的阳光刺得我一时睁不开眼睛，我苍白的皮肤在阳光下灼烤着，几乎萎缩起来。我真担心自己会被烤成一朵焦红干瘪的花，失去所有鲜艳的色彩和芬芳的气味。

万物都生机勃勃，在一种发酵的热情的催发下，万物里蕴蓄着一种生长的茁壮的欲望。

而如今，我又是如此热情啊！热情得足以自燃。

风声鹤唳

我曾写过一篇名为《风声》的散文，将风誉为一种美好的意象。于是有人告诉我一个贬义词：风声鹤唳，形容人紧张敏感到极点的程度。但我们要是抛开原来特定的含义来看，风声鹤唳，其实是一种多么妙不可言的境界，点明一个人对生活可以抱有怎样的一种敏感和细腻，连风声、鹤唳这样平常普遍的风景，也被视为一件了不得的大事，一项重大的发现与遭遇，一起罕见的行动与事件。这样的人，在当代这样举世皆醉、世人皆麻木而冷漠的时代，是十分难得的，至少表明他对生活有一种体察与迷恋，我们可以数得出来的只有卡夫卡等几个。你或许可以讥讽他们为神经质，过于敏感，甚或荒唐。但他们毕竟还能与大自然息息相通，可以感受并热爱、欣赏、品味一切细腻微妙之处。这不正是人生难得的一种意境？

窗里的人

有一段时间，我住在一间临街的小阁楼上，每日，窗外人声鼎沸。这里是闹市里的闹市。车流、人流、喇叭，各种喧哗搅和成一种闹哄哄的场面。

因此，我很少下楼。

我最多在黄昏的时候，向窗外眺望一下。我只是下意识地向外面看一眼，也不知道自己究竟在看什么。

经常性的动作形成了一种习惯。我现在记得很清楚，以至偶有人来，我在说话的间隙，也朝窗外望去。别人误以为我在等什么人。其实我无人可等，也没有任何确切的东西去看，似乎是为了调换一下视觉。

现在想起来，我伫立在那里真像是一个旧时代的人物。窗外市声繁华热闹，而我独自闭门在家，手里有一本书，桌上摊开纸与笔，有时候无意识地站起来，向窗外望去。

小说卷

蓝吧

我曾经是人们常说的那种所谓闲人，在特区，我这样的人不多，一天到晚泡在茶坊、酒吧或咖啡厅里，什么也不做，不免与特区那热火朝天的大开发、大建设太不协调了，但不知为什么，我就是什么也不想做，我觉得什么都没劲，我甚至为我自己能够无所事事有点沾沾自喜，当然，我也承认自己有时候确实有点懒得过分。

我父母早就来了特区，他们属于那种暴发户一类，暴发得令人目瞪口呆，他们早把自己的儿子忘在内地的老家，直到三年前，他们才想起自己还有一个儿子，他们看着家里偌大的别墅，宽阔而空旷的客厅，看到庭院的草地上只有一条狗在踱来踱去，他们才想起：还有一个快考大学的儿子，干吗不给他接过来算了呢？反正钱多得花不完了。可想而知，那个时候我早已没有任何希望去考什么大学了，我爷爷、姥姥对我唯一的希望是只要我不学坏，不要跟街上那帮小痞子去打架、泡妞和跳舞，就万事大吉了，现在也成了我母亲唯一的希望。至于我父亲，他一天到晚在天上飞，他每个月最多亲自“接见”我一到两次。

当然，我也没有什么好抱怨的，在特区很多读过大学甚至研究生的人还在为找工作焦头烂额，甚至流落街头，很多和我同龄的人早已为温饱而四处奔走，忙忙碌碌，汗流浃背，而我每天却可以游手好闲，东晃西逛。我应当知足了。自从我来特区后，本来指望在特区考大学容易一些，因为竞争没有内地激烈，结果我还是连个大专都没考上，父母就对我彻底失望了。我母亲拍着我的脑袋说："儿子，只要你不学坏，家里养着你都行，我们这么辛辛苦苦地赚钱，还不是为了你。"为了我？我差点叫起来。我母亲都四十多岁了，每天都要去做美容按摩，她一天花掉的钱都够人家一家人的生活费用了。她把自己打扮得像电影里那种整天卖弄风情的老来俏婆娘……当然，对母亲大人，我应当尊敬一点。总之，你可以想象，他们给我办了一个信用卡，配了一辆铃木王，然后随我去干吗。

刚来特区的第一年，我还有过一些设想，我试着去参加几个培训班，也试图上上夜校，但不知为何，我似乎得了未老先衰症，我才二十一岁，却对什么都失去了兴趣。不瞒你说，我还沉迷过电子游戏机赌博，也试着尝过毒品，找过几个女孩，但现在我对这些都失去兴趣了，我怀疑自己神经出了问题，有时又怀疑自己生理上出了问题，因为我现在看见最漂亮的女子都提不起劲。就这样，三年过去了，我在特区似乎成了旁观者，当别人都活得热热闹闹紧紧张张的时候，我就是那个坐在街边玻璃窗内的咖啡屋里喝咖啡的年轻人，你一看见我就会认识：小白脸，穿得挺时髦，两眼无神，满不在乎地迎着你的目光。

后来，我干脆从家里的别墅里搬了出来，一个人住到一栋公寓楼里，四房两厅，我在那儿装了一套先锋音响，又安了一台电脑，与世隔绝，偶尔才回家，我父母看我还像正常人的样子——就是还没有发疯或瘦成皮包骨的样子，他们就放下心来。但搬到新居后，我又得了另一种怪病：我失眠，每天晚上，翻来覆去睡不着，差不多要折腾到凌晨天快亮时，才能闭一会儿眼睛。我才二十多岁，却夜夜失眠，这是我当时唯一的苦恼。

就这样我发现了蓝吧。

因为失眠，我只好整夜整夜地听摇滚乐，听久了，又觉得闷，就下楼去找茶坊咖啡厅之类。可这类场所也多半深夜一两点就停业了。有天晚上，我骑着铃木王在大街上狂奔，那是差不多凌晨三点了，街上除了偶尔驶过的出租车，一个人影都没有，海风有些凉意，我从滨海大道转向吉祥大道，在拐角的一个略显冷清的地方，看到一个灯笼，首先就感到一种暖暖的温馨，然后看到一栋木房子，好像是刚建起来的，木房子的左侧有一个灯箱，上面是霓虹灯拼成的一个英文词：PUB，朦朦胧胧地闪现着某种诱惑。我有点好奇地刹住车，闯了进去，映入眼帘的是一张吧台，吧台旁围着一圈原木高凳。左边的墙角有一个壁炉，中央散落着七八张木桌和几排木凳。

酒吧里人并不多，靠门口这边坐着两男两女，两个男的西装革履，两个女人则花枝招展，红唇大眼，有些不正经的样子，他们低低地调笑着。靠里面的一张桌上，一个显然是喝醉了的汉子趴在桌子上睡着了。吧台里站着一个戴眼镜，一身休闲服装的年轻人，他冲我笑了一下。我坐下来，招呼服务员要了一瓶啤酒，就那样从凌晨三点差不多喝到五点钟。不知为什么，虽然酒吧里人不多，却并不显得凄凉，可能是低沉幽怨的摇滚乐响个不停的缘故，让人觉得不那么孤单。

我一下子喜欢上了这个酒吧。后来我知道了这个酒吧的名字：蓝吧。很好听，很有诗意。我也认识了吧台里的那个年轻人，他叫蓝林，是这个小酒吧的老板；我也喜欢上了蓝林，他很和气、亲切，不那么盛气凌人、一听到钱就耳朵竖起来，卑躬屈膝。我和蓝林成了朋友，我没事就往蓝吧跑，很快和蓝吧里的几个女服务员熟了，蓝吧快成了我的半个家，我总算能在深更半夜找到一个可以去并且还算受欢迎的地方。

我当然不能算是一个有见识的人，但还算机灵，我很快看出蓝林是一个不同寻常的人。他不卑不亢，很认真地经营着自己的这个小酒吧，既不异想天开，也不自暴自弃，即潇洒又文雅。我对他怀着一种对兄长的感情，但我这个人不善于表露感情，我没有说。有一天他告诉我，他是特区那所唯一的大学里的老师，从美国留学回来没多久，挣了一点钱，工作又不是太紧，在美国时就喜欢上酒吧，所以就开了这么一个小酒吧，还好，生意算是不错，这个位置位于最热闹的两条街道——滨海大道和吉祥大道之间，总是有些夜游神一样的人，在深夜一点钟左右不知从这个城里哪个角落冒出来，这些睡不着觉的人，在这儿又要坐上两三个小时，才会离开。

时间一久，我在蓝吧里也能看出点名堂来：喜欢来这儿的人多半是有点钱也有点情调的，可能苦闷烦恼比一般人多一点，要来这儿坐一坐，喝上一点酒；还有一种人，则是那些不那么正当行业的人，比如说从夜总会下班的小姐、打完电子游戏机的年轻人，或者每天晚上要跑几个娱乐场所的烂仔。最可怕的就是这种烂仔，他们先去吃晚餐，喝了点酒后闹闹嚷嚷去夜总会，在夜总会又灌些酒，一直玩到场散人稀，又赶来蓝吧坐。这种人酒喝得差不多的时候，很容易闹事，有时候到了两三点钟，蓝吧里吵吵嚷嚷的划拳声、吆喝声、喧闹声，就是这些人发出的。

好在蓝吧还一直平安无事，我有时也替蓝林担心，他就笑笑，对我的好意表示感谢。蓝林也很注意听我说说自己的事。我并不是如我外表显示的那样闲着无事吊儿郎当，不说考大学失利对我的打击，我还有过爱情的挫折，有过其他的心理上的不顺，所以才落到这么一种心灰意冷无所作为的境地。我告诉蓝林：我曾经想过开一个小花店，因为我很喜欢鲜花。我的房间里就一天到晚插着鲜花，尤其是隐隐约约的清晨的微明之中，或者朦胧的薄暮之中，那些清新亮丽的鲜花好像从雾里浮起来的感觉，一下子就照亮了人的心。那种美，那种让人心痛的美，真是妙不可言。

蓝林很赞同我的想法，他认为开花店的人是心灵纯净而亮堂的，是格调健康的。他甚至动员我立刻办起来，他还帮我打听到吉祥大道最热闹的地段有一个铺面要转让。他说："那个地方生意一定会好，到时候全市的谈恋爱的青年男女都会到你那去买花。"

我为这个念头而兴奋，兴冲冲地跑去找我母亲。我母亲听了，先打量了我一番，以为我犯什么毛病了，然后用宽宏大量的口气对我说："傻孩子，你以为开花店轻而易举吗？你从哪儿进货？进货就累死你，进了货谁帮你守摊？开花店除了节假日，生意一般，利很小，都不够你雇一个人，你还不如就现在这样子，我们也不指望你去赚什么钱。"

我本来还想争辩两句，谁知她拉住我的手就往房间里走，说父亲从日本给我带回来一块手表，让我试试，那一天又这么过去了。

没过两天，我仔细想了想母亲的话，也是。我一下子又心灰意冷了。

蓝吧的生意真的是好。有时候，公司里的一帮白领们给同事过生日又是唱又是跳，一个个或活泼或文雅，这种时候，蓝林不知有多高兴，有时他也会加入进去，和客人们喝上几杯。这个时候，我也替蓝林高兴，他忙不过来的时候，我也帮帮忙，替客人倒倒咖啡什么的，反正我也闲着没事，以至到了后来，几个女服务员都不再叫我"先生"，而改叫我为"大哥"了，这种称呼的转变自然是因为其中有了一份感情。

可惜蓝吧的好时光没能长久，发生了一件事，使蓝吧、我和蓝林的命运都发生了转变。

这件事说来也很平常。

那天晚上，我来得很早，八点多钟就过来了，蓝吧里客人还很少，我坐下来，照例要了一杯啤酒，就喝起来。蓝林也踱了过来，打了个招呼，我们两个人懒洋洋地聊着天。

过来好一会儿，我才注意到吧台那边坐着一个女孩，穿得很夸张，上面一件大红的短袖衬衣，下面一条包屁股的黑色超短裙，尤其那双透明的薄薄的黑长丝袜格外惹眼。我一眼就能大致看出这是怎样的一种女孩子。蓝吧里经常出入很多这种女孩子，来喝两口酒，或者干脆是来勾搭那些到处寻寻觅觅的男人，然后一块喝酒，一块离去，消失在这个城市的某个角落。她们基本上都显得很孤单的样子，一个人或两个人来，她们都认识蓝林，来时总会冲蓝林点点头。蓝林却是一个也不认识，他只偶尔记得住一两个长相特别醒目的，不过他也不太管，事实上，从某种意义上来说，这类女孩子给蓝吧带来了一些生意，在特区这种地方，总会有些特别的东西的，那些夜不能眠者，那些失意者，那些心灵无所寄托者，他们总会在蓝吧寻找自己的慰藉，这就是蓝吧夜夜兴旺顾客不断的原因。

我承认，我也不是没有和这类女孩子打过交道。你想想看，我这种游手好闲者，实际上和这类人的生活差别不大，不过我没有赚钱的目的而已，但日常生活是类似的：习惯夜生活，到处游荡，抽抽烟，喝几口酒，就这样子来打发一个个夜晚。记得我刚来特区后不久，就是我高考失利、自己搬到公寓那边住以后，有个晚上和几个也算闲人的朋友狂欢，喝得醉醺醺的不省人事，第二天早晨从我的公寓房里醒来时，发现身边多了一个赤身裸体的瘦瘦的白白的女孩，我一下心情沮丧到极点，心底特别的空虚，像被人挖掉了一大块似的，我都没兴趣和这个女孩说一句话，就拿了点钱把她打发走了。再后来，我又一次一次地在快餐店、夜总会甚至大街上碰到这样的女孩子，我对她们并不陌生。

在我和蓝林聊着天时，那个女孩回过头来看了我们一眼，她手里还举着一杯红葡萄酒，她那种目光中有我所熟悉的那种满不在乎的神气，但似乎还多了另外一种东西。我后来回味起来，是一种类似痛楚绝望的东西，她似乎遭受了什么重大的打击，痛不欲生一醉方休的决绝的神情，我后来想，正是当时那么一种神情引起我的注意，否则，这样的女孩子是不会让我再有兴趣多看一眼的。

说句老实话，那个女孩长得还不错，如果不是有那么一股子俗气，她其实长得挺楚楚可怜、惹人疼爱的，她的脸蛋很细腻小巧，身材也算得上窈窕，就是那太浓的妆破坏了那么一种天然的情趣，她的唇擦得太红，眼圈又描得太黑，一种被压在地狱里痛不欲生的神态……这女孩身上似乎发生了什么事。

我偷偷问蓝林："这女孩是谁？"

蓝林摇了摇头，说："她来过这儿几次，不过不熟，今天她天一黑就来了，一直坐在那儿喝酒，喝了快一瓶葡萄酒了。"

蓝吧里又进来一些客人，蓝林过去打招呼去了。那个女孩还在喝酒，看上去喝得有些傻了一样，木头木脑地坐在那儿，眼睛不知盯着一个什么东西，头也很少回一下。

这种女孩子中，我也见到过个别很傻的。有一次在一个夜总会里，坐在我身边的那个就是这么一种：她说她男朋友做生意老是亏本，她不知道怎么样才能帮助他，就借口有姐妹介绍做事，来了特区，赚了点钱就寄回去给男朋友做生意，当然她不敢跟男朋友说自己到底在干什么。我就想：女孩傻起来真是傻，为了男朋友竟会牺牲到这种程度。其实在真正的男人心底，最不能容忍的就是这种肉体上的出卖，他一旦知道，可能永远不原谅这女孩。当然，这类女孩很少，有些女孩一旦做上了瘾，就会不顾廉耻到极点，稍好一点的，则只是做一段，又回内地去，开个小店，嫁个老公，生孩子过生活，这就算她们理解的"闯海"。这类女孩子，当然是多半家境不好，自己又还算老实，没有别的手段与能耐的。

这个女孩是碰到了什么事？男朋友吹了？还是家里出了什么事？实际上，恰恰是这类女孩最在乎男朋友的背叛，因为她辛辛苦苦赚钱，心灵的寄托就是有一个人对她好，一旦发生变故，无异于是她们心底的一场地震，可以使人崩溃的。我这个人虽然算不上什么好人，但这点同情心还是有的，也不会一味道貌岸然指斥这类女孩的行为。万事产生总是有它的原因的，何况这类女孩子伤害的毕竟只是她们自己，是拿自己的身体去铺路的，比起那些损公肥私损人利己的强多了，这种现象，既然大量地存在着，总应该进行分析理解。当然，这里有些说法是蓝林告诉我的。

那个女孩站起来去了一趟卫生间，回来时走路有些摇摇晃晃了，回来后她又一屁股坐在那个老地方。

蓝吧里渐渐热闹起来了，有些人来了，又走了，几个不正经的女孩，心满意足地随同勾上的男人离开了，只有那个女孩，却一点儿也没有去搭理那些男人的意思。她背对着人群，一个人坐在那儿喝酒，已经是第二瓶酒了，她也没有起身走开的意思，看来这女孩确实碰到了什么不顺心的事，而且可能不是一般的事，要不也没必要这么要死要活地折磨自己。

差不多十一点钟了，我的注意力也转移到了别的方面，我很闲地看看四周，喝一口酒，脑子里乱七八糟地想点事，也没有去别的地方转转的打算。酒吧里放迪斯科音乐时，我也去人群中跳了差不多半个小时，跳得汗都出来了，不过我不打算走，我反正无处可去，准备就这样坐在这儿，等人少了一点时，蓝林会过来聊聊天，老朋友一样地喝上两杯。

这个时候，那个女孩发生了一点小事情，她自己可能没有意识到，她挪动了一下屁股，挪动时裙子的一角被屁股压住了，这样，她那个被薄薄的透明的黑袜包住的屁股就隐隐露出了那么一块，连她的白色内裙也看得见了。这个细节肯定不止被我一个人注意到，因为已经有人在交头接耳了，但没有人去说。对这种女孩，人们不会用尊重的口气和她去说话，可是蓝林会。蓝林走过去，对那女孩说了一句什么，那女孩站了起来，又坐了下去，这下就没事了，裙子把露出来的屁股遮住了。

我猜不透蓝林说了一些什么，过了一会，蓝林走过来时，我问他。

他微微一笑，说："我刚才对她说'小姐，把你的酒杯举过来一下好吗？我放个红梅到里面'。"

蓝林好样的！我一笑，拍了拍他的手。

不知不觉已到了深夜两点，蓝吧里的顾客渐渐少了，只有五六桌了，除了我，墙角那头一对恋人，还有三个白领模样的人在闲聊，有两个老板模样的人在低声说找什么，另外还有两男三女在喧笑着，那个女孩还是一动不动地坐在那儿，除了偶尔去一趟卫生间，她就那样坐在那儿喝酒。第二瓶葡萄酒也剩下不多了，我相信她已经喝得云里雾里了，这种经验我也有，喝到一定时候，你似乎半醉半醒，自己根本搞不清自己在干什么了，尤其是一个人喝闷酒，能把人喝得似乎脑筋也给关闭了，转个念头都很难，一句话，喝傻了！你心里也明白，自己完蛋了，可还是一个劲地喝，好像一种惯性在驱使。

蓝吧的门"哐"的一声给撞了一下，闯进来两个一看就不好惹的小子，那种所谓"烂仔"：一个红头发牛仔裤，有点儿瘦，眼睛滴溜溜地乱转；另外一个则显高大一些，有点儿胖，走路有点儿故意左摇右摆，很神气的样子。看得出，他们两个可能刚从电子游戏机上赌完下来，脸上还有一种好斗的公鸡一样的表情。他们就在靠门口的一张桌旁"叭"的一声坐下来。服务员把两瓶啤酒送过去，他们把瓶盖用牙齿一咬开就往嘴里灌，两个人都不作声，只是面对面坐一个劲儿地灌酒，好像渴极了似的，又好像迫不及待地想借酒驱赶走什么。

我又去看蓝林，蓝林正看着门口那边，我就去看门口。原来刚进来的那两个小子正不怀好意地打量那女孩，用很猥亵的眼光把那女孩从上打量到下，又互相交换了一下眼神，那眼神里有一种下流的东西。蓝林担忧地看着，作为一个老板，他当然对这种事有经验。

果然，那瘦子猛地喝了一口酒，冲那女孩的背影说："喂，小妞，陪我们哥俩来喝口酒。"

那个女孩显然没有反应，她的注意力可能正泡在酒里呢。

瘦子就拿起一个啤酒瓶盖朝那女孩砸过去，瓶盖砸在女孩的背上，她回过头来，一脸懵懵懂懂的样子。

"喂，说你呢，小妞，到我这儿来。"瘦子咧开嘴巴一笑。

女孩看了他们一眼，又转过身去，好像根本没听到似的。

"喂，说你呢，聋啦？"瘦子吼起来，说着就拿起酒瓶往桌上重重一砸，站了起来。

那女孩还是一动不动。

瘦子冲了过去，抓起女孩的手就拖："装什么装，老子请你喝酒是看得起你。"

酒吧里一下子变得鸦雀无声了，所有的人都把目光转向了那边。酒吧里有一种微妙的气氛，大家好像都在默默地等待什么发生。

蓝林目光阴沉地看着这三个人。

女孩被猛烈一拽，差点跌倒，但她的一只手很快抓住了固定在地上的原木高凳，一下子显得很果敢、敏捷。

瘦子恼羞成怒，用手使劲去掰那女孩紧紧抓住凳子的五个指头，嘴里骂着："不他妈就是一个婊子吗？老子又不是不给钱！"

女孩还是不松手，两只手合起来抱住了原木高凳。

这时，那个胖子也站了起来，操起一个空酒瓶就朝那个女孩脑袋砸下去，"他妈的！老子今天就是要打掉你的威风！"

那女孩的额头破了，一下子血流满面，那样子特别吓人。

我和蓝林都眼睛不眨地盯着那边，蓝林的眼睛里射出一种愤怒的光，我的右手也不知不觉地攥成了拳头。

酒吧里寂静无声，所有的人都紧张地看着那边，这个时候，我相信有不少人和我有着同样的心情，但都在踌躇着、犹豫着，为那样的一个女孩子，要不要站出来。

胖子和瘦子大打出手，完全是往死里打的那种狠劲儿。那女孩也是怪，她既不求饶也不反抗，她一声不吭，脸上显现出一种麻木但宁死也不想从的坚决的表情，好像说你们干脆把我打死算了。

我一时怀疑那女孩子是不是喝糊涂了，她血流满面咬着下唇两眼紧闭的样子，似乎巴不得别人把她打死，因为那两个烂仔往死里打的那种打法，是任谁也看不下去了的。

蓝林实在看不下去了，拦住胖子和瘦子，说："朋友，算了算了，为这点小事大动肝火不值得。"说完，给他们一人敬了一支烟。

胖子和瘦子似乎也打累了，甩了甩手腕，指着那个衣服破了、披头散发、始终不吭一声的女孩说："他妈的！老子今天晦气！暂时放过你，下次再碰到这样，非整死你不可！"

蓝林看了我这边一眼，我走了过去，我们两个人把那死死抱着原木高凳的女孩扶起来，放到凳子上，不想刚一松手，她就身体软软地瘫了下去。

胖子和瘦子骂骂咧咧地走了。

那个女孩还是紧闭着嘴一副宁愿去死也不愿开口的表情。

蓝林拦了一辆出租车，把那女孩送走了。

酒吧里喧闹声又渐渐地大起来了。

蓝林坐在我对面闷头喝了几口酒，我们两个都默不作声。

蓝林的脾气一下子显得很差，很暴躁，他狠狠地灌了一口酒："他妈的！太没人性了，这么打一个女孩子，人再贱再不是东西，也是一个人啊！"蓝林又灌了几口酒，"老子刚才真他妈的恨！真他妈的想杀人！"蓝林一脸凶狠狰狞的模样，一点也没有了平时的文雅。

我心底也憋闷着，好像一口气给堵住了似的，身体热热的，脑子里却越来越活跃、亢奋，同时又有一种羞愧、窝囊的感觉，不敢去看蓝林愤恨的发红的眼睛，更不敢去看那些吓得战战兢兢的女服务员害怕的眼睛。

那个晚上，我和蓝林各喝了五瓶啤酒，等客人散去，把服务员也打发走了之后，我们两个还在喝，几乎没说什么话，一直喝到站不起来了，就摇摇晃晃倒在桌子上睡着了。

后来，我再也没去过蓝吧了。那天晚上的事情给我留下的印象太深刻了，我似乎也一下子看清了自己的可怜、可悲，那种无所事事的生活的可怜、可悲，我一下子变得循规蹈矩实实在在起来。我找了一个工作，在一家电脑公司当操作员。我从小喜欢电脑，这工作很适合我，我认认真真上班，老老实实做事，感觉很充实。我还是一个人住，但再也不去酒吧、咖啡馆之类的地方消磨时光了。

后来，听说蓝林把蓝吧也转让掉了。有一次我碰到了他，他正陪同妻子在买东西。

我们站在街边聊了一会儿，我说："真可惜，蓝吧生意那么好。"

"其实也没什么，"蓝林说，"我现在想通了，我又不是很缺钱，我不喜欢那种环境，我想我还是回学校教教书写点论文的好。"

我把我的情况也跟他说了说。

最后，我们约定有时间多联系。

海口之恋

1

林君临近毕业的时候，正赶上分配越来越差，能留省城长沙的很少，很多同学就想方设法往南方跑。由于往南方跑成了风气，反过来又使更多的同学义无反顾地去，有的不惜不要国家公职，有的不惜冒被委托单位开除罚款的风险，因为大家都坚信法不责众，又坚信人多好办事，同学一多，平时反正也有个照料。于是，往南方跑成了顺理成章的事，一点儿也没有什么悲壮的下海之感，再加上林君的学校本来就分配不好，所以，林君班上的同学，就有七个去了深圳，六个到了海口。

林君属于少数的幸运儿之一，他完全用不着为分配而忧虑。家里早已帮他在长沙联系了一个厅级机关。所以他毕业文凭一到手，第二天就报了到，然后赶回学校来送尚未离校的同学。

看着同学们大包小包地捆扎着行李，又看着分配还没有着落的同学焦虑的表情，林君完全有一种隔岸观火的感觉，悠闲地帮着别人忙这忙那，热心地打听同学分配的去处，显得比任何时候都要关心人，充满热情。同寝室的铁杆哥们刘义挤兑说："嗨，大学四年，你好不容易逮机会学了一次雷锋。"

刘义可没有这么自在，据他说，海口倒是有一个公司口头答应要他，但户口暂时不能解决，一切只能等他去了之后再说。尤其要命的是，刘义的女朋友杨茜也准备跟他一块去。杨茜是湘潭人，本来分回老家也无所谓，但刘义来自湘西，两个人又不想分开，杨茜准备把档案、关系先留在湘潭一个中学里，跟刘义去海口试试看。

林君和一些同学送别刘义和另外几个同学乘南下的列车，未免有些黯然神伤。他返回学校，这时候宿舍楼已经空空荡荡的了，林君在走廊中间走着，脚步声响起来了，又走进一间人去室空的寝室，看见墙上用毛笔写着："朋友们，我会永远怀念你们的！"

2

刚开始上班的头一两个月是新鲜的，但不久，林君很快就熟门熟路了，吃完早饭，就到办公室泡杯茶，开始看报纸，看完报纸，又溜到门外去放放风，再回来翻翻文件，就到了下班的时间……周而复始，每天基本如此。较难打发的倒是晚上。林君虽然在长沙已生活了四年，可是，因为以前学校离市区还有二十多公里，实际上他对长沙仍然非常陌生。于是，每天晚上他就骑着一辆旧单车在大街小巷窜来窜去。留在长沙的同学不多，起初一段时间大家也来往不多，林君在长沙又没有什么亲戚，他老家在益阳，来回一趟也不方便，大部分的业余时间就消耗在一个人东游西逛上。有时候坐在秋风中吃臭豆腐，就会想起大学时代的种种趣事。掰着指头一算，已毕业近三个月了，林君这才想起：刘义自去海口后还没来过一封信。

刘义的信是在林君差不多习惯了和单位的年轻同事一起出去玩耍的时候才来的。林君每天晚上到处去找电影看、找舞跳，一天早上差不多睡到九点半起来，懒洋洋地在街角吃了碗馄饨，准备去办公室露一下面时，一走进厅大楼，收发室老吴就喊住他："小林，信！"林君猛地一阵兴奋，从老吴手里扯过信，一看，落款是：海口市国贸大道 9 号华信公寓 902 室刘义，就急急地撕开，只见刘义潦潦草草的字迹跃然而出。

刘义的信大意说由于所在的公司是刚创业，事情比较多，所以一直没写信，只有请老朋友原谅。现在公司已基本走上正轨，他本人现任公司部门经理，月薪三千来块，基本上够用，另外杨茜有时也出去打打工，但多半不长久，就在家里。公司分了一间房，做做饭菜，应该说还算稳定。同时刘义也不忘一直关心也一直喜欢用来开玩笑的话题：老友有无爱情的新消息发布。他补充说，这是他本人也是和杨茜共同关心的最重要的问题。

林君一笑：这家伙！心底有些得意，毕竟是老朋友，又有些羡慕，啧啧，三千块，我现在才五百块钱一个月。林君又把信看了一回，看到“有无爱情的新消息发布”，林君又是一笑：这家伙！大学期间，刘义和杨茜在这方面没少为林君操过心，刘义因为和杨茜谈上后，觉得帮好朋友物色一个女朋友是自己义不容辞的责任，出过很多主意，杨茜也牵过不少线，无奈林君就是不动心。一则是林君眼界有些高，对本班或系里的女生看得上的不多，认为不错的，又早已名花有主；二来林君一向比较保守，认为大学期间应以学习为主，谈恋爱似乎有些不务正业；三则父亲老有来信，父亲是一位老教师，写信必灌输长篇的人生大道理，诸如“事业为立身之本，有了事业，则不怕没有女子爱”，又如“青春为人生学习知识的黄金时间，务使自己勤勉、刻苦不负光阴”，实在让林君看了头大，却又在潜意识里让他视大学恋爱为青春游戏，有浪费光阴之嫌。所以直到大学毕业，虽然林君也偶有动心的时候，却总的来说是犹犹豫豫、畏畏缩缩，在爱情方面没有太大的进展。

3

和刘义通信成了林君枯燥的机关生活的一种乐趣，刘义在信里会经常描绘一下海口的奇异之处，诸如异国情调的椰子树、一望无际的洁白的沙滩，诸如满街的靓女，刘义夸张地说，“美女如云，痛苦不堪”，还有马路上名牌汽车如流之类。林君起了一种向往，觉得海口真是一个美丽的地方，因了刘义和杨茜，海口成了他心底里最想去看看的风景。

这个愿望突然变得强烈起来是在春节过后，春节过后，刘义寄来的信中不经意地提到一个林君为之一动的名字：于晴。

于晴是林君和刘义的同班同学，虽然不是特别的出众，却也一直是男同学们夜间熄灯后卧谈会上偶尔会谈到的女生之一。对于林君来说，班上每一个女生都是云里雾里的，因为他从来没有去过女生宿舍，后来从杨茜的口中，才知道女生们对自己的评价是“清高孤傲，独来独往”，林君不禁觉得有些滑稽，一笑了之。唯独于晴有些例外，一是她和杨茜一向关系很好，所以知道她的情况比其他女生多一点；二则是毕业前夕林君和她有过几次来往，算是有点印象的，因为直到毕业时，林君还认不全班上的女生，有好几个名字和本人都对不上号。

听杨茜说：于晴和化学系的一个男孩好过一段，那个男孩是一个典型的无赖。林君后来才想起，正是这个无赖把于晴从自己手里“抢”走的。这个故事说来话长。还是刚刚进校不久，林君随大流去学跳舞，交 20 块钱就参加了舞蹈培训班，然后每天晚上八点，同学们集中在学校礼堂里，由一个老师教，大家在后面模仿着走，教了几回踩步子，就开始进入练习阶段，放音乐，自找舞伴练习，老师再指导。胆子大的男生早已捷足先登，一人揽住一位女生练了起来。林君刚进校，怯生生地东张西望，才发现一位模样儿还端正的女孩尚站在角落里。林君鼓起勇气走过去，那女孩倒大方，就和林君跳起舞来。女孩显得熟练得多，不时指点林君，“不要身子太硬，放松一点”“跟住节奏”。林君渐入佳境，不想突然插进一位个子高高大大的男生，冲林君说了声“对不起”，就揽过那女孩跳起来，一会儿就旋转着入了人群里面。林君站在一边又气又恼，看看别人都跳得兴致勃勃，一时沮丧，就先走了，从此心灰意冷，再也不入舞场。一直到大学毕业，林君还是没有学会跳舞，不能不说与这个小插曲有关。而林君后来才发现，那个女孩原来就是自己班上的，名字叫于晴。那高高大大的男孩，后来似乎就成了于晴的男朋友，也就是那个化学系的。不过似乎是这件事情太小了，在纷乱的学生生涯中，林君后来也忘了，于晴对这事也没有什么太多印象，甚至很长时间也没认出林君来，林君也没有主动再和于晴打交道。

杨茜后来说，于晴还是和那个男孩吹了，但那男孩仍然经常来纠缠，于晴就让她帮忙，什么时候都和杨茜在一起，让那个男孩没有机会。杨茜这样说着的时候，林君他们都进入大学最后半年了，功课渐渐少了，自由活动的时间多起来。林君虽然在作息上仍未放松，但也不再每天泡在图书馆或教室里了，在刘义的怂恿下，也去看看电影，喝喝酒，打打牌。

一天晚上，差不多十点半了，刘义拉林君去学校的“红房子”咖啡屋，林君开玩笑说：“怎么啦？有什么好事，你准备请客？”刘义诡秘地一笑：“你放心，自然会有人请客。”

两个人步入壁灯幽暗、情调朦胧的咖啡屋，找一个靠窗的座位刚坐下，一位身穿白围裙的女服务员就飘过来了："两位，要点什么？"林君一抬头："杨茜，是你？搞什么鬼？"杨茜一笑说："不像你这位大学者这么一天到晚忙呀？我们没事干，就应聘到这里来当当服务员。"杨茜刚说完，身后又飘来一位小巧玲珑的女孩子，是于晴。于晴满脸堆笑地说："林博士，今晚有空来坐坐呀？"给林君弄得有些尴尬："谁造我的什么谣，我这水平能当学者、博士吗？""算了，算了，别谦虚嘛。"杨茜回头看了看服务台那边，"你们想喝点什么？我去拿。""怎么？今天发了工资，准备请客？"林君开玩笑说。"没问题，"杨茜笑着说，"不过，听有关人士的准确消息，说你刚获了一个英语竞赛二等奖，是不是该有所表示呀？"杨茜大大咧咧地说。于晴在一旁，显得有些生疏，不过也笑着说："恭喜恭喜。""行，今天我请你们喝咖啡啦，要四杯吧？"杨茜看了刘义一眼，刘义挥了挥手，"去吧"，杨茜就返回服务台去了，于晴看门口又过来两个人，冲林君和刘义点了点头，"我去去就来"。

四个人坐在一起喝了一会儿咖啡，林君看于晴坐在一旁，不知道说什么好，于晴也显得很生疏，不说话，刘义问了问今天生意怎么样，咖啡屋挣不挣钱之类的话，门口又陆陆续续进来不少刚下晚自习的学生，于晴有点不好意思地说了声"谢谢"就走开了。

后来又有一次，差不多已是毕业前夕，获英语竞赛二等奖的奖金发下来了，林君拉刘义去"红房子"咖啡屋。这个时候杨茜和于晴已不在咖啡屋当服务员，林君就说："去叫两位女生吧。"刘义除了杨茜，不认识别的什么女孩子，林君更是一个书呆子，想不出叫谁好，两个人讨论了半天："就叫杨茜和于晴吧。"两个人就去女生宿舍。刘义和林君站在女生宿舍楼的走廊上，林君还是第一次来女生宿舍，怀了一点好奇心地看那些神秘的布门帘、明亮的灯光。不一会儿，于晴走了出来说："杨茜不在，不知道去哪儿了。"刘义和林君互相看了一眼，刘义看看林君，林君犹豫了一下，说："请你下去喝咖啡有时间吗？"于晴也愣了一下，不过她很快反应了过来说："请等一下，我去换件衣服。"就又返回宿舍了。这个时候正是晚上九点钟左右，女生宿舍里空空荡荡的，显得很冷清。这一层楼上全是毕业班的女生，这个时候一般不是去晚自习赶写论文去了，就是和男友逛街去了。大学里有一句谚语，叫"一年级傲，二年级俏，三年级急，四年级没人要"。说的是女大学生一年级刚进校时趾高气扬，二年级时争艳斗俏，三年级开始急着找男朋友了，四年级还没找到男朋友，可就有点不妙了，也就是说，四年级的女大学生基本上是人手一个男朋友的，所以宿舍里总是很冷清的。

那天晚上，因为杨茜不在，刘义显得心神不宁。可能是喝了一点咖啡，林君显得很兴奋，一个劲地和于晴说着话。林君大学四年，好像从来没有说过这么多话似的，于晴善解人意地听着，偶尔插一两句，就鼓励着林君更加不停地说下去。那天晚上，不知为什么，林君觉得于晴格外地动人，既温柔又善解人意，而且她的那种略显生疏不是一种缺点，反而是一种优点，显得她懂礼貌，有淑女风范。

可惜，那时离毕业已只有四十多天，四十多天一下子就过去了，虽然于晴在林君脑海里留下了极美好、极令人回味的印象，但一切都已来不及了，毕业，很清楚很残酷的现实，将他们隔开了，林君留在长沙，于晴则听说分到了四川的一个什么地区去了。

只有一次，林君偶尔地向刘义泄露了自己的心事："于晴这女孩子真不错，要是有时间的话，我真想追她一下。"林君漫不经心地说，刘义也漫不经心地听，没有放在心上，因为那个时候，大家关心的只有一个问题：分配！

4

刘义的信没来多久，林君就收到于晴寄来的一张明信片——"林君：你还记得我这个老同学吗？你还是那么才华横溢侃侃而谈吗？谢谢你请我喝的咖啡。我是从杨茜和刘义那儿得知你的地址的。有时间欢迎到天涯海角一游。"

林君把这张明信片翻来覆去看了几遍，他觉得：第一，于晴对自己的印象是不错的，要不不会主动寄明信片来，还有"才华横溢侃侃而谈"之类的话；第二，她也清楚地记得那个晚上。林君第一次为一个女孩子而自己给自己找麻烦了。

林君又从刘义那儿得知：于晴刚到海口不久，住在哥哥家，似乎找工作也不太顺利，目前尚没有男朋友。林君干脆明目张胆地暗示刘义，说“你和杨茜一定要帮帮忙，知我心者，莫过你也”，可想而知，这封信也令刘义和杨茜大吃一惊，但刘义一向为朋友两肋插刀，他立刻怂恿杨茜去问问于晴的意思，于晴含含糊糊地表示对林君不无好感。很快，林君的第一次爱情的火花给激发起来了。他下一步的计划是，想办法去一趟海口。

实际上，很多人，尤其是林君这样品性纯朴的年轻人把爱情是看得很重的，宁愿等待，也决不降低要求。林君的婚姻问题，早已引起了他家里人的高度重视。林君刚一参加工作，父母就密切关注林君的婚姻动向，在一而再、再而三地询问儿子有无目标后，父母也开始用另一种眼光打量起周围的年轻女子来。春节，林君一回家，就有不少来历不明的年轻女子登门拜访，往往是莫名其妙地坐一坐，东张西望一番，又偷偷打量打量林君，然后羞答答地掩袖而去。来的借口各种各样，有的说是来看老师的，有的则是来与母亲拉家常的，甚至还有借口路过的。林君感到自己成了一头运来供观看的珍稀动物，又自思长年出门在外，不好对父母发作，后来的几天，他干脆每天到街上去东游西荡，找一些中学同学吹大牛，直到吃饭时才回家。临走时，母亲又试探问林君有无意向，林君苦笑一声，说：“妈，我自己知道该怎么做。”

回到了长沙，林君还是不知道做些什么好，对那么一点程式化的工作早已精通了，而时间越来越显得沉闷无聊冗长，林君开始怀疑：难道真的就这么打发一生吗？林君沉入了一种持久的苦闷。

幸好刘义的来信越来越频繁，于晴也偶尔来一两封信，林君有一天忽然忆起第一次和于晴认识的事，就把那段舞场插曲叙述了一番，并且在最后开了一句玩笑："因为你，我从此成了舞盲。"

于晴的信回得迅速又长，于晴说她一点儿也不记得这回事，只是她没想到自己无意中的举止给林君造成了如此深的伤害。她表示了歉意，诚恳地说如果有机会，她真希望能够弥补。

"如果有机会？"林君看信时，办公室里已空无一人了，此时早已下班，偶尔听得见窗外马路上汽车驶过的声音，向窗外看去，下班的人们脚步匆匆，夹着包或拎着菜，低着头只顾赶路。林君怅惘的目光又掠过那几个字，突然感到这种机械的生活是如此的不可忍受，刘义在南方正生活得自由潇洒，而自己窝在这个臃肿的官僚机构里，快一年了，庸庸碌碌，无所事事，尤其那里还有一个女孩子殷切的期待。林君仿佛听到了远方的美好的呼唤。

林君想起了刘义近期最常提起的一个话题：如有可能，你最好来海口一趟，就算旅游一次也可。

5

林君的海口之行实际上一直拖到了差不多三月份。

在这一段时间里，他还是和往常一样上班，看看报纸，到其他办公室溜达溜达，下班后就到处乱窜，很晚才回他那个狗窝一样的小房间。上班的时候，林君也很少待在办公室。他只要一看到处长那审问一样的目光，听到老罗那叽叽喳喳的一天到晚议论政坛动向的声音，脑袋就要炸开。他干脆跑去其他办公室，找几个年轻同事聊天。以致到了后来，林君完全得了办公室厌倦症，在自己办公室里坐不住，坐得稍微长一点时间就浑身发痒难受，以致他每天在其他办公室的时间比在自己办公室还长。后来处里的人也习惯了，只要有电话找林君，冲门外喊一声，林君就会从不知哪个角落里钻出来。几个有些来往的同学后来问怎么老不在办公室，林君想了半天也说不出个所以然，只好说："瞎忙一气。"

林君临去海口的前几天，精神异常的好，每天哼着歌，轻快地上上下下。正好长沙的天气也开始暖和起来，沉重的外衣一件一件地褪去，阳光也显出温煦和蔼的一面，林君有些心潮澎湃、激情勃发的感觉，以至一向唉声叹气自认倒霉一心想当官四十多岁了还只混个主任科员的老罗，也被林君感染了，眉开眼笑地看着林君说："年轻真好，年轻真好。"而另外几个年轻同事也不客气地嘀咕："林君这小子，是不是春心萌动？"

林君在即将飞往海口的前夕，兴奋达到了极点。他给刘义拍了一个电报，又给家里去了一封信，说即将出一趟差，回来再给家里写信，而对处长，他则借口家中父亲住院，需回家一趟。

林君将一切安排妥帖，和来往最频繁的朋友和同事都没说，就悄悄地买了飞机票，开始了他早已盼望的海口之行。

6

飞机一越过琼州海峡，林君就把脸贴在玻璃窗口，向下望，果真和想象中的城市一模一样，绵长的海岸线，洁白的沙滩，连绵的美丽的绿色的植物，海边的高楼大厦鳞次栉比，还有隐隐约约的街道与人流。来不及多看，飞机一下子就降落了。

林君穿着牛仔裤，背着一个宽大的牛仔包，兴致勃勃地朝出口处走去。迎面而来的各种各样的面孔，写着“接 ××”的牌子，林君仔细地扫描过去，没有看到刘义，林君又仔仔细细地在人流中搜寻了一番，还是没有。后面接踵而出的人潮将林君挤出了出口，林君在人群中东张西望，左寻右找，还是没有看到刘义。这小子？林君低低骂了一句，步向公用电话亭，摸出一个小本子，打了刘义的 BP 机。

趁这会儿工夫，林君打量了一下周围，机场停车场停满了各式各样的豪华轿车，一张张巨大的广告牌傲然挺立：“寰岛泰得大酒店，您理所当然的选择！”“椰树牌天然椰子汁，原汁原味。”而一个个时髦漂亮的女孩子，拥着刚下飞机西装革履拎着密码箱的男士走向一辆辆小轿车。

刘义回了电话，在电话中，他抱歉地说今天有一笔重要业务，务请林君原谅，他要林君坐出租车到他公司来，他把公司的地址详细地告诉了林君。

林君虽然已有点疲劳，但兴奋感仍然未退。在出租车里，他看着一栋栋高楼、一座座宾馆突兀飞过；他看见街上挂满五颜六色的横幅，上面写着“欢迎天王巨星黎明莅临海口”“夜巴黎俱乐部开业周年志庆”；他更惊奇地看到椰子树耸然而立，婆娑起舞，剪影一样地在蓝色的天幕上衬了出来。

出租车很快地到了刘义所说的金贸片区，林君站在马路边，发现自己置身在一座座山峰一样的高楼下，而街道，像峡谷一样贯穿于这些山峰与山峰之间，一抬头，太阳也觉得远了小了，却是炎热无比，当头暴晒。林君找到了刘义所说的金城大厦，电梯缓缓升到八楼，门一开，豁然映入眼帘的是一行铜字：新世界置业公司。

“刘义在吗？”林君小声地问一排写字间前的服务台小姐。

“好像刚才出去了。”

林君一时有些茫然，“他说好要我来找他的。”

这时，写字间里有人探头出来看这边。

“那你在沙发上坐着等等他吧。”

林君走向门口左侧的一排沙发，放下行李，看了看四周，发现这房子实际上宽大得很，只是被一个个写字间隔开，显得有些拥挤。

服务台的小姐送了一杯冰水过来，林君说：“谢谢。”又茫然地把目光投向窗外。

海口的天空真是蔚蓝得一尘不染，这么明亮的天空，这么令人心旷神怡的天空。

半个小时，一个小时，一个半小时……林君有些焦躁不安了，他站起来问了服务台小姐好几次，问刘义去哪儿了，什么时候回来，小姐一概不知。

差不多快到下班的时候，刘义匆匆忙忙从外面进来，林君正要迎上去，刘义挥了挥手："你稍等一会，我马上出来。"就往里面走去。

又过了大约二十分钟，刘义才走了出来，一把抓住林君的肩膀，"嘿，长胖了。"

"能不胖吗？一天到晚无所事事。"

"真不好意思，今天有点急事，让你久等了。"

"嗨，你跟我来这一套客气。"林君的大学语言脱口而出。

"走吧，我们中午随便去找个地方吃点东西，然后去我那儿休息一下，下午再好好撮一顿。"

坐在一间快餐店宽敞亮堂的玻璃墙边，林君打量了刘义一下，好像又熟悉又陌生，昔日的学生气荡然无存了，现在是一个沉稳干练的白领，但有些隐隐的忧虑写在眉间，有些倦意隐在额角，林君突然觉得有些不知说什么好，毕竟，快一年没见面了。

"怎么，特别忙吗？"林君问。

"没办法，在这鸟公司就是这样，上下班要打卡，平时请假都很难，还是内地好啊，优哉游哉，大锅饭，多干点儿少干点儿都行，这儿不行，一天到晚累死了，真正给老板当牛做马，最后也不过混口饭吃。”

林君小心翼翼地喝了口汤。

“杨茜呢？”

“她现在在金盘上班，离这儿挺远，比较偏僻，晚上回去还得有人送，她那边也有一张床，有时忙就睡到那边了。”

林君不自然地把眼睛移向窗外。

刘义靠在座椅背上，闭了一会儿眼睛，又睁开眼睛，问：“你请了几天假？”

“一个星期。”

“那还不急，我慢慢来安排。你先说，你想怎么过？”

林君思忖了一会，说：“如果你特别忙，干脆把你的单车借给我，我自己到处逛逛，反正后天就星期六，你再陪我。”

“也行，我们这鸟公司实在管得太严，只好委屈你了。”

“嘿，你还跟我这样。”林君责备说。

刘义突然不怀好意地挤了挤眼睛：“于晴那儿，你先别急，我安排妥了，再叫你。我明天晚上就要杨茜过来，其他同学我也通知一声。”

林君有点不好意思，不再言语。

7

按照刘义介绍，林君先去了海口的几个景点转了转：万绿园、滨海公园、五公祠……海口绿化很好，空气新鲜，街道干净，但又到处人流拥挤，混乱不堪，有一种乱糟糟的活力，满街都是内地来找工作的年轻人，让人感到莫名的兴奋和冲动。

一天很快就过去了，晚上六点钟的时候，林君正坐在刘义的宿舍里翻报纸。刘义和公司的几个同事合住在一个套间，每人一间房，客厅、饭厅、厨房共用。林君正准备站起来，门外突然冲进来一个女孩，一条白底红花裙子迅速地飘起："嘿，林君。"

林君一看，正是杨茜。

"刘义呢？"杨茜有点挑剔地打量了一下刘义弄得乱七八糟的房间。

"可能马上回来了吧。"林君说。

"你比以前胖了不少嘛，啊，大才子。"杨茜还是大大咧咧的样子。

林君咧开嘴巴一笑。

杨茜以前在很多男孩心目中是一个冷美人，不怎么喜欢言语，只有林君和她熟了，才发现杨茜其实是一个热心人，又有很多鬼点子，以至林君在给杨茜的毕业纪念册上留言写道："天啊，杨茜小姐她不是人，她是一个仙女，一个鬼精灵。"据说这句留言在女生中引起了轰动，一致认为写得又好又妙。

“喂，你现在怎么样？”杨茜坐在刘义的床上，问道。

“马马虎虎，混日子吧。不像你们，充满朝气活力，活得自在。”

“哈，你还拿我们来挤兑，我们早都老啦，老啦，不像你，还是学校那个样子，文文静静，秀秀气气的样子。”

林君一笑：“你还真是一副历尽沧桑的口气。”

杨茜不再笑了，沉默了一会儿，说：“别人以为在海口怎么样怎么样，其实，每个人心里自己都知道是怎么回事，表面上快活风光而已。”

林君不再言语。

正好，刘义回来了，杨茜站起来，从刘义手中接过公文包，问：“那单生意谈成了吗？”

“差不多了。”刘义脱了皮鞋，换上一双拖鞋，走了两步。

“你玩得怎么样？”刘义问。

“还行，海口就是有点乱糟糟的，好像车也开得没什么规矩，人也走得不讲什么交通秩序。不过还行，城市虽然小了一点，还是有朝气、有活力的，房子都建得挺漂亮。”

“海口这几年房地产投了几百个亿，我们这栋楼附近，有几十栋高层建筑，几年前这儿还是一片荒地，真正的荒地，以前这儿是滩涂。”

“哦，变化挺快。”

刘义又看了杨茜一眼，“先去吃饭吧，等会我早点送你过那边去。”

林君假装翻报纸。

杨茜过了一会儿才说：“家里又写信问我们调动手续办得怎么样了。”

“再说吧。”刘义不愿多说。

林君感到自己像一个多余的人，刘义现在变得稳重、男子气多了，林君感到。

8

刘义打了将近一上午的电话，通知所有在海口的同学约好中午十一点半在潇湘酒家相聚。

然后，刘义冲林君说：“你想去王琳那儿吗？她就住在这附近。”

“反正没事，也行。”林君说。

王琳是林君班上一直最得意的同学，在中学就入了党，一到大学就当了林君他们的团委书记，毕业时她姐姐又帮她联系了海口的一个政府机关。在大学里她相貌平平，又令人不敢高攀，如今到了海口据说非常走俏，追她的人不少。刘义有点嘲弄地说：“有一次几个男同学打赌，说谁敢亲王琳一下，奖他一百块钱，也没人敢应征。等会儿你看看她，眼镜也不戴了，只戴博士伦，还美了容，完全一副丑小鸭变白天鹅的模样。”

果然，乍一见到王琳，林君没有认出来，倒是王琳热情地走过来，一伸手，林君吓了一跳，过了一会儿才反应过来，和王琳握了握手。王琳仍然一副书记的样子，亲切地问了问林君的情况，又夸耀自己福利待遇多么好，刘义在一旁一声不吭地听着，林君呢，只好频频点头。

“你见到罗娜了吗？”王琳问。罗娜也是他们同班同学。

“还没有。”林君说。

“于晴呢？”

“也没有。”

“她们两个最有意思了，海口市工商局原来有个小伙子，也是校友，最早看上了于晴，拼命去追，于晴没答应。他又去追罗娜，也不知罗娜怎么想的，两个人就同居了。如今罗娜一见到于晴，绝对不搭理，于晴呢，看到罗娜，也假装不认识，真有趣。”

林君去看刘义，刘义低着头，无精打采的样子。

王琳又说了很多同学的趣闻，什么吴兵现在胖得像头猪，一坐下就打呼噜；什么张力成了模范丈夫，对他老婆百依百顺。班上总共七个在海口的同学，林君还没见上面，王琳已一一介绍了近况。

差不多闲聊了一个小时，三个人才动身一起去潇湘酒家。

9

潇湘酒家是一家湘菜馆，林君他们三个人赶到时，杨茜早已在那里等候，不一会儿，其他几个人也陆续来了，罗娜最后一个到。罗娜一到，就大惊小怪地又是和王琳开玩笑，又是冲林君卖弄风骚，“哇，大才子，有空出来玩呀？”

林君笑笑。

实际上，林君对罗娜的熟悉远胜过班上其他女生，他曾和罗娜一道在长沙市北区政府实习过。一起在那儿实习的总共有三男两女，罗娜和林君都在信访办，不过一个星期，信访办成了区政府大楼里最热闹的办公室，区政府不少未婚、已婚男青年闻风而至，罗娜又是和他们打情骂俏又是约去看电影、逛街，最好笑的是长沙大学的一位小男生也在这里实习，每天围着罗娜团团转，跟在罗娜屁股后面喜颠颠的。林君和另两位男生就找这小伙子开涮。每天中午，实习生们就在办公室里打“跑得快”，罗娜也是“跑得快”迷，那小男生自然自始至终守护一边。打着打着，林君他们就要那小伙子去买包烟，小伙子不动，林君他们就冲罗娜说：“看来得你下命令才行。”罗娜一挥手：“你去吧。”小伙子不情愿地嘀咕着出去了，回来后，林君他们还嫌烟不好。事后，几个男生才偷偷直乐：一分钱没花，让那小子又孝敬了一包烟。

罗娜到处走红，在学校里，连研究生们也追过来了，后来听说她跟了一个经济系的研究生，后来又听说她被那个人甩了，后来又听说她跟那个研究生到了海口，又不知怎么成了现在这样子。

王琳看了看正在聊天的几个人，说："都到齐了，点菜吧。"

林君抬头去看刘义，刘义正低着头和吴兵在聊天。

罗娜袅袅娜娜、妖娆多姿地站起来说去打个电话。王琳看着满是狐疑的林君，把嘴凑近林君耳边，低低地说："于晴不会来了，现在凡是罗娜参加的活动，于晴都不会来；于晴参加的活动，罗娜也不会去。"

菜很快一道一道地端了上来。老同学们很久不见，兴致都很好，很快地，大家喝得酒酣耳热，话也多了，林君基本上都是听，发现同学毕竟不同于以前了，大家说话，似乎总有某些顾忌，只谈些不痛不痒的话题，股市啦，房地产啦，另外，似乎彼此也不太了解各自在忙些什么，总是些客套话。

林君悄悄地问刘义："你们在海口这样的聚会多吗？"

"刚来时聚过几次，"刘义说，"后来各忙各的，很少联系，偶尔通通电话而已，实际上，要不是你来，我们今天可能不会坐在这儿。我算算看，"刘义停了一下，"四五个月大伙儿没见过面了。"

吃完饭，王琳约大家去她那儿玩，罗娜、吴兵、张力都有事，先走了，刘义、杨茜和林君就一道去王琳那儿，又玩了一下午牌，在王琳屋里吃了火锅，天就黑了，刘义说他先送杨茜回去，让王琳待会儿送一下林君回他宿舍。

10

林君和王琳沿着一排排椰林走着，夜晚，椰子树如同泼了浓墨重彩，在天幕下黑黝黝的一大团，路灯从椰树宽大的叶片下洒下来，海口的夜晚开始有了凉意。

“刘义和杨茜也挺不容易的，”王琳感慨地说，“两个人工作、户口现在还没着落，好在刘义还挺能干。”

林君没有言语，落寞地看着前面，突然，一个熟悉的身影映入眼帘。林君停住了，那个人也停住了，王琳最先叫出声来：“于晴！”

于晴穿着一身浅红套裙，显得很慵懒优雅地站在那儿，于晴的眼光很久才从林君脸上挪开。

“你中午怎么没来？”王琳亲热地说。

“我正好有点事。”她回过头来看林君，“刚来吗？”

“对。”林君心里说不出是什么滋味。

“你现在去哪儿？”王琳又问。

“我去我哥他们家，”于晴还是把目光停留在林君脸上，“你们呢？”

“刘义、杨茜刚在我那儿吃完饭，刘义送杨茜过金盘那儿了，要我送一下林君。”

“去哪儿？”

“去刘义那儿，”王琳说，“走吧，一起走走吧。”

“好的。”

在夜色中，林君偷偷地打量着于晴，于晴脸上显出落落寡欢、很疲倦的神色。

王琳和于晴叽叽喳喳地说个不停。

突然，一辆自行车从后面冲上来，车把带了一下于晴的手，于晴脸色一变，恶狠狠地骂了一句：“有毛病啊！”

骑自行车的是一个中年人，他目瞪口呆地回过头，似乎不相信有人骂他。

“神经病！”于晴低低地又骂了一句。

林君惊讶地去看于晴，于晴一下子又恢复了原来的神情，继续和王琳低低地说着话，似乎什么事也没有发生过。

三个人很快地走到了刘义宿舍楼下，林君邀请说：“上去坐坐吧。”

“我不坐了，”于晴回头看了林君一眼，“我还要去我哥家。”

林君冲动地说：“我送你一下吧，这么晚了，听说海口不太安全。”

于晴又看了林君一眼，说：“你又不熟悉海口的路，不用送了。”

王琳关切地说：“那你路上小心。”

“我坐中巴就是了，反正下车就是。”

林君看着于晴的身影消失在人行道上的树荫后面。

王琳也告辞了。

差不多到了十一点钟，刘义回来了，林君犹豫着要不要告诉刘义刚才碰到了于晴，想了想，他还是没说，他想看看刘义怎么说，可是闲聊了半天，刘义却似乎一点也没有谈起于晴的意思，好像信里说过的一切都没说过似的，林君隐隐地失望，却又不好意思说什么。林君来海口已经三天了，刘义却还没有和他正式地谈过一次于晴的事，好像有意回避着这件事似的。

11

星期天，吴兵打电话过来，约林君去他那儿玩。林君跟刘义一说，刘义似乎如释重负地表示了同意，“你去他那儿看看也好，我正好忙点别的事。”

吴兵现在在海口开了一家专营摄影器材的小店。吴兵在学校时就属于那种吃饱喝足、百事不管的角色，来到海口后，更是体重从 105 斤骤升至 150 斤，已有点臃肿的趋势。吴兵在海口算是发了点财，他起初在一家摄影店里打工，后来自己开了一家摄影小店，然后又转到专营摄影器材。

林君在海秀路的一排椰树掩映下的店铺中找到了吴兵。吴兵一见林君，拍了拍手：“哈，欢迎欢迎，今天我算休息了。”他转头冲站在柜台的一位女孩子说，“今天我陪朋友，有人找让他打我 BP 机。”

林君看了看那柜台里的女孩子，那女孩子长得面容姣好，身材苗条，林君看她时，她也正用很亮的眼睛看林君，又声音清脆地问："你中午回不回来？"

"不回来了。"吴兵说。

吴兵招呼林君进店里来，两个人从一间小楼梯爬上二楼。一上二楼，房间里的布置让人眼睛一亮：房间不大，约二十平方米，里面还有一间卧室，却布置得典雅大方，地上铺了地毯，几幅风景照挂在墙上。两张红木座椅和一个茶几倚着墙边，墙角堆放着先锋音响。电视机呢，立在红木座椅的正对面，还有冰箱，也摆放得恰是位置。

吴兵把鞋一脱，往地毯上一坐："正好休息一天。"

林君脱了鞋走进去，四下看了看："喂，你小子小日子过得蛮不错嘛，"林君来回走动着，"小家庭建设得不错嘛，结婚了吗？"

"在海口结什么婚，"吴兵大大咧咧地说，"这地方压根儿不适合结婚。"

"有一位了吧？"林君看着吴兵，"老实交代，下面那个小妞和你什么关系？"

"她也住在这儿。"

"难怪，我说她看你的眼神就不对，再说，你在学校里是以邋遢出名的，我还以为你脱胎换骨，重新做人，讲究起来了呢，原来是有人料理家务。"

"别这么贬低咱们。"吴兵嬉皮笑脸地说。

吴兵从冰箱里摸出一罐可乐，递给林君，自己又摸出一罐，拔开，灌了两口，抬头问林君："过得还好吧？"

"怎么说呢，吃不饱也饿不死。"林君也往地上一坐，"比不上你老兄潇洒。"

"什么潇洒不潇洒，"吴兵把手往地上一撑，侧着身子，眼睛看着天花板，"我是想通了，人在世上一辈子，就是吃好喝好，自己不亏待自己，才不算枉来世上一趟，我现在目标很明确，挣钱，花钱。"

"说得好，"林君眯起眼睛说，"人就是这么回事。"

"自己给自己找麻烦真不值。"吴兵说，"在海口的几位同学中，我算最不想事的，但我也没什么包袱；刘义，还拖着杨茜；王琳，自然一心想出人头地；于晴呢，更是一下子想这样，一下子想那样，老是跳槽，换了七八个单位。"

"于晴换了七八个单位？"

"你不知道啊？"吴兵眼睛瞪着林君说，"她平均一两个月换一个单位，最早在一个什么公司，好像里面有什么人眼红她能干，搞她的鬼，后来又一家，说是老板对她性骚扰，总之，她自己也要求高，不过海口也不太适合女孩子待。听说于晴现在越发厉害了，要是什么人敢得罪她，她非把对方骂个狗血喷头不可。不过在海口这个地方，像于晴这样又想洁身自好，又想有点什么追求的，也只好这样子。"

林君默默地喝着饮料。

"不说这些了，"吴兵说，"人人有本难念的经，说这些干吗？

丧气！咱们今天好好出去玩一下。”

吴兵站起来，从门后摸出两个摩托车头盔，问：“你今天想玩什么？”

林君说：“我反正对海口不太熟，随便干啥都行，听你的。”

“好，我先带你去玩一会儿电子游戏，咱们再去喝茶，晚上去跳迪斯科，不尽兴不回来。”

晚上回到刘义宿舍时，刘义已睡着了。林君在黑暗中默默站了一会儿，窗外的灯火隐隐射进来，林君突然感到：虽然人已在海口，却似乎与原来想象中的那个海口大不一样，虽然和刘义、于晴越来越近，却又好像隔得越来越远，尤其和于晴的事，似乎更加渺茫、更加虚幻似的，连她面都很难见到。林君感到一片茫然，别人、自己，都觉得如此的虚幻、渺小，在这个城市里不过是沧海一粟，根本不值得如此认真，如此兴师动众。在长沙时，林君以为在海口会找到自己梦寐以求的一切，一旦来了，却似乎更加茫然，更加不可知。对于未来，林君更觉得格外的渺茫。

12

第二天早晨醒来时，刘义已经走了，在床头留了一张纸条：林君，我上班去了，你自己照顾好自己，有事打我 Call 机。

林君爬起来，抹了一把脸，决定先去定回长沙的机票，然后再作打算。

林君买了星期三早晨七点回长沙的机票，从机场售票处出来后，林君看着大街上南来北往的人流，感到自己是如此孤寂。他突然有一种非常强烈的冲动，他想去看一下于晴。

于晴的地址他早已记得滚瓜烂熟，很快他就来到于晴公司的大楼前。

在电梯里，林君整理了一下自己的衣饰。他心里怀着一种苍凉的忧伤看着自己：一位文质彬彬的小伙子，穿着一件T恤、牛仔裤，看上去永远那么落寞，不合时宜，似乎总有着什么不满足的忧虑。

于晴从一大片黑压压的人头中站了起来。她看到林君，眼睛里闪过一丝惊喜，嘴角透出一丝微笑。很多人抬头看了林君一眼，又低下头去。于晴弯腰和身边的一位女孩子说了几句话，两个人嬉笑了一会儿，林君隐隐听见那女孩子问："男朋友？"于晴敲了她一下，止住笑，重新站直身子，走了出来。

坐在会客室的沙发里，于晴问："你怎么找来的？"

"按图索骥。"林君直直地看着于晴，心里满是狂乱和说不出的滋味，如同打翻了五味瓶的滋味。

"谁是骥？"于晴一本正经地开着玩笑，眼睛却躲避着林君痴痴的注视。

林君也笑了。

于晴今天穿着一套深蓝色的西装套裙，显得优雅洒脱。林君绝望而痛苦地看着于晴，似乎希望就在眼前，却又那么渺茫、遥远，遥不可及。

于晴抬头看了看门外。

林君感到自己受了冷落，他问："今天很忙吗？"

"星期一，有一点，"于晴说，"不过，也没什么事。"

"你中午在哪儿吃饭？"林君问。

"公司有盒饭。"

"你能现在出去吗？"林君满怀希望地问。

"现在？"于晴愣了一下，"现在可能不行，我中午还要加班，要把一份报告交上去，下午就要讨论。"

两个人有一句没一句地说着，不时出现冷场，林君又狂热又痛苦，混杂在一起，感到忍受不下去了。林君心底一阵绞痛，他想马上离开这里，他怕自己会控制不住自己，鼻子一酸，他的泪水都快夺眶而出了。他站了起来，说："那你忙吧，我反正是顺路经过，我再去逛逛。"

于晴迟疑了一会儿，始终躲避着林君火热的眼光，"那也好，我再找时间去看你。"从于晴那儿出来，林君心中混乱地在街上乱走，随便吃了一点快餐，毫无目标地在大街上走着。阳光明媚的大街上，到处是风姿绰约的椰子树，拥挤的人流，亮丽的商场、宾馆和酒店，但在林君眼前，这一切永远地和他再也没有关系了。他感到自己从来没有这么脆弱过。林君一直走到差不多五点钟，精疲力竭地回到刘义宿舍，躺在床上就睡，一直睡到了晚上九点多钟，刘义回来了。

林君告诉刘义买好了后天的机票，刘义听了，沉默了一会儿，说：“我安排一下，好好再玩一天。”

刘义给林君泡了一碗方便面，看着林君吃完，就说：“我们去楼顶上看看吧。”

林君感到心底非常软弱，他想了想，说：“也行。”

13

站在屋顶上，一阵阵海风吹过来，海口晚上的风总是带着凉意，让人有一种从心底感到透彻的舒畅。林君的心情好多了，他看过去，万家灯火，错落地闪烁着，巨大的霓虹灯广告，变幻着炫目的亮丽的色彩，海口在夜晚看去更像一个梦幻中的城市，璀璨绚丽的各式灯光永远五颜六色地闪烁，不管你正得意扬扬或沮丧灰心，它永远那样在你无法触及的距离之外辉煌着。

两个人久久地沉默着。

突然，刘义用一种淡漠的口气说：“这个城市从来就这样地纸醉金迷，繁华热闹，但从来没有一个人会觉得自己是这里的主人，好像每个人都只是过客一样。”

林君转过身子去看刘义，刘义的脸上没有任何表情。

“我刚来这儿的时候，”刘义说，“也以为自己来对了地方，可以做点自己想做的事，实际上根本不是这样。我并不是一个很喜欢钱的人，但在海口，没有钱寸步难行，尤其像我和杨茜这样两个人，还有来自她家里、我家里的压力。我现在都不知道自己每天在干些什么，像一台机器一样，只是机械地运转着，去挣那点钱，养活自己、买房子，还有买彩电、冰箱、音响。我有时候想，难道不能甩开这一切，转身就走吗？实际上这已经不可能了，一走上这条路，就没有回头路，这是很实际的。我无法去杨茜她们家，她也不可能跟我回我们家那边，我们只能待在这儿。海口确实有很大的自由，从理论上来说，你可以做任何你想做的事；而从现实上来说，你连想获得一个像样一点的生活，都要付出太多太多，因为这里有钱的、没钱的，太悬殊了，你无法保持一种心理的平衡，别人拥有那么多，别墅、轿车，甚至游艇，你就会想：为什么我就不能拥有？”

林君默默地听着。

刘义好像很久没有这么痛快地说过话了，他继续说着：“我碰得头破血流了，我现在很实际，挣钱，为我，也为杨茜获得一个像样的家庭，她跟我来海口，吃过很多苦头。有一次她问我：‘为什么海口的老板都那么色，喜欢动手动脚。’当时是她换了三份工作之后。背着她，我就直想哭，想把自己的头往墙上撞。一个大男人怎么这么无能，连自己的女人都保护不了……”

林君默默地无言地倾听着。

刘义回过头来，用手抹了一下头发，叹了口气，说：“唉！不说这些了，说说你吧，好久没这么聊过天了。”

“我？”林君的脑子里千头万绪，他说，“我来海口，本来就是想来看看你们是怎么活的，在长沙，我觉得太沉闷太枯燥了，简直要把人憋死了，我想我还年轻，刚参加工作，不能一辈子就这么过，所以想出来看看，我原来以为，在海口可以找得到一些东西，至少某些启示……”

“你现在找到了吗？”刘义问。

“我也不知道，”林君茫然地说，“好像找到了，又好像根本没有。或许，我仅仅需要出来透透气而已，再回去忍受那种刻板的机械的生活，一直到老。”

“你有什么打算？”刘义漫不经心地问。

“我不知道。”林君哀伤地想：我确实不知道，我不知道明天，不知道未来，我甚至也没有今天。

刘义打一个哈欠，“今天我太累了，早点休息吧，明天晚上我再陪你好好玩一下。”

“好的，你先下去睡，我过一会儿就来。”林君说。

刘义走了，林君一个人站在屋顶上，他心里已经平静多了，上午的那种痛苦，就像一种急性病发作，当时觉得不可忍受，但现在已经过去了。虽然心里还隐隐作痛，但那已经淡多了。林君抬头去看满天的星空，林君想起：在海口，很少有人去看星空，因为到处都是炫目耀眼的霓虹灯、彩灯，没有人透过这一切去看更上面的星空，星空那么美，美得不可思议，美得如在仙界。

林君快乐得流下了眼泪。

14

星期二晚上，刘义回来得很早，林君正开始清点行李。

“等会再清吧，”刘义说，“今天我们好好出去玩一下。”

两个人穿着齐整，下了楼，刘义说：“杨茜说她明天就不送你了，要我向你说一声。”

“杨茜还这么客气。”

“她晚上本来想过来，我说你干脆别过来了，要不我晚上又要送你回去，不能陪林君好好玩玩，一切由我负责得了。”

“真是的，好朋友了，还来这一套。”林君笑着说。

“没办法，女人一成了老婆，就比较啰唆，她倒是叮嘱个不停，要我买点什么让你带回去，还有什么一定好好陪你玩，玩尽兴点，女人就是比较啰唆，不过她倒是好心，说你这次来，没能尽到心意，请你原谅。”

“你越说越让我不好意思了。”林君说。

两个人先跑去金海岸大酒店吃了自助餐，又去贝克迪斯科广场跳迪斯科。

在吵吵嚷嚷的音乐声中，林君边喝饮料边扭动着身子，刘义则东张西望看两边。林君发现左前侧有个女孩子老是扭过头来看自己，看了好久，林君去看她时，她又转过身子去，但林君一不注意，她又转过头来看自己。林君心底有些纳闷，也有些好奇，那女孩子看上去清清纯纯的模样，穿着牛仔背带裙，有种惹人怜爱的柔弱之美。

林君告诉刘义:“那边有个女孩子老看我。”

“是吗? 有人看上你了，走桃花运了，好事呀，是哪个，你指给我看看。”

林君指了指，“穿牛仔背带裙的那个。”

“长得不错嘛。”刘义说。

刘义也看着那边，那个女孩子一回头，看见两个人都盯着她，立刻又转过身去。

刘义怂恿说:“看来她真对你有点意思，拿出当代青年的勇气来，去邀她跳舞。”

林君坐着不动。

“这女孩子长得挺清纯，看来不会是鸡婆，怕什么，勇敢一点，她可能看上你了。”刘义鼓动说。

“别瞎扯了，”林君说，“你喝了两杯马尿，就头脑发热。”

“太让人失望了，这么胆小。”刘义夸张地说。

“走吧，差不多是时候了，我明天还要赶飞机。”

两个人走出大门时，刘义还在唠叨:“太没当代青年的风度了。”

15

回到刘义宿舍时，房间里已安安静静了。听到开门声，刘义的一位同事从另外一间房里走出来，递给刘义一张纸条，说："刚才有个女孩找你们，等了差不多一个半小时。"

刘义匆匆看了一下纸条，赶忙问："她走了多久了？"

"差不多半个小时了吧。嗐，这女孩抽烟够凶的，我看她没停过，坐在客厅里一支接一支。"

刘义看了林君一眼，默默地递过来纸条，林君展开一看，上面写着："林君、刘义：晚上来看你们，未遇，我先回去了。"落款是"于晴"。

"你有她电话吗？"林君问。

"她住在她哥哥那儿，我们也从来没去过，她也没告诉我们电话。"

"她有 BP 机吗？"林君又问。

"原来有一个，后来说丢了，现在不知道有没有。"

林君一笑："也好。"

两个人默默走进刘义的房间里，刘义始终不去看林君的脸。

过了好一会儿，刘义才说："林君，你们的事，杨茜和她说过了。她犹豫了很久，后来她说，她确实觉得你不错，只是这样子，两个人，什么都没有，一个在长沙，一个又在海口，不现实。杨茜说于晴说的时候很动感情，说着说着就哭了，我一直没有告诉你，因为我想，你迟早会自己感觉出来的。她说好几次她本来想过来看看你，但她有意不见你……"

"我知道。"林君面无表情地说。

“你是我的好朋友，”刘义看着窗外说，“这些事我也不好说什么，你自己珍重。”

“没事的，”林君努力地笑了一下，“我知道，有些事情是天意，勉强不来的。”

“于晴晚上来，不知道是不是有什么事想跟你说。”刘义想安慰林君几句，又不知道说什么好，就很用心地说。

“没碰上正好，不说什么最好，”林君一个字一个字地说，“像我这样子，一无所有，自己都顾不过自己来，连自己以后会怎么样都不知道，怎么能去担负别人的命运？”

那一夜，林君彻夜未睡，听着刘义轻微的呼噜声，林君想：真的这样子最好？这是天意？他恍惚中看见于晴坐在黑暗中狠狠地抽烟的姿势，很快就泪流满面。

16

林君回到长沙后，很快就找了本单位的一个女孩结了婚，每天照常上班下班，和同事打牌，和妻子偶尔去看看电影，跳跳舞，他和刘义、杨茜的通信也越来越少，再无于晴的任何消息。

人生太美好

1

在特区待了半年，顾扬终于找到了一个稳定的公司，是一家股份制公司，收入颇丰，又分得一间二十平方米的房子，算是有了一个家。于是，他每天和一些混得差不多的朋友在一起喝酒、看录像、打牌和逛迪斯科舞厅，有时也潇洒地约会女孩子，但多半不长久，很快就你朝东我往西挥挥手各走各的。

吴云是顾扬偶然认识的。有一次也是很多男男女女在一间大房子里做饭、打牌和看录像。顾扬对炒菜不在行，看录像又嫌冷清，便加入打牌的队伍。大伙打一种叫“找朋友”的牌，意思是如果两个人碰巧都有某一张指定的牌就算一边，顾扬很奇怪自己每次都和一个扎着马尾辫的女孩子一边。这女孩长得清秀雅丽，顾扬不免多看了几眼，心里暗暗有点得意。而且两个人都是牌中高手，打得所向披靡，于是就被怀疑是串通起来搞了鬼。他们被冤枉后奋起反击，加上在一旁看的人也起哄，大家吵吵嚷嚷，两个人竟很快地觉得亲近起来，顾扬听别人叫她时才知道她的名字叫吴云。

打完牌，他们又一窝蜂地挤到电视机前。吴云正好坐顾扬旁边，她看着顾扬，会意地一笑，恭维说："你水平挺高嘛。"

"哪里，哪里，你也不错。"顾扬很谦虚。

因为刚才吵吵嚷嚷，吴云兴奋得脸红红的，眼睛也很亮，顾扬看了心里一动，装作很随意地问："你在哪儿上班？"

"市图书馆，你呢？"吴云侧着脸说。

顾扬去过市图书馆，在一个新开发区，路有点儿远。他一时有点儿惊奇，过了一会儿才回答："我在一个公司里。"

"你们公司效益怎么样？"

"马马虎虎吧。"

"反正比我们强。"

"不一定哟，"顾扬说，"我觉得图书馆挺不错的，我最向往这种又高雅又文明的地方。"

"你不是讽刺我吧？"吴云斜着眼看了一下顾扬。

"真的，"顾扬很诚恳地说，"我觉得公司毕竟不安稳，不像你们国家单位，又是正式调过来，一切都有保障，无忧无虑，世外桃源。"

"我还是第一次听人说得这么好，可是我们那儿的人都嫌清水衙门，天天想着跳出来，就是没有胆量，只好过一天算一天啰。"

"也是，各有各的好。"两个人说着，又同时把眼睛转向屏幕，很快就被精彩的武打场面吸引住了。直到有人喊开饭，才又一窝蜂地坐到饭桌边。

顾扬这才注意到吴云是同一个戴眼镜的小伙子一道来的，两个人坐在一起，又说又笑，顾扬还注意到那小伙子不时殷勤地给吴云夹菜，吴云也没什么表情，就吃下去了。

顾扬回到自己的宿舍时已是晚上十一点了，他打开台灯，按下音响开关的键，黑豹的“人潮人海中……”立刻荡漾开来。

顾扬来特区的动机很单纯：分配的工作不理想，在一家工厂里当技术员，碰巧工厂停产，鼓励大家自谋生路，顾扬通过一个在特区当记者的朋友的引荐，就到了一家公司，后来该公司老板破产卷款逃跑，顾扬才又到了现在这家公司。总的说来，顾扬还比较顺，对现状也颇满意，一个月可拿四千多块钱，又单独有一间房子。顾扬是一个会享受的人，买了沙发、席梦思、地毯什么的把房间装置起来，又购置了电视机、录像机、空调、音响、冰箱什么的，就是一个人也要好好过日子，不亏待自己。也带过一些女孩子来，但仅限于拉拉手、亲亲嘴。顾扬相信自己会找一个满意的女孩，不过目前用不着太操心，他想尽情地自由自在一段时间。此刻，顾扬在强劲幽怨的音乐中，脱去大衣，露出一身健壮结实的肌肉，从墙角抓起一对哑铃，开始他每天一个小时的健美锻炼。

2

顾扬第二次遇到吴云是在宿舍楼下。

顾扬所在公司的宿舍楼是临街的，一栋十一层的楼房，下面三层是办公室，上面三层是宿舍。顾扬住在第七层。那天正是星期天，顾扬起床后冲了一个冷水浴，就下楼去吃点东西，跑到不远处一家快餐店买了两个面包刚要往回走，一抬头，“嗨”，吴云正挽着一个女孩子的手站在面前。顾扬一时有点手足无措，便扬扬手中的早餐，“来买面包。你们呢？”“逛逛街。”顾扬一时不知说什么好，便指指宿舍楼，“喏，我就住在这上面。”“哦，市中心挺方便的，我们可就惨了，来一趟得一个多小时，像住在乡下。”吴云说。三个人都笑了笑。顾扬便说：“上我那儿看看吧。”两个女孩交换了一下眼色，说：“也行。”

于是，三个人开始爬楼。吴云想起介绍她的女伴，“这是王晶，我的同学，现在在市机械厂。”“挺不错的单位嘛。”顾扬说。“哪里，都快停产了。”叫王晶的女孩留着男孩似的短发显得有点愣头愣脑。“怎么会呢？”顾扬又问。“现在工厂人心涣散，我们还算技术骨干，没办法，走不掉。要不早跑了。”说着说着三个人就到了七楼。

顾扬打开门，做了一个潇洒的邀请动作。两个女孩子一时都愣住了，只见房子里面干干净净，地上是一块红地毯，天花板上还吊着一盏菊花灯，一式的西式新家具，吴云一时踌躇了一下。

两个人小心翼翼地脱鞋进去，坐在一张沙发上。顾扬拉开冰箱问："你们喝点什么？""随便。"两个女孩子有点茫然地打量着房间。"那就都喝冬瓜茶吧。""行。"

喝了几口冬瓜茶，吴云才抬起头，看着顾扬，轻声地问："你太太出去了？""我还不知道我太太在什么地方呢？"顾扬笑了，"在岳母的肚子里还没生出来。"三个人都笑了，气氛渐渐活跃起来。"你布置得挺不错，"王晶说，"算是提前进入小康了。""我们公司待遇还过得去。"顾扬心生一份自豪感。"你一个人住？"吴云问。"对。"吴云看见墙角有一个书柜，就站起来凑了过去，拿起一本书翻了起来。"不愧是图书馆的，"顾扬笑着说，"到哪里都这么认真读书。""算了吧。我们那些书，我一看就腻。"吴云又翻了一会儿，说，"我发现我认识这么多人，就你这儿的藏书最好，几乎每本都是好书。""那当然，"顾扬笑着说，"新华书店只要一到新书，我肯定是第一个顾客，因为它离我近，我每天都要去转一下，当然，主要的原因是咱们品位比较高。"吴云抿嘴一笑，不再说话。王晶看见墙角的哑铃，问："你经常锻炼啊。""对，每天练上个把小时。""哇，真了不得，看不出你这人这么有闲情逸致。"王晶夸张地睁大眼睛说。三个人又说笑了一会儿，吴云和王晶站起来，说还准备去多逛几个商店，"难得进城一趟，要抓紧时间。"

顾扬送两个女孩下楼，说有时间多来玩，逛街逛累了，我这儿正好可以当休息地点。两个女孩笑着说多谢，摇了一下手，很快就消失在人群中了。

3

过了一个星期，顾扬接到王晶的一个电话，说她已经正式辞职离开工厂到了一家医药公司，顾扬一听吓了一跳，说你这么勇敢。王晶说："那有什么，这家公司待遇也一般，我还准备换一家呢。"然后，她又问顾扬产品开发可行性报告怎么写，顾扬说："那你得把材料拿过来，我看看再说。"

晚上，王晶就和吴云来了，顾扬先看了王晶的材料，讲了一下怎么写可行性报告，然后三个人就闲聊起来。顾扬打开电视机，问："吴云，你晚上怎么回去呀？那么远。""流落街头呗。"吴云咧开嘴一笑，又说，"我们上班也不太严格，晚上就住在王晶公司里，明天上午再回去。"顾扬说："那干脆我请你们两个去跳迪斯科吧，反正没事。""话说清楚。我们可是农村来的，不懂规矩哟！"吴云故作一本正经地说。"什么规矩不规矩，瞎跳就是。"顾扬说。

顾扬拦了一辆出租车，坐在前面，吴云和王晶坐在后面，又说又笑。一阵清爽的海风吹来，顾扬觉得心情极好，就放开喉咙唱起来，"让我们的笑容充满着青春的骄傲，让我们期待明天会更好……"歌声一路散开来。

4

渐渐吴云和王晶来得越来越频繁了，有时是两个人一起来，有时则是吴云一个人来，顾扬觉得与她们聊天挺自在的。有时就带她们去跳迪斯科，逛商场，不过吴云要是一个人，一般坐上个把小时聊聊就走，顾扬也不远送，看她上了出租车就返回。这一段时期顾扬业务较忙，也很少出去。到了周末，他看公司做会计的小女孩小娟长得还不错，就琢磨带她去哪儿玩一下，可一开口，小娟一本正经地回答："我爸爸妈妈晚上不准我出门。"顾扬一下子泄了气。

还好没去成，这天晚上吴云又来了，一个人背着小皮包，拿着两本借顾扬的书。顾扬请她坐下后，开了电视机，两个人看了一会儿电视，吴云突然叹了一口气："最近真是无聊得很，下决心想出来做一番事，又总觉得心里不踏实。""还是图书馆好，稳定点好，"顾扬很认真地出主意说，"尤其是女孩子，不过你要是真想做点事，可以兼职。""兼职？哪有那么容易。""只要真想做，世上没有什么做不成的事。""你怎么老是那么自信、充实，我有时真羡慕你。"吴云皱着眉头说，"我这人就是优柔寡断，老是下不了决心，也懒散得很，可能是在家里养成的，什么事都从来不要自己操心，所以出来闯就不行了。""也不能那么说，各人有各人的性格，不管什么样的性格都可以创一番事业。"顾扬喝了一口可口可乐，看着屏幕上马拉多纳跪在足球场上祈祷。"你总是这么自信果断吗？”吴云软软地说，声音有点轻飘飘的。“我这人可能是学理工的，”顾扬侃侃而谈，“比较讲计划逻辑，喜欢走一步算一步。比方说我读初中时，说一定要上重点中学，就上了重点中学，说一定要上重点大学，就上了重点大学，大学毕业后，要求自己先要打好社会基础，所以我在公司里尽量多做事，多向别人学习，也并不急着自己开公司当老板什么的，水到渠成，过几年基础稳定了，社会关系理顺了，自己当老板是顺理成章又轻而易举的事。所以我现在既注重实践学习，也注重锻炼好身体，以作准备。”顾扬又喝了一口可口可乐，屏幕上开始做广告，他回过头来看吴云。“我就做不到，”吴云苦笑着说，“总是想得多做得少，活活气死自己。”顾扬笑了笑，没再说话。

5

公司搞五周年庆典，顾扬作为工程部经理，忙了一段时间，直到有一天在街上碰到王晶，才想到她和吴云一个多月没来了。

“你们最近也很忙吗？”顾扬问。

王晶仰起头看着顾扬，一笑，眼睛亮亮地说：“也不算忙，反正就那样。”

“吴云呢？她在干些什么？”

“你真不知道她在干什么？”王晶狡黠地一笑，反问。

“你这是什么意思？”顾扬一时摸不着头脑。

王晶低头一笑："你自己去问她吧。"

顾扬猛地恍然大悟："你是说……"

"抓住时机，别错过了。"王晶真心地说。

"真的吗？"顾扬欣喜万分又有点忐忑不安。

"你连我都不相信吗？"王晶抗议了。

"不是。不过，你怎么知道呢？"

"凭感觉呗。"

"要是真的，我一定请你的客。"顾扬咧嘴一笑。

顾扬兴冲冲地赶回公司，难怪吴云老是经常一个人跑来，坐上一会儿就走，自己真是榆木脑袋不开窍。顾扬决定晚上就去找吴云。

6

顾扬还是第一次来吴云这儿，远是远了点，不过图书馆环境特别好，一个大院子里，茂盛整齐的梧桐树下，黄叶满地，风吹过，发出簌簌的响声，脚步踩在上面，也悄无声息。顾扬很快就问到了吴云的宿舍，那是一栋三层小楼的一楼，顾扬不敢一个一个去敲门，就站在走廊上喊了一声："吴云。"

"哎，谁呀？"吴云听见声音，掀开门帘走了出来，看见顾扬，有点惊讶，犹豫了一下，说，"进来吧。"

顾扬兴冲冲地往里走，突然看见房间里的藤椅上坐着一位小伙子，正是那天见过的那个戴眼镜的小伙子，顾扬一时不知如何是好，小伙子站了起来，说："请坐。"自己就一屁股坐到床上去了。

顾扬尴尬地坐下，接过吴云端上来的茶就喝，一口气喝了三四口，才反应过来，说："我刚才去一个朋友那儿，正好路过，就顺便来看看你。"

吴云面无表情："哦，最近忙什么？"

"也没忙什么事，公司搞五周年庆典，等会儿我还要赶回去布置一些事。"

坐在床上的小伙子翻着一本杂志，很认真的样子，他也没看顾扬，顺手拧开了吴云的床头灯，身子一倒干脆躺在床上，很悠然地翻着书。

顾扬一时心中大乱，说不出的滋味，也顾不得烫，三口五口赶紧把茶喝完，就站起来对吴云说："我得赶回公司去了，你们慢慢聊。"说完，他又回头朝躺在床上的小伙子点点头，小伙子也点头表示回应。顾扬就深一脚浅一脚地走了出来。

吴云跟在后面，顾扬回头说："你留步，不要客气。"

"没事儿。我送你一下。"

顾扬不好再说什么，吴云也低头不语，一会儿就到了大门口，顾扬再次说："请留步。"吴云仍然往前走，说："回去也没什么意思，那个人老赖在那儿，真讨厌。"顾扬一时发怔，转过头去看吴云，吴云的脸正被树荫遮蔽，看不清表情。

回到公司，顾扬就连忙打王晶的BP机，王晶回机，顾扬直埋怨说："你害得我差点出了洋相。"王晶问："怎么回事？"顾扬一一说出刚才的事，王晶沉默了一会儿，说："怕什么？平等竞争嘛。"顾扬说："你有没有搞错？""顾扬，你也真是呆头呆脑，我肯定比你了解吴云吧？"顾扬一时无语，说："也是。"就此说了再见，搁下了话机。

7

第二天吴云就跑来找顾扬了，两个人都显得有点不自然，顾扬就说："王晶挺好玩的，老是乐呵呵的样子。"吴云也顺着说："对，她从来就这样，小孩子一样。老是看见风就是雨。看见一男一女在街上走了一回就一定是谈恋爱。"两人拿王晶说了半天，顾扬感到房间里气氛很沉闷，就起来说："干脆我们去看电影吧？"吴云说："也行。"

顾扬和吴云进场的时候，电影已开始了一会儿，他们摸索着找到自己的座位，一坐下顾扬就被电影吸引住了，看得聚精会神，完全忘记了一切。顾扬是一个做任何事都很投入的人。有一次他也是和一个女孩子一起来看电影，看得丢了魂似的，以致那个女孩子问他话也没听见，等电影放完他如梦初醒似的回过头来时，那个女孩早气得咚咚咚站起来先走了。

顾扬看得很认真，但感到左手空悬着有些不舒服，就往旁边拂了拂，正巧吴云的右手就放在扶手上，顾扬一下子就碰着了。他的左手感觉到吴云的手那么细嫩而柔软，顾扬一时心里乱极了，眼神开始恍惚，他用眼角的余光去看吴云，吴云似乎没意识到似的，仍定定地盯着屏幕。顾扬干脆一动不动，就任自己的左手与吴云的右手紧挨着，突然，他下定决心，一把抓住了吴云的小手，吴云轻微地反抗了一下，顾扬抓得更紧，吴云也就不再动弹了。顾扬一时心跳不已，脸上发热，慌乱地看了吴云一眼，只见吴云面无表情，但眼神很柔和温顺的样子，顾扬才安心地又去看银幕。就这样顾扬紧紧抓住吴云的小手一直到散场。

两个人手拉着手走到了大街上，正是初秋的海口，街头十分繁华，摆水果摊的、烤羊肉串的排成两行，街道两边店铺灯火正旺，霓虹灯闪烁不停，一阵晚风吹过来，令人心旷神怡。顾扬轻轻地对吴云说："你等会干脆睡我那儿算了。"他看见吴云没反应，又赶紧加了一句："我待会儿找个同事挤一下就是。"吴云没有表示异议。

8

顾扬和吴云的关系突飞猛进地发展起来了，只要没事，吴云就跑来顾扬这儿，时间一久，公司很多同事都知道顾扬找了一个女朋友，有几个小伙子起哄说："顾扬，还没有搞定？下次我们不让你来挤床铺了。"顾扬笑笑。

晚上，吴云又来了，她带来一瓶腊肉，说是家里托人捎来的。顾扬去食堂炒了几个菜，要了两罐啤酒，两个人就吃起来了。吴云也能喝点啤酒，顾扬吃得心里很舒服畅快，笑着说：“我来特区时，我爸爸、妈妈老担心我日子过得不好，你瞧，咱们现在小日子过得也挺美满啦。”吴云脸上有点红晕，抿嘴一笑，哼了一声：“谁跟你过小日子啦？”“哈，现在后悔可来不及了，别人都说你是我的媳妇，我可有专利权了。”“想得美。”吴云拿起筷子敲了顾扬脑袋一下，顾扬笑着躲开，又说：“我爸爸妈妈还老托人给我介绍女孩子，生怕我找不着老婆。”“那好啊，免得我操心了。”“哟，你还挺硬的嘛。”两人说说笑笑很快就十一点钟了，吴云收拾碗筷去盥洗室，顾扬坐在沙发上点起一支烟。一会儿吴云挽着袖子，穿着一条碎花裙走进来，活像一个操劳家务的小媳妇，顾扬等吴云放好碗筷，一挥手，扔给她一支烟，说：“来，咱们享受享受。”就让吴云坐在身边，给她点烟，搂在一块，吞云吐雾起来。

抽完烟，顾扬看看已经十一点半了，不知怎么一点也不瞌睡，他看看吴云，吴云的眼睛也异样地发亮，顾扬就站起来，走到窗口，假装看了一下外面，说：“今天月亮真好。”就顺手关了台灯，房间里顿时黑暗静寂一片。吴云坐在黑暗中，一动不动，顾扬坐过来，用两只手抱住吴云，黑暗中只听见窗外洒水车开过的沙沙声。顾扬轻声问：“你冷吗？”吴云很柔弱的样子，点点头，顾扬就将吴云抱得更紧了，然后，用嘴去吻她的脸，她的唇，她的细腻白嫩的颈。顾扬一只手抱着吴云，另一只手悄悄地去解吴云的裙扣，“别——”吴云还没说出话来，顾扬就将吴云的裙子解开了，吴云的裙子一下子就往下掉，上半身雪白一片裸露出来，“别这样。”吴云猛地站了起来，又拉上裙子，坐到窗口的椅子上去了。顾扬愣了一会儿，又不甘心地走了过去，抱住吴云，想继续先前的举动，吴云激烈地反抗着，顾扬心中恼怒，但又无奈，就躺倒在床上装睡。吴云坐在窗口，一动不动，披头散发，低着头，顾扬只好说："你睡床吧，我睡沙发上。"吴云还是不动，顾扬的声音变得又冷又涩起来，“我们同事家来了人，没地方睡了。”吴云还是保持着先前的姿势，顾扬只得悻悻地站起来，说："算了，我到办公室去熬一夜吧，凑合着打个盹儿。"

9

第二天早上顾扬醒来时，才七点多钟，他回到宿舍，敲了一下门，吴云脸色苍白地开了门，小心地问："你昨晚睡了没有？"顾扬冷淡地说："闭了一会儿眼睛。"吴云走到镜子前，梳了下头发，说："我上午还要赶回去上班。""哦。"顾扬应一声，把吴云送到楼下，看她上了出租车，顾扬就回到宿舍，在一种淡淡的吴云留下的女性的芳香中继续睡。

晚上吴云没有来，顾扬觉得没趣，心想冷她一下也好，就没打电话找吴云，和几个同事去迪斯科舞厅疯了一晚。

一连三天吴云都没有来，顾扬有点百无聊赖，心想自己上次是粗暴了一点，不过现在的男男女女都是认识四五天就同居，没见到吴云这么保守的，何况自己也并不是那种花花公子，前些时间给家里写信，还提到了吴云，说准备年底结婚，心里不觉又有点气。但想了半天，还是决定去吴云那儿。

吴云不在，隔壁的同事说她可能是去馆长家了。顾扬就站在一棵浓密的梧桐树下等。正是晚秋时节，图书馆的几个窗口灯火通明，但整个院子里一片寂静，顾扬呆呆地站在夜幕里，看着辉煌的灯火，心中十分茫然。

吴云很快就回来了，看到顾扬说了一句“你来了”，就一同返回宿舍。吴云给顾扬倒了一杯茶。顾扬的一大嗜好就是喝茶，吴云就到处挑选一些好茶叶给顾扬喝。吴云显得有点面带忧虑，顾扬问：“你这两天有什么事吗？”“没什么事。”吴云说。犹豫了一会儿，她又说：“我们办公室主任说要抽调我参加一个什么农村工作组，要去三个月，去的地方很偏僻，洗澡都不方便，别的单位都照顾女同志，他却让我去。我觉着他有故意整我的意思。前一阵他介绍他外甥给我做朋友，他外甥大概开了一个什么公司，有一点儿钱，我对别人说了一句‘我从来没想过找一个没读过书的’，他可能就恨上我了，老是刁难我。我刚才就是去找馆长想推掉。”“能推掉吗？”顾扬关心地问。“好像也不容易，找不到充足的理由，再说总得有人去。”“那你就说你要结婚了。”顾扬说。

吴云看了顾扬一眼，没有说话。“你就说还要回家看父母。”顾扬冷静地说着，轻描淡写似的。两个人沉默了一会儿。吴云开口说：“我正在考虑是不是干脆辞掉算了，我本来就不喜欢工作太单调，我想去一家公司试试。”

晚上顾扬就睡在吴云的宿舍，吴云跑去同事那儿借宿。第二天正好是星期天，两个人都睡到上午十点多钟才起床。吴云说：“干脆早餐中餐一起吃算了。”顾扬说：“也行。”两个人就跑去找餐馆，找到了一家川菜馆，很简陋也还干净，吴云说：“大经理，凑合一下算了吧。”顾扬说：“没问题。”吴云的脸色显得好起来。馆子里就他们两个人，菜上了后，吴云吃得很少，老是看着顾扬吃，突然，她开口说：“喂，顾扬，你好像还不太了解我。”顾扬大大咧咧说：“没有呀，我觉得自己够了解的了。”“其实你根本不知道我以前是怎样的。”吴云静静地说。“怎么样的？不至于是神仙下凡吧。”顾扬说完，自顾自笑起来。“唉，有时想跟你说点正经事，你总是这样乱说一气。”吴云显得无可奈何。“好，我听着。”顾扬看着吴云说。“算了，算了，给你这么一搞笑，我也没心思讲了。”

10

又过了几天，日子平平淡淡。吴云又来找顾扬，一进门就说：“我今天跑去试着应聘了几个地方，还行，都说过几天很快会通知我。”“你真想辞职？”顾扬问。“不辞职不行，要不就得下乡。”

吴云说。“你就说我们要结婚嘛。”顾扬显得理直气壮。吴云没有说话，默默接过顾扬递过来的一罐冬瓜茶，慢慢拧开，喝了两口，才认真地看着顾扬，说：“顾扬，真的，我们还不是很了解，你好像不太注意别人的感受。当然，这也许是你的个性。”“我今后会注意的，”顾扬插话说。吴云继续说着，“你好像凡事总有什么计划似的，可能你觉得你已不小了，该结婚了，正好又碰上我。并不以为我有什么特别，但也还过得去，工作也较稳定，所以你就……你好像从来没打算问我的感受。”“你要这么想，我也没办法，”顾扬的口气一下子冷了起来，“事实上，我一直注意你的感受。”吴云轻轻叹了口气：“好吧，我们不说这个也罢，还是先去解决温饱问题吧。”

顾扬心里极不舒服，但又不好再说什么，就和吴云一道下了楼。

11

吴云果然自作主张从图书馆辞了职，去了一家房地产公司当办公室主任，顾扬听到这个消息时正坐在办公室，放下电话后就无端对吴云产生了一种反感：吴云也太固执了，怎么一点儿也不听别人的意见。

顾扬从此对吴云冷淡了起来，加上吴云公司业务多，一天从早忙到晚，偶尔才来顾扬这儿，顾扬也不再晚上老待在宿舍里等她，又恢复了以前散漫的生活，打牌、喝酒、吹牛侃大山。

而公司里那个叫小娟的会计渐渐长大，到了情窦初开的时候，她开始有意无意地接近起顾扬来，顾扬起初还有些犹犹豫豫，遮遮掩掩，后来渐渐明目张胆，两人成天双双出入，成了众所周知的一对鸳鸯。小娟也隐隐听说过顾扬与吴云的事，有时想套出点什么来，顾扬就总是岔开说："没什么关系，一个熟人而已。"

碰巧，一天，顾扬和小娟去一家小餐馆吃饭，还没进门，他就看见吴云和王晶正坐在靠窗的地方，顾扬装作不满意地说："这家不怎么干净，换一家吧。"小娟坚持说："不，就这家，我听别人说起过好几次，说这家菜做得好。"顾扬只好硬着头皮往里闯，假装没看到吴云和王晶，一坐下就背对着她们。这一顿饭吃得顾扬惶惶不安，十分慌乱，匆匆忙忙扒了几口饭，就拉着小娟走。出门时他瞥了窗边一眼，吴云和王晶还在，吴云低着头，脸色难看，而王晶正睁大眼睛目光炯炯地盯着自己，顾扬心底一惊，夺门而去。

12

看着顾扬带着一个女孩走进餐厅，王晶有点吃惊，尤其发觉顾扬是有意不跟她们打招呼时，她不由得替吴云打抱不平起来。

王晶是一个喜欢咋咋呼呼但直爽仗义的女孩，她低声对吴云说：“走，我们就故意走过去和他打招呼，看他怎么办。”吴云已经脸色十分难看，苦笑着佯装镇定说：“我跟他又没什么关系。”“这个臭小子，便宜他了。”王晶恨恨地骂道。她知道吴云很要面子，肯定不会大吵大闹，不过她私下又很同情吴云，看她只顾低头拿着筷子机械地东夹一筷菜西夹一筷菜，也就不再作声了。她们两个人，同学多年，又一起来特区，王晶似乎开窍晚些，现在还不知道情为何物，只是隐隐感觉吴云受了极大的伤害与痛楚。因为上两个星期，王晶还问过她顾扬这个人怎么样，她还肯定地点头说顾扬不错，看来真是瞎了眼。

顾扬一走，吴云就再也受不了了，心中一阵一阵地发痛，再待下去，王晶肯定会看出端倪来，于是就借口有事先走了。

吴云恍恍惚惚地走在大街上，街头的霓虹灯闪闪烁烁，一对一对的男男女女亲昵地迎面走来。吴云无力地依靠在公共汽车站的栏杆旁，看着一辆一辆车开了过来。她心中混乱不堪，站在街边一动不动，一阵痛楚掠过心中，很快就泪流满面。

13

吴云失踪的消息还是王晶告诉顾扬的，顾扬一听，手脚冰凉。王晶在电话里狠狠地臭骂了顾扬一通，说顾扬也太过分了，又说吴云这人自尊心特别强，顾扬怎么能够这样对她，岂有此理。顾扬听王晶骂完，心中乱极，坐在办公桌前发了一会儿呆，突然又想起还是去几个熟人那儿问问看，或许能找到她。

吴云似乎真的消失了，再也没有一点音信。顾扬问遍了所有的朋友熟人，没有人知道吴云的下落。时间一久顾扬总是默然地回想：自己究竟有没有真正爱过吴云呢？的确，吴云是一个很优秀的女孩，当时说要结婚也确实觉得顺理成章，并没有什么特别的理由。可是，自己究竟错在哪儿呢？顾扬一时想不清楚，只是心中宛如打翻了油盐酱醋，什么滋味都有，十分混乱、复杂。

14

日子在一天一天地过下去，但是顾扬对这个城市似乎不再留恋，而且走在任何一条大街小巷，或公园或宾馆，总让他触景伤情，没有情绪。以前曾有过美好的感觉，这里好像是自己的家，但这种感觉再不曾出现。

所以，当一位好友邀顾扬去另外一个特区城市一起办一个工厂时，顾扬一口答应。

顾扬坐在一架波音757飞机上，此时正是晚上，顾扬通过玻璃窗看不远处的万家灯火，这个城市宛如一颗巨大的珍珠。以其璀璨的光芒吸引着许许多多的人，但自己已经不属于那群人了，顾扬心底泛起一阵又温馨又迷惘的滋味。“人生太美好”，他突然想起大学一个同学写的这句诗，不知为什么，一向不读诗的他当时只觉得这句诗有点儿说不出的怪，所以记住了，现在突然觉得这句诗真是适合他此刻的心境。“人生太美好”，顾扬喃喃地念了一遍。飞机一阵呼啸，腾空而起。

1999年的A城

我忧郁的时候就想写小说。

——作者题记

1

1999年的A城，继续着我们现在就开始的这种浮华气息。大餐厅酒楼里日日爆满，夜总会、歌舞厅层出不穷，人们沉湎于及时享乐之中，不知明天为何物。

一个瘦长清秀的小伙子就在这么一种慵懒闲散的氛围中踏上帝豪商业大厦通往九层的自动电梯。

他叫高。

高是那种整天悠闲无所事事的小伙子，有着一张吸引女孩子目光的清秀而细嫩的脸。他这时漫不经心地用手抚摸脸上小小的青春美丽痘，慵倦的目光掠过琳琅满目争奇斗艳的各种服饰，精美包装的食品、酒类。他抬脚就到了九楼这个女性精品总汇。

这时是上午十点，商场里顾客寥寥无几，在菊花形吊灯的映照下，九楼里一件件色彩鲜艳、制作精巧的服装，不真实地飘浮在那里。商场大音箱里传来的舞曲旋律，令人轻飘飘地如在云雾里。果然，两位售货小姐突然站起来了，似乎是无意识地，同时将手伸给对方，在空旷的大厅里跳起了舞，透明光滑的大理石板映出她们窈窕的身姿。

所有的售货小姐都将目光投向这两位优雅的舞者。领班小姐仅仅懒洋洋地瞟了一眼，就举起一个玫瑰色的高脚酒杯，轻轻地啜了一口，不胜惬意地轻叹了一口气，然后将酒杯藏在收银台的柜子里面。

在九楼的另一侧，小小的更衣室里，两位红唇皓齿的售货小姐偷偷地抽着烟，你一口，我一口，然后极舒服地沉醉于烟雾缭绕的意境中，两耳不闻窗外事。

高一跨出电梯就看到眼前不远处的更衣室旁有一双白嫩而小巧的大腿呈现在眼前，他以为是拟人模特，没有多加注意，径直走了过去，突然听到“唉”的一声轻叹。高低头一看，一位售货小姐正将一只手从那大腿深处抽了回来，但也就仅仅那么短暂的一次停顿，售货小姐又仰起脸，目光迷离地望着高。售货小姐小巧玲珑，身材瘦削，一张脸柔嫩细腻妙不可言，她的目光久久地停留在高的脸上，刚刚抽回的手又放回了裸露的大腿上。她坐在更衣室里沙发软凳上这个姿势令高下面一热，声音就变得轻柔起来。

“小姐，请问化妆品专柜在哪儿？”

售货小姐仍然不语，两眼直勾勾地盯着高，然后嘴一努，呈现一朵鲜艳的喇叭花。

高犹豫着，眼睛须臾也未离开售货小姐娇艳的脸，售货小姐也这么如饥似渴地看着高，一只细嫩的小手在超短裙下来回地抚弄。

高依依不舍地向左迈开了步子，一步一回首，售货小姐勾人的目光也送着高缓缓远去的身影。

高是在总经理黄小姐的指示下来买一种梦露牌法国香水的。高是名闻 A 城的皇后夜总会总经理黄小姐的助理。黄小姐出任皇后夜总会总经理仅仅一个星期，不知怎么一眼看中了前来应聘的清清瘦瘦的高，仅仅交谈了几句就把高留下来当助理，这使得高成了夜总会里小姐、少爷及经理们钦羡的对象。高一向的原则是不失时机地占便宜，但来皇后夜总会一个星期，他深知自己脚跟未稳，不敢轻举妄动，任凭那些百无聊赖地陪舞小姐们挑逗调情，也毫不动心。陪舞小姐们私下叫他为“高公公”，但也不敢过火，毕竟，高是黄小姐面前的红人，得罪不起。

高一直捉摸不透徐娘半老的黄小姐是怎样保持姣好的身材与动人的脸容的，一种成熟女人说不出的韵味常常令高心慌意乱，高毕竟还只是一个涉世不深的小混混，还没读完大学，就觉得没劲自动退学，然后和几个朋友一起开过发廊做过生意，最终因一次偶然的机会看到皇后夜总会的招聘广告，就抱着试一试运气的心态侥幸成了黄小姐身前身后的助理。但他对黄小姐一直心怀戒备，他深知一个能当上A城叫得响的夜总会总经理的女人肯定不是等闲之辈。高虽然一向浑水摸鱼玩世不恭，但一旦看到大祸临头时他总是第一个逃脱，也许黄小姐正是看中了他的精明与机灵。

高穿过仍在款款起舞的小姐们和一大片挂在衣架上或套在拟人模特身上的花花绿绿的服装，终于买到了黄小姐要的梦露牌香水。刚才那勾人的目光似乎一直还跟随着他，他又犹豫着返回了那个更衣室。

售货小姐还在那儿自怜自爱独自抚摸自己，看到一双停在眼底的漆黑发亮的皮鞋，她才猛然抬起头，又是那男子灼人的气息。

售货小姐赤裸裸的眼光看得高喉咙发干，他咽了一口口水，压低声音故作镇定略带调侃地问："你们这儿有没有什么新款式？能不能推荐一下？"

售货小姐梦幻般地站起来，一言不发，径直走向里面的一排衣柜，然后回头看了一眼高。

高在后面看着售货小姐那浑圆的臀部，那一摇一摆的纤腰，不由得下面一硬，心发软。

售货小姐的纤纤玉指拈出一件露背紧腰碎花超短裙，看看高，高那久蛰的情场老手手段又跃跃欲试了。高微微一笑，神采飞扬，说："你能不能穿着试给我看一下？"

售货小姐迟疑片刻，拿着碎花超短裙闪进了一排衣柜后面的更衣室。

高屏住呼吸，静寂中只听到舞曲仍在轻轻流动，四周似乎悄然无人，从衣柜向外看去，没有一个人影。

高颤抖的手指轻轻碰着更衣室的门板，不料“吱”的一声，吓得高胆战心惊，门便开了一条缝，可以看到售货小姐雪白如玉的身体。高不顾一切地迅疾拉开门闪入更衣室里。售货小姐用迷蒙的神情看着他，一点儿也没有要穿上衣服的意思。

高熟练的手指迅速摸遍售货小姐光滑细腻的肉体，如娴熟的琴师抚摸琴键，售货小姐便发出轻细的呻吟。

高反手将更衣室的门锁上，边迅速除下长裤，边用细牙咬住了售货小姐的舌头。

那一场如火如荼的游戏在帝豪商业大厦九楼的一间小小更衣室里上演之后，高满面红光精神焕发地从更衣室里闪身而出，整个大堂里仍然空旷无人，只有几位零星的顾客的脚步声不知在哪边响着。

售货小姐紧接着也穿好了她的超短裙，闪身而出，她的眼神变得晶莹发亮，细细的唇边吐出三个字，我叫琳。

我叫高。高满意地盯着眼前这个尤物，冲动再一次涌上心头，他的手迅速插入琳的超短裙内。琳竟没有穿内裤，高的猖狂再一次达到高潮。但他看了一下手表，十一点了，黄小姐正在皇后夜总会总经理室的大班桌后等他。

2

1999年的A城发生了许多大事：百年一遇的大洪水刚刚漫过A城三分之一的城区，一张小报上一颗行星即将撞击地球的消息也令很多人在最后的时刻狂喝滥饮，享尽荣华。

在众多的享乐场所中，皇后夜总会始终夜夜爆满，黄小姐几乎一天换一个花样。整夜整夜的情调舞会，所有灯光熄灭，只有烛光摇曳；风情万种的埃及女郎的艳舞，令大亨们心旌摇荡，醉生梦死；几十名舞女着统一装束，在舞池表演之后，又纷纷钻进各处包厢和雅座单个表演……各式各样的新潮花样刺激着A城所有的大亨名流和高官，每天乐不思归，趋之若鹜，永不满足。

而黄小姐，操纵这一切的女人，每天总是一个人忧思重重地坐在她那黑色的大班椅上，高就坐在门外的小房子里随时听候吩咐。

黄小姐确实是与众不同难以捉摸的女人，她很少自己下场去应酬客人，这类事总是由副总经理王先生去应付。黄小姐每天毫不厌倦地坐在她的大班椅上，两只手时而绞在一起，时而叉开，她每天乐此不疲地坐在那儿看着什么。

夜总会每夜艳歌艳舞，欢声笑语，打情骂俏，而在这奢华热闹之中的一侧，一位女人每夜忧心忡忡，独自琢磨。黄小姐几乎对每位夜总会的人来说都很神秘，深不可测，正是这种威慑的力量令人不敢轻举妄动，所以一向有些混乱的夜总会近来平安无事，陪舞小姐们也变得循规蹈矩，不敢为争风吃醋大打出手。

红小姐是众多舞女中极显平凡的一位。她十六岁就被人弄大了肚子，从此破罐破摔，在家乡一带臭名昭著，实在待不下去，便独自一人来到A城，在皇后夜总会谋得自己的位子。红小姐的特点是大胆放肆，敢为他人所不敢为。一日出门，她忘了带钱，照样坐出租车，一到终点，便伸出手来在司机的裤裆里摸了一把，司机正理直气壮大义凛然想痛斥一番，立刻痛苦不堪马上求饶，只好伸手在红小姐胸前过了一把瘾就放人。

红小姐来A城半年，已经挨过不少男人，她总是在任何地方一站，就会招来不少狂蜂乱蝶，这其中有过一位小老板，一个公司职员和一个街上的小混混，红小姐走马灯似的过目即忘。她独独忘不了新近遇上的一个冤大头，那是她的老相好之一小混混引见的。那天早上九点多钟，小混混突然来敲她租的公寓房门，二话未说就拉她出去，坐上一辆子弹头丰田车。红小姐正睡意蒙胧哈欠连天，久久才反应过来，问小混混什么事，小混混回答说是好事，便稀里糊涂被拉到一幢别墅前。她眼角的余光看到小混混从一个彪形大汉手中接过一沓钞票，便爬上他的一辆摩托车溜之大吉，留下红小姐站在庭院里发愣。

彪形大汉打开一扇小门说："请进。"

红小姐这才注意看了一下这幢别墅，典型的西班牙风格，庭院里却栽满了奇花异草，散发出一股说不出的令人陶醉的芳香。

红小姐被引到一位四十岁左右一身白色衣裤的男人跟前，那男人二话未说，递过来一沓钞票，就对红小姐说："你先去里面淋浴一下。"

当红小姐从浴室中一丝不挂走出来时，白装男子已经闭着眼睛全身赤裸地躺在一张沙发上。

红小姐走了过去。

当一个小时以后红小姐走出别墅的大门时，她才想起点了一下那男子给的钱，整整五千元！这是红小姐出道以来收到的最多的一次小费。这件事令红小姐记忆深刻，还有那位男人的沉默寡言，自始至终一言不发。

红小姐这段时间对那位显得文雅清秀的总经理助理充满兴趣，尽管她明白他们不是一条路上的人，她也对自己的貌不出众有自知之明，但他长得太像她心目中的那种白马王子，她不禁常常心猿意马，忍不住着迷，希望能稍稍引起这位白马王子的注意。她常常故意趁与高擦身而过时摸他一下，但这丝毫未起作用。高这类人简直是这种美女如云的夜总会里的一道甜点心，谁都想尝一口，与他眉目传情的小姐们不知有多少，而高假装一概不知，有时欲火烧身也只是去帝豪商业大厦中找那个叫琳的女孩，他不愿陷入这类纠葛之中，他牢记一句明训，兔子不吃窝边草。一旦动真格的，定会影响他在夜总会的地位与身份。

而黄小姐似乎对发生在眼皮底下的诸多事情一无所知，也可能是她明明知道但无动于衷。她每天最早来到夜总会，最晚一个离开，她自己开着辆皇冠豪华轿车，一阵风地来，一阵风地去，令人无法捉摸。

3

1999年A城的各个写字楼，办公室里流传的尽是些轻松玩笑的故事，诸如某某男区长与某某女区委书记因长期摩摩擦擦、触触碰碰日久生情，不再满足于下班时间在办公室里卿卿我我搂搂抱抱，决定到郊外去浪漫一回，找点情调，结果在麦地里被农民们揪住，曰：“我们是区长。”农民啪啪啪就是几耳光：“你还敢冒充区长！”然后扭送公安局。结果公安同志正在昏睡，醒来赫然发现区长、书记大人双双驾到。还有诸如：某公司老总考核其公关部经理，出一谜语，猜一物，谜语曰：“能洗不能晒，是肉不能吃，中用不中看。”公关部经理乃一年方妙龄的小姐，思索片刻，突然脸一红，笑着说：“我猜出来了，但不好说，你回去问自家太太。”

而在夜总会，歌舞厅的陪舞小姐们中间则正流传着一个大老板的传奇故事。据说此老板出手大方，性欲旺盛，每日要找三四个小姐，做爱时一言不发，埋头苦干。但手脚利落，十到二十分钟打发一个。很多小姐都有幸与他会见，但绝无第二次，小姐们纷纷猜测此人是不是变态。但据说此老板极文雅，从无粗鲁之举抑或虐待倾向，只是见面即干，干完即走。随着渲染，随着夸张，这个老板在A城的陪舞小姐们中成了传奇人物，神秘而奇特。

此时，这个传说中的章老板正坐在A城机场咖啡厅巨大的透明玻璃窗前，从这里可以看到机场内的动静，他正在等着归来度假的独生女儿玲玲。

章老板看上去是一个讲究分寸的男子，风度潇洒，举止从容。这个前政府官员自从发现妻子的偷情事件后，觉得无脸在政府大楼里待下去，便辞职下海。凭着几次幸运的机会，在房地产上发了一笔，成了A城数一数二的大老板。但章老板是一个对钱财从来没有什么概念的人，他的财产一直在不断地迅速增长，他却从没有感觉，只是增加了一个愈来愈强烈的嗜好：疯狂地追逐着各种各样的女人，但又从不陷入情网。有一次，他终于被一个才二十二岁的女孩子茜打动了。他极为信任茜，让她随意出入自己的房间，带她去任何她想去的地方，买一切她喜欢的商品。章老板爱得如此之深，甚至考虑是否再结一次婚，然而就在此时，茜突然不辞而别，带走了三十万元现金。据说她跟着一位画家去法国了，她不爱千万钱财，却迷信艺术可以使她获得平衡、永恒。章老板接连几天坐在房间里不吃不睡，万贯家产又有何用，还买不来一颗美人的心。章老板从此看淡了钱财，也看轻了女人，一天一个，发展到后来一天几个。他不分时间地点只要一想起女人就立刻亢奋，就指示手下到处去搜寻，从歌舞厅夜总会发廊乃至大街上，他一个一个地要，他都记不清自己要过多少女人，他完全失去了感觉，只是机械地做爱。他有心脏病，但他如此奋不顾身地不顾一切地做爱，令人担心他总有一天会瘫倒在女人的肚皮上。章老板在这个世界上唯一的牵挂是他的女儿玲玲，只有想起玲玲，他才会像一个人一样有点感情，胸中涌起一股柔情，像一个慈祥的老父亲一样怜爱地看着女儿的照片。玲玲是他的全部生命维系，玲玲从小就由父亲带大，与父亲相依为命。母亲在外面寻欢作乐的时候，玲玲用嫌恶的眼光去注视这一切。章老板和妻子离异时，玲玲坚决站在父亲一边，还痛斥了母亲一番。在章老板最艰难的时候，是女儿用欢声笑语支撑了他的全部精神与信念。后来女儿长大了，去特区读书，一读就是三年。在这三年里，章老板失去了寄托，每天把自己关在那幢别墅里，为驱赶寂寞，不分昼夜地不断地寻找女人。但只要玲玲回来度假，章老板就立刻恢复了好父亲的形象，放下一切工作，避开任何女人，陪女儿去打高尔夫球，去海边冲浪，去郊外野炊，章老板会感到过去的那个情欲旺盛者并非自己。但只要女儿一走，他又会旧病复发，丧心病狂地蹂躏着一切可以搞到手的如花似玉的女人们。

一架波音 747 飞机缓缓降落，章老板立刻起身下楼去机场出口，两位保镖模样的西装革履者紧随其后。

“爸爸”，一身素白衣裙的玲玲扑了过来，两位保镖赶紧接过老板女儿的皮箱，章老板笑吟吟地亲了一下女儿的额头。一辆林肯牌轿车疾驶远离了机场。

4

A 城的皇后夜总会发生过不少传为新闻的事件。一次，一位政府官员，听说自己即将升迁，心花怒放地来到夜总会狂欢一夜，由于激动兴奋过度，竟晕倒在陪舞小姐的乳房上，后经抢救无效死亡。A 城人开玩笑说：“真是死在花裙下，做鬼也风流。”还有一次，两位大亨为斗富，一位开口包下所有顾客的酒水钱，一位开口则包下所有歌手的点歌权，不让另一位点歌，最后两人比赛扔钱，足足扔掉了五十万元现金，让夜总会总经理做梦也笑出了声。

这几天一位据说是著名诗人的长发青年洋突然迷上了陪舞小姐红小姐。据说他在一次随朋友来夜总会享乐时与红小姐交谈了足足一个小时，立刻将红小姐引为红颜知己，从此每天送一大堆玫瑰花到夜总会，说是献给红小姐。一向不怎么起眼的红小姐陡然名声大振，不免虚荣心起，有点骄傲自满起来，而且禁不住诗人洋的花言巧语甜言蜜语，与诗人洋同居起来。可惜不到两天红小姐就发现上了大当，诗人洋既穷又懒，每天疯疯癫癫除了作诗就是作诗，除了床上功夫也还凑合之外，连吃饭也要红小姐掏钱。不过红小姐失望之余也无所谓，反正众姐妹也都是在外面混场面，在家里也养着一个。只是到了第四天，红小姐发现洋激情来得快去得也快，又向别的女孩子去献殷勤时，才大吵大闹了一场，洋赶紧又是下跪又是扇自己耳光，两人才和好如初。而且久而久之，红小姐似乎受了洋的熏陶，有时也能蹦出一两句文绉绉很高深奇妙的话，什么“你野狼似的嘴出没于我柔软的山谷”之类，诗人洋的佳句更是层出不穷，写了大量诸如“要把计划要搞但还未来得及搞的女人分配给弟兄们同乐”的诗。

5

皇后夜总会似乎与往日不同。晚上九点，黄小姐走出了她那幽闭神秘的办公室，来到舞厅看了看，然后又来到门口，似乎等着一位什么重要人物。

一辆林肯牌轿车轻巧无声地停在夜总会门前，黄小姐赶紧趋步向前。下来的是章老板和玲玲。

章老板看了看四周，到处停满了各式各样的豪华轿车，笑说：“生意挺不错嘛。”

黄小姐一侧身，“老板，请。”

玲玲东张西望了一会儿，开口就说：“这个门装修得太土气。”

黄小姐脸一红，立刻注意地瞥了这位看去骄横霸气的女孩一眼，然后一言不发将章老板一行领进一个雅座。

玲玲不肯坐下，站在那儿，不满地说：“要个包厢！”

黄小姐赶紧招手叫来领班，嘀咕了一阵，领班又是摇头又是摊开双手，显得有些紧张。黄小姐转身向章老板低声说：“老板，包厢全部预订了，你看怎么办？”

章老板犹豫着，玲玲大声说："预订的退掉。"

黄小姐实在忍不住了，口气硬了起来，"损失怎么办？我是承包的，完不成怎么办？"

"完不成你就别当总经理了。"玲玲不容争辩地说。

"你这样说太过分了！"黄小姐再也按捺不住了。

"那你走！滚！"玲玲早已心中气极。这个夜总会，章老板是第一大股东，听说这个女人和父亲关系有些不正常，才当上了这个什么总经理。如今居然犯上作乱，翻身骑在主人脖子上了。

"你有什么资格来教训我？"黄小姐一反平时娴雅悠闲的态度，泼辣尖厉地说，"我是经董事会讨论通过的，向老板他们都支持我。"

玲玲火气直冲脑门，用手指着黄小姐："你算什么东西？一条狗都不如，让你滚是看得起你，教训你又怎么样，我还敢打你！"一巴掌就甩了过去。

黄小姐被打得失去了理智，抓起一个花瓶就向玲玲扔去，玲玲一闪身，又是一个耳光。

章老板站在那儿目瞪口呆，本能地护住女儿，边劝边退向门外，"你们这是干什么？你们这是干什么？"然后回头喝令两位保镖送黄小姐回办公室。

吵吵嚷嚷哄哄闹闹的夜总会刹那间安静了，过了一会儿，疯狂的迪斯科音乐又响起，旋转彩灯乱闪，舞女们又纷纷涌入舞池，像是什么也没有发生过。

6

皇后夜总会这一夜看去与往日并无不同，大亨们仍然左搂右抱，醉生梦死，舞女们扭扭捏捏，渐入佳境，谁也没有在意今夜发生的惊心动魄的这场戏。

黄小姐披头散发，歇斯底里，在办公室砸花瓶、砸玻璃、砸大班椅，嘴里恨恨骂着："什么东西，竟敢到老娘头上撒野！老娘全都知道，狗仗人势，那些钱是怎么来的，老娘全抖出去……"高坐在门外的小房里，默默地注视着这一切。他从头到尾看到了，他没想到一向雍容高雅的黄小姐原来有时也会像街上的泼妇似的。

7

他有点同情地想，谁不是要一张脸而已呢？撕破脸皮，谁都恢复了本来面目。那夜折腾到凌晨四点，黄小姐渐渐安静下来了，她似乎有点后怕，叫高和她一起走。

黄小姐开着车，似乎已经恢复了镇静，喉咙有点嘶哑，问高："今天舞厅里没什么事吧？"

"没有。今天营业额比昨天还多了五万元。"高说。

皇冠轿车停在江边新村的一幢公寓楼前，黄小姐停好车，突然对高说："你去我那儿坐坐吧。"

高点了点头。

蝴蝶形壁灯一亮，高才发现黄小姐脸色显得特别苍白、疲倦。他打量了一下房间，四居室的房里，装饰得高雅别致。一块红地毯铺在客厅地板上，又显得温馨热烈，没有因房间空旷引起的冷清感。

黄小姐从冰箱里拿出一瓶香槟和两个高脚酒杯，倒了一杯给高，然后自己坐在沙发里，踢掉鞋子，极其疲惫地将身子陷在沙发里。

“高，我今天出丑了吧。”黄小姐说。

“没有。”高不知所措，含含糊糊地说。

“不，你没说真话。”

高不知说什么好，干脆缄口不言。

黄小姐嗓音低沉地，断断续续地好像说着别人的经历：她十八岁离开小县城来到这个城市，一个女人的奋斗往往是艰难的，她曾寄希望找一个好男人，但遭到抛弃，她辗转于各个公司，总是充当花瓶或扮演公关小姐的角色。十多年过去了，眼看年华将逝，她邂逅了章老板，她其实只是被找去泄欲的。但就在那一次章老板突然身体不适，连续高烧几天，上吐下泻，她留了下来，以一个女人的温柔和细心照顾他，获得了章老板的感激。终于在三十多岁的时候，经章老板向皇后夜总会其他股东，包括第二大股东向老板等人介绍推荐，经过股东会议讨论同意，她来到了这个位置。她感到了不容易，所以她每天坐在办公室，总是思索着如何做得更好更出色。她轻易不说话，但一出口就要一言九鼎，而如今一切都毁了，她知道自己斗不过人家，自己是鱼肉，人家为刀俎……

“我为什么要把这一切都告诉你呢？”黄小姐叹了一口气。

高安慰说：“没事的。你当总经理，是董事会讨论通过的，你只向董事会负责，只要向老板他们还支持你，就没事的。”

“你真会说话。”黄小姐笑了笑，她轻柔地对高说：“你坐过来，抱着我。”

高颤颤巍巍地把手伸向黄小姐的腰，一个激灵，他感到浑身发热了。

那一夜高如痴如醉地和一个比自己大十多岁的女人欢度一夜，由于敬畏，由于说不出的原因，他格外地体贴、温柔，令黄小姐忘却了一切烦恼、恐惧与孤独。黄小姐庆幸自己当初没有挑错人。

8

高是在凌晨六点天蒙蒙亮的时候离开黄小姐房间的。他起来的时候还深深地看了一眼尚在睡梦中的黄小姐，他发现这个卸妆后的女人如此松弛、老态，不禁有点懊丧。

这一天很平静地过去了，高回家后，睡到差不多下午四点钟才醒过来，醒来之后才记起今天还有好几件重要的事未做。

9

红小姐对与诗人洋的厮混日益厌倦，洋好吃懒做，无所事事，还经常勾引皇后夜总会的其他陪舞小姐，令红小姐气愤而又毫无办法。她决定摆脱洋。她故意问洋："你每天干些什么？"洋说："写诗。""诗是什么？""诗是最高的艺术。""艺术有什么用？"洋无言以对，气急败坏。洋对这女人的浅薄无知极其愤怒，洋高叫："最好的诗人可获诺贝尔奖，可以永恒，可以得几十万美元奖金。你别目光短浅。""诺贝尔是个什么东西？"红小姐疑心那是又一个神经病一样的诗人。洋唉声叹气，为不被理解而痛心，为红的俗气而痛苦。洋决定什么时候做一件让红刮目相看的事，让红震惊，让红清醒，跳出世俗的泥坑。

10

洋知道有一帮摇滚乐手和一帮流浪画家正在策划一件将轰动全球的大事，他决定去看看。他走进下河村一间破败不堪的农舍里，看见七八个男女正将一大堆避孕套运上三轮车。洋跳上车与他们摇摇晃晃地奔向A城最大的广场。艺术家们将避孕套堆在广场的中心，摇滚乐手站在旁边奏乐，而一男一女两名画家站在避孕套堆上开始缓缓地除去衣裳，另一名画家持高音喇叭在一旁介绍："这是本世纪最伟大的行为艺术作品——爱情的典范。"数以千计的路人目瞪口呆地注视这一幕，然后纷纷围拢过来。诗人洋站在人群中，又是激动又是嫉妒，心想：这一下这帮小子要出大名了。当下怏怏不乐地回到他和红的那个狗窝。

红还在睡觉，看到洋进来，嘟哝了一声，翻了一下身，背对洋。洋在心里恨恨地骂了一声：他妈的恶婆娘，势利得很，早晚有一天收拾你。洋心情苦闷，突然非常想喝酒，摸了摸口袋，又是瘪瘪的。他的目光投向了红扔在墙角椅子上的那堆衣服。他站了一会儿，蹑手蹑脚地走过去，在衣服里摸索着。红听到响声，转过身来，看见洋正在翻着她的钱夹，腾地坐了起来，扑了过去："你干什么？""我没钱了。"洋理直气壮地说。"你天天花我的钱，还要钱干什么？""我要喝酒，喝酒才能写出好诗。"洋叫道。"好诗个屁！你写过什么东西，拿出来看看，狗屁不如！"洋恶从胆边生，啪地一个耳光打去，"你这个鸡婆，骂我也就罢了，还亵渎我的诗！"红也腾地火了，"你是什么东西，吃老娘的，一分钱不给，还打我。"抓起一条凳子就向洋砸去。洋变得愈加疯狂，摸起一根棍子就打过去，一下就把红打倒在床上。洋扑了上去，骑在红的身上，用两只手掐住红的脖子。红害怕了，高声叫："救命，救命啊！"洋一慌，两只手掐得更紧。过了一会儿，红不动了，洋这才惊慌地发现：红死了。洋下意识地夺门就逃，逃了几里路，这才想起无处可去，又磨磨蹭蹭地想返回去拿点钱。

11

1999年A城发生的许多凶杀案人们早已淡忘。

公安人员逮住诗人洋时，他正睡在立交桥下的石墩上，他急急的辩解赢得了围观者们的阵阵掌声："我杀的是一个妓女，妓女是世界上最肮脏不堪的东西，诗人的使命就是铲除丑恶的现象，奉献美好的一切。"可公安人员不听辩解，不由分说将洋带走了。

诗人洋的一系列所作所为实在令公安局头疼。在监狱里，他又是上吊自杀又是号啕大哭，有时是整夜整夜朗诵诗歌，有时又是哭哭闹闹祈求释放。诗人洋尤其喜欢对前来采访的记者们大放厥词。他说："诗人自杀是20世纪最重要的诗歌现象，我最后的杰作就是杀人然后自杀，这是本世纪最伟大的行为主义艺术创作。它象征对意义与价值的摧毁，对死亡的向往……"一些人听了不知所云，一些人则将其视为A城的重大新闻，在小报上渲染得铺天盖地，令洋心花怒放，他更加肆无忌惮地宣称："我就是要出名，你们写我吧，我什么都告诉你们，你们可以为我写传记，我要永垂不朽！"最后警察只好尽快将他执行枪决，免得他混淆视听。

12

黄小姐是在一阵轻轻的敲门声中醒来的。她揉了揉眼睛，看见高已经不见了，她想起昨夜的缱绻，心中泛起柔情——高这个小孩子。她又听见几下敲门声，心想可能是高回来了吧。她问了一声："高吗？"门外答了一声"嗯"。黄小姐穿着薄薄的睡衣去开门，门一打开，两只手就伸向了黄小姐的脖子，黄小姐还未来得及叫一声就咽了气。

13

高被公安人员抓住时，正在帝豪商业大厦的更衣室里与琳吞云吐雾。在不久前的一次约会时，琳带来了这种粉末状的白色物，令高兴奋，令高快活。从此两人常常纠缠在一起，一边吸白粉一边做爱。高忘却了人世间的一切烦恼和忧愁，沉湎于天堂般的境界中不能自已。所以当公安人员推开更衣室的门时，高竟忘了穿上衣服，就赤身裸体走了出来，在售货小姐们中间激起了一阵"啊"的尖叫。售货小姐纷纷掩面，又从指缝间偷看高那硕大无比的阳物，心中不禁对琳怀着羡慕。琳那一刻忘了羞耻，她不顾众人的眼光，将高抢了回来又抱住贴在一起，直到公安人员将衣服扔向他们，并呵斥了一声。

很多人作证那夜是高陪同黄小姐离开夜总会的，公安人员又在黄小姐的体内发现了高的精液。高无法辩解，稀里糊涂被关押在了监狱里。

14

传说章老板也离开了A城，是被几支枪顶住威胁离开的，没有人知道详情，只有守门的老张那天看见几个人闯进别墅，开门就将他打晕。朦胧中他透过门隙透出的灯光看到章老板被几个人围住，两支枪指向他的太阳穴，玲玲吓得哭了起来。第二天父女俩双双失踪，再也未在A城出现过。

扑朔迷离的事件在A城传得沸沸扬扬，皇后夜总会的第二大股东向老板宣布由夜总会副总经理王先生出任总经理。接着又宣布章老板退出皇后夜总会，其拥有股份已全部转卖给自己。然后就在王先生上任后的第三天，夜总会的领班偶然有事去向王先生汇报时，听到王先生正在接一个电话，王先生低低的声音满是恐惧，“好的，明天我就把五十万元现金给你送去。”然而第二天王先生就不辞而别，再也没有来过皇后夜总会。

15

杀害黄小姐的凶手是公安人员在一次偶然的审讯中获知的。据一名盗窃犯供认：他的一个朋友有次醉酒后吹嘘，他马上要发大财了，有人要他去干掉一个夜总会的女人，付给他五十万元酬金。凶手被迅速捕获，是一个年仅二十五岁的无业青年。这小子唠唠叨叨嘀嘀咕咕，凶手对杀了人不当回事，倒是对那位要他去杀人但未付钱就跑掉了的家伙极为气愤，如果逮住了那家伙，一定要把他千刀万剐。

16

皇后夜总会仍然保持着一贯的歌舞升平繁华热闹，每天宾客如云。向老板却出人意料地将自己的股份卖掉了，奇怪的是他出的价钱特别低，卖给了一个至今来历不明的姓雷的老板，据说谈判时那个老板只说了一句“向老板，王先生要我向你问好”，向老板就乖乖地签了字。

17

1999 年的 A 城稀奇古怪的事层出不穷，各大夜总会酒店却照样天天爆满，陪舞小姐们感叹再也没有碰到过章老板那样慷慨大方的男人，而生意却越来越难做，因为干这一行的人越来越多。

1999 年 A 城的这种浮华气息不知还将延续多久。

我们的发烧年代

俗话说：物以类聚，人以群分。我和小康、萧斌、许基几个人，一上海南岛不久，就组成了一个“闯海沙龙”。其实“闯海”是一个历史名词，指的是1988年海南建省办大特区时，十万大学生从全国各地，穿越城市、村庄、高山、河流甚至草原会聚到海南岛，投奔自由与新生活新世界的传奇，那个历史事件后来被命名为“十万人才下海南”，后来的历史书阐述那是“80年代思想启蒙后寻找自我、追求自我，自我发现、自我实现的真正落实与实践”，是“中国人才自由流动的开始，知识分子第一次大规模下海，计划经济向市场经济转型的象征”，而那些人，被称为“闯海者”，而他们共同的特征，据说是戴眼镜、穿牛仔裤、说普通话。这些在80年代据说还算稀罕的。

据亲历过那个时代的人描述：那真是一个美妙的年代啊。街上奔走的都是意气风发的年轻人，一见面就打招呼，一见面就成朋友，一见面就簇拥着上酒店去餐厅，谁有钱就谁掏，没有钱就凑份子，喝完酒就唱歌，在餐厅里唱歌，在大街上也唱歌，到了公园里也唱歌。东西湖公园每天晚上都有人唱歌，还有篝火，还有人弹吉他。到了高潮处就合唱革命年代慷慨激昂的歌曲，就有人喊口号，就有短发的女孩和长发的男孩翩翩起舞，就有想家的人开始抽泣，或者相拥而哭，或者号啕大哭。那真是一个浪漫的年代啊。在一天喧嚣过后，黄昏时，丛林里，火红的灿烂的夕阳下，椰子树婆娑起舞，青年男女们都喜欢到海边漫步。海浪一波接一波地翻滚过来，惬意的海风轻轻拂掠。真让人不知身在何处。入晚，深蓝的低垂的天空中，大朵大朵绽放的白云，迅速地翻腾变幻的白云，像火一样燃烧的彩云，再衬托出椰子树的剪影，满是异域的情调。多少人黯然销魂，多少人流连忘返。那真是年轻人的世界，每天都发生着多少可歌可泣的爱情、友谊和传奇故事啊。

我们当然已经算不上“闯海者”，现在已经没有什么自由流动不自由流动了，工作都得自己找，毕业后就是自由人，早没有什么分配一说。我们只是几个喜欢看大海的人，所以即使海南早已经济衰退，市面萧条，我们照样跑来了。可我们倒真是有些佩服和羡慕那时候的“闯海者”，他们就是中国的“西部牛仔”啊，是时代先锋，浪漫而勇敢，如今还真的个个功成名就，成天在报纸电视上宣传自己的辉煌历史，其实，也许那时他们不过和我们一样，挤在三四个人一间的集体宿舍里。我们组成“闯海俱乐部”，其实心底还是希望像他们一样能创下一番事业。

刚到海口的时候生活是闲适的，我那时住在海口老街。在小小的约一平方公里的地面上，商场、铺面、银行、茶馆、咖啡厅、饭店、电影院……一家挨着一家，古老的骑楼，现代的高楼大厦，也密密麻麻堆积着。走在这里的大街小巷里，经常是人山人海，让人有头晕的感觉。我就住在临街的一栋四层楼的顶楼，是公司的宿舍楼，也对外出租。那时，虽然迷茫，但同时，我对自己的生活充满幻想、虚构和臆测。

我很快认识了一些人，组成了一个圈子，我们一起吃饭，一起逛街，一起聊天讨论，甚至一起看电影。

我们是指我，计算机公司的小康，小康同公司的小武、小宗，报社的许基、萧斌，银行的女会计陶丽、房地产公司的郭敏大姐等。他们，都租住我们公司的房子。我们公司还有个食堂，所以我们其实最早是在食堂吃饭认识的。因为气质上看起来有些相同。

由于每天晚饭都聚在一起，我们有时就会坐在一桌聊天，聊着聊着，就不再限于私人事务，而关心起公共话题来了。其中我和萧斌是对头，两个人都好辩论，经常意见相左，而且容易激动，于是经常吵得面红耳赤。我来自农村，听到一些家乡农民日子难过的事，就不免对国家一些政策不满，发牢骚。萧斌则觉得没关系，这一切都是正常的，“现代化的标志之一就是要消灭农民，不是说从肉体上消灭，而是让他们进城，变为城市人”，他振振有词地说。我说你懂个屁，农民进城能干吗？服侍你啊，你好当老爷啊。我一激动，就爱说粗话。“如果农村还待得下去，谁愿意进城啊，忍饥挨饿不说，还受城里人歧视。农民都争先恐后进城，说明农村政策有问题，农民没办法待下去了”，“你这是落后的观点，跟不上形势，发展总是要付出代价，要牺牲一些人的利益的”，“那怎么不牺牲你的？”我用手指着他的鼻子说。许基一看情况不对，赶紧来拉架。

我们每天在一起高谈阔论，从国际大事到国内新闻，我们每天吃完晚饭就自行组成沙龙，交流各种新闻信息。渐渐地，许基成了其中的组织者。他热心公益，每天自发组织大家晚饭后讨论。许基是报社的记者，比我们早参加工作，是一个“十万人才下海南”的历史迷，对诸如作家韩少功、马原，企业家冯仑、唐万新、马蔚华、黄巧灵，演员陈虹，歌手老狼、刀郎、谢雨欣之类的闯海掌故如数家珍，说觉得我们这帮人有点建省办大特区初期的热血青年劲，建议我们自己命名为“闯海沙龙”，好，大家一致通过。

慢慢地，外面有些人听说我们这里有个沙龙，就也赶来旁听，在食堂不行了。小康说他们公司有个小会议室，可以坐三四十个人，晚上随时可以开门。我们就转移了地点，越搞越大了。这个沙龙主要得益于许基，许基是北京大学的学生，结婚早，特别热衷于公益活动。他也有一些特别的观点，开始要搞大也是他的想法。因为他有很多设想需要大家共同参与、努力。比如他提出可以率先在海南搞政治体制改革试验区，因为海南相对自成一体，便于封闭集中管理，且人口少，面积也不是太大，成功了可以全国推广，失败了也不至于影响其他地方，毕竟，隔着海峡嘛。还有诸如他建议反腐败从媒体监督官员私生活开始，因为每一个贪官基本上都有情人、二奶。而媒体应该也很愿意追踪这些事情，因为有读者啊，可以扩大发行量啊。对于电视台来说，这是最好的娱乐新闻啊，只要发挥狗仔队的精神，可以把它当作娱乐事件像电视连续剧一样播。许基想把这些观点传播扩散出去。于是，我们每周六晚上一次，聚集一起讨论各种公告事务，慢慢地，不少政府官员、大学老师也跑来听，后来还参与，甚至有厅级干部。媒体也开始关注。电视台还来录过像，许基、萧斌他们一本正经地坐在那儿，表情严肃，俨然已进入历史了。我差点笑出声，但还是忍住了。不过大家心里都承认，一句话，搞大了。

可是我们的生活并没有太多改变。尤其我、小康几个人，是沙龙里相对边缘的人物。我们参加工作不久，又没有太多生活工作经验。我最多不过站起来没有目标地猛烈抨击一通。小康则基本一言不发。只有一个话题是他感兴趣的，只要提到日本，他就会激动得手发抖，说："永远不能原谅日本，谁说要和他们和解谁就是我的敌人。"害得我们不敢讨论日本问题。我心底里有些不以为然，但还是尊重他的情绪，因为我听他说过，他家里爷爷辈就有好几个是日本人杀的。我们有些偏离沙龙的中心，只能算参与者，当许基他们开始被领导们接见的时候，我们基本是听他们事后通报而已。陶丽、郭敏则基本是旁听，算最热心的听众吧，做些端茶倒水的工作，但她们似乎很喜欢听，很沉迷这种活动。

我不知不觉地陷入了一场情感波澜。女主角是一位来过沙龙一次的旅游公司职员，她来的那次正好我出了风头，她多看了我几眼，就互留了电话，我愿意叫她虹。

对于我，虹是神秘的。漂亮、瘦高，又独立，而且我行我素。我去她公司找她，她办公桌上居然放着一本《读书》杂志，“没事时翻一翻，”她轻描淡写地说，让我更加倾心。可问题在于，虹小姐似乎只把我当成刚毕业的大学生，一个小弟弟。对我说话也是姐姐的口吻，很关心地问这问那。可是这个弟弟由于在异乡异地，格外地渴望爱情，虹小姐就迅速成了这渴望的对象。我一时不知道如何表白，很是苦闷。

“闯海沙龙”的人，除了讨论时事问题，还会从中美关系、法治到卫生、教育等等，后来连交通、城管都讨论，还有一次是关于电单车是否应该允许上街的辩论。讨论时我们才发现，电单车居然也有组织，是一些坚决拥护放开电单车者，而且来自全国各地，他们正为自己的权利不屈不挠地斗争着，利用各种渠道、场合，因为很多城市禁止电单车上街。他们历陈电单车如何环保、节能、安全，符合大多数人民的利益，是广大人民的需要。我们那一次沙龙居然是最热闹的一次，连走廊里都挤满了人，或许，他们以为我们对政府决策有影响力吧，所以全赶来声援了，甚至有从外省跑来的。小武就是那次之后成了海口电单车组织的核心人物，天天攻击那些骑摩托车开汽车者。小宗呢，周末跑去参加一个什么乡村建设志愿团，一去就大受打击，回来后跟我们说那个乡长跟他说，他都不会喝酒，怎么跟农民打交道啊。

沙龙也有些放松的活动，那就是看电影。附近的解放电影院、和平电影院和工人影剧院永远放着最新的刚到的片子。其中解放电影院可能是海口最早的电影院，是 20 世纪二三十年代的建筑，我想以前的那些所谓达官贵人，南洋华侨以及南霸天这样的土财主就是常来这样的地方。解放电影院有两层，楼上一层还有包厢，这种地方肯定充满了诡诈的故事，比如仇杀、偷情、背叛、勾结、卖国、情报等等。我们有时去看通宵电影，看完电影就到西门口去吃夜宵。报纸上报道过有人凌晨四点在西门口吃完夜宵后，站起来刚走几步，就被黑枪射杀。西门口就是这么一个地方，以前就常有打架斗殴的现象，经常营业到凌晨四点。那是一个宛如香港黑帮片里的情形一样的地方，嘈杂、喧嚣、混乱，说不定什么时候就打架斗殴，说不定什么时候就警车呼啸着掠过，但越是这样的地方，反而越热闹。真不知人们究竟出于一种什么心理，爱来这样的地方。

最爱组织看电影的是陶丽。陶丽在我们心目中是很能干的那种人，她虽然有点胖，但也可以说是丰腴，长得很有女人的韵味，当然按小宗的说法是也有点“骚”，她似乎在哪里都吃得开，经常有各式豪华小车把她送到楼下，她的房子里，家电一应俱全，她比起我们这些穷孩子来说，早就过上了让人羡慕的“幸福的好生活”。她常常早出晚归，甚至彻夜不归，她住在我们楼上，所以我们以前对她的行踪也不是太关注，再加上她比我们大几岁，我们并不了解她在忙些什么。只偶尔看到过有些男人会开着小车来找她。陶丽和我们混在一块后，会经常表现出一种“大姐大”的风度。每次看电影、吃夜宵，她都抢着付钱，甚至干脆包了。当然她不是每天和我们一块儿，但只要她在，每周总有一两天她会来找我们。

我们对身边的事情懵然无知。我们一点都没有注意到陶丽和小康的关系越来越密切，也没有注意每次我们出去陶丽对小康都有一种特别的态度，特别的温柔，我们还以为陶丽是没事喜欢和我们玩呢。有一天晚上，我看到陶丽和小康从外面一块回来，我还以为他们是没找到我才两个人单独出去呢。“我在隔壁看电视，你们喊一声就好了”，我站在楼梯口对他们说。小康有点不自然，让陶丽先上楼，他又陪我聊了一会儿天。

小康其实是一个老实的孩子，但不知为什么，我觉得他有些特别的想法，或者说，有些野心。比如他很想发财。他总是在寻找机会。后来猜想，可能是小康急于赚钱，因为他想等女朋友过来时有套房子住。从平时的言谈中，小康是深爱女朋友的。但小康也有危机感，因为他女朋友很漂亮，还在读大学，追他女朋友的人很多。所以他曾告诉我们，为保险起见，他毕业时和女朋友过了夜。再加上女朋友不在身边，小康也很寂寞。

我们就每天混在一起。我们在公司都还是小萝卜头，不被人重视，也没有太多的社会关系。我来时父亲让我去找一个是省副秘书长的老乡，走进他的办公室，他在高高的办公桌后面哼啊哈啊地亲切地问了我几句多大了、什么时候来的之类，就借口工作忙把我打发走了，后来我也再没有去找过他。小武也没有什么朋友，他有一次带我去找他那个什么武警的老乡，那个人带了五六个武警来吃饭，开口闭口就一句话，“你有什么事叫我一声，我带一个排去帮你解决，打他个落花流水”。小宗每天最关心的是他脸上的粉刺如何弄掉，他试过各种各样的中式、西式方法，还是毫无办法，他的粉刺茁壮地成长着。

小康和陶丽越来越少在我们队伍中露面了，我们还毫无察觉。我由于和他们不是一个公司，并不清楚他们平时忙些什么。直到有一天，深更半夜了，我突然听到惊天动地的砸东西的声音和尖叫声，那是从楼上传来的，我们全都跑上楼去，只见一个衣冠楚楚的秃头的男人正抓住赤身裸体的小康在猛打，而陶丽的房门大开，地上一片狼藉，陶丽披着睡衣在抽泣，小康一只手护着下面，一只手挡着那男人的殴打，我们看得目瞪口呆。“别打了！”一个女人打开门，呵斥道。她大步走过来，走进陶丽房里，拎出一堆衣服，丢给小康，“快穿上”。她的声音产生了奇异的效果，那个男人果然停止了殴打，只是悻悻地冲陶丽的房间说：“不要脸，老子供你吃供你喝供你穿供你玩，还背着老子偷人！看我怎么收拾你！”嘴里骂骂咧咧的，边说边下楼走了。而小康，匆匆套上衣服，也掩面而去。

那个女人就是郭敏大姐，她神情凛然，我们对她毫不了解，但自那次后，所有的人都对她肃然起敬。确实，要不是她，那晚的闹剧还不知如何结束。

陶丽在第二天早晨就悄悄地搬走了，我们的“闯海沙龙”也奇怪地“寿终正寝”。原因很简单，我们讨论了一个要害部门的问题，惹恼了他们，他们借口我们没有正式登记注册，不让召集聚会了。许基他们似乎很习惯这样的事情，虽然他们原本投入最多。唯有我、小康、萧斌几个愤愤不平，因为对于我们来说，刚刚参加工作不久，没有沙龙，我们就没地方可去了。受沙龙影响，我们气质上已与周围的人格格不入，而且我们已经习惯了这样关注探讨国内外大事，一时还真是不适应。对于我来说，虹小姐还是可望而不可即；小康一度元气大伤，更加沉默了，只有我们这些好友还陪伴着他；萧斌尤其郁闷，这是他最能大展身手的地方，他无处可去，只好转移阵地，去刚开张一年的天涯社区上发挥他滔滔不绝的雄辩优势，很快成为著名网络大侠。在萧斌的煽动下，小康也在网上活跃开了。他们在网上的言论日趋激进，尤其萧斌，经常在网上疯狂攻击别人，也经常遭到围攻。我预感到，我们这伙人还会整出些事情来。

小宗过二十二岁生日那天，我们大醉了一场，除了陶丽没来，所有最早的“闯海沙龙”成员都来了，在毛家饭店。小宗是那种特别重视节日之类的人，好像每个节日不过都是浪费，尤其他恨不得赶快长大，把脸上的青春美丽痘去掉。因为前段的事情，大家有些压抑，我们都拼命地喝酒。奇怪的是，小康、萧斌好像很轻松，一直在嘀嘀咕咕，我隐隐约约听到什么“日本右翼”“中国人应该以个人名义出头”之类的话，“你他妈干吗？又讨论什么狗屁大事”，我已喝得晕晕乎乎了，指着萧斌骂：“有屁用啊，沙龙都关门了。”这一次异常奇怪的是，萧斌没有与我急眼，而是冲着我亲切地一笑，大度地不和我计较，我本想继续追问的，无奈脑子一沉，就不省人事，醒来时已是第二天下午了。

晚上，我打开电脑时，看到网上一条新闻：

在今天出版的《中华工商时报》头版显著位置，刊登了署名“萧斌”的抗议书，内容是：“我们，以德报怨；有人，变本加厉。我抗议！”萧斌以个人名义，有偿向全世界征集有关南京大屠杀的物证人证。这是中国民间抗议日本右翼势力第一人。

这条新闻挂在几乎所有网站的首页，包括海外的，各大报刊应该也刊登了。时间是 2000 年 1 月 23 日。萧斌干出这种事情，我觉得非常正常，但有意思的是，后来我才知道，背后最坚决的支持者是小康，甚至出了很多主意，至于为什么小康不一起出面，我不知道。但这件事对我们影响都很大，我们觉得其实还是可以做一些事情的，许基后来成了国内著名的一个环保组织的负责人，参与发起过保护虎跳峡的运动，萧斌如今成了全国著名的时事评论专家，常去中央电视台、凤凰卫视做节目，小康自己开了一家文化传播公司，我则去了一家著名人文网站，我们还在继续当初的兴趣与追求。

诗论卷

诗歌与境界

——“人民性”“主体性”问题的辩证思考

主体性概念是一个现代概念，自康德强调之后，成为西方启蒙主义的一个重要话题。康德认为人因具理性而成为主体，理性和自由是现代两大基本价值，人之自由能动性越来越被推崇，人越来越强调个人的独特价值。根据主体性观点，人应该按自己的意愿设计自己的独特生活，规划自己的人生，决定自己的未来，自我发现自我寻找自我实现，这才是人生的意义。在诗歌中，这一理念被具体化为强调个人性，强调艺术的独特性。诗人布罗茨基的观点颇具代表性，他说：“如果艺术能教给一个人什么东西（首先是教给一位艺术家），那便是人之存在的孤独性。作为一种最古老，也最简单的个人投机方式，艺术会自主或不自主地在人身上激起他的独特性、个性、独处性等感觉，使他由一个社会动物变为一个个体。”但极端个人化和高度自我化，最终导致的是人的原子化、人性的极度冷漠和世界的“碎片化”“荒漠化”。

中国文化对此有不同理解和看法。在中国古典诗学中，诗歌被认为是一种心学。《礼记》说：“人者，天地之心也。”段玉裁

《说文解字注》对此解释："禽兽草木皆天地所生，而不得为天地之心，惟人为天地之心，故天地之生此为极贵。天地之心谓之人，能与天地合德。"当代哲学家冯友兰先生认为：人是有觉解的动物，人有灵觉。因为这个原因，人乃天地之心，人为万物之灵。人因为有"心"，从而有了自由能动性，成为一个主体，可以认识天地万物、理解世界。从心学的观点来看，诗歌源于心灵的觉醒，由己及人，由己及物，认识天地万物。个人通过修身养性不断升华，最终自我超越，达到更高的境界。

诗歌的起源本身就有公共性和群体性。中国古代诗人喜欢诗歌唱和和雅集。这是因为，诗歌本身就有交往功能、沟通功能和公共功能，可以起到问候、安慰、分享的作用。古人写诗，特别喜欢写赠给某某，这样的诗歌里暗含着阅读的对象，也因此，这样的诗歌就不可能是完全自我的，是必然包含着他者与公共性的。中国诗歌有个"知音"传统，说的就是即使只有极少数读者，诗歌也从来不是纯粹个人的事情，诗歌永远是寻求理解和分享的。

诗歌是一种心学的观点，要从理解什么是"心"开始。心，在中国传统文化中是指感受和思想的器官。它是一个整体性概念，既不是简单地指心脏，也不是简单地指大脑，而是感受和思想器官的枢纽，能调动所有的器官。

我们所有的感受都是由心来调动，视觉、味觉、嗅觉、触觉等都由心来指挥。比如鸟鸣，会唤醒我们心中细微的快乐；花香，会给我们带来心灵的愉悦；蓝天白云，会使我们心旷神怡；

美妙的音乐，也会打动我们的心……这些表达里都用到心这个概念，而且其核心，是在心的反应。我们会说用心去听，用心去看，用心去享受，反而不会强调是用某一个具体器官，比如用耳去听，用眼去看。因为，只有心才能调动所有的精神和注意力。所以，钱穆先生认为心是一切官能的总指挥总开关。人是通过心来感受世界、领悟世界和认识理解世界的。

以心传心，人与人之间的心灵是可以感应、沟通的。人同此心，心同此理，诗歌应该以情感动人，人们对诗歌的最高评价就是能打动人、感动人，说的就是这个道理。钱穆先生认为：好的诗歌，能够体现诗人的境界。因此，读懂了好的诗歌，你就可以和诗人达到同一境界，这就是读诗的意义所在。

心通万物，心让人能够感受和了解世界。天人感应，整个世界被认为是一个感应系统，感情共通系统。自然万物都是有情的，世界是一个有情世界，天地是一个有情天地。王夫之在《诗广传》中称:“君子之心，有与天地同情者，有与禽鱼草木同情者，有与女子小人同情者……悉得其情，而皆有以裁用之，大以体天地之心，微以备禽鱼草木之几。”

宋代理学家张载提出“民胞物与”的观点，将他人及万物皆视为同胞。语出《西铭》一文:“乾称父，坤称母；予兹藐焉，乃混然中处。故天地之塞，吾其体；天地之帅，吾其性。民，吾同胞，物，吾与也。”意思是，天是父亲，地是母亲，人都是天地所生，所以天底下之人皆同胞兄弟，天地万物也皆同伴朋友，因此，我们应该像对待兄弟一样去对待他人和万物。中国古典诗人因此把山水、自然、万物也当成朋友兄弟，王维诗云："流水如有意，暮禽相与还。"李白感叹："相看两不厌，只有敬亭山。"李清照称："水光山色与人亲。"

在诗歌心学的观点看来，到达相当的境界之后，所谓主体性，不仅包括个人性，也包括人民性，甚至还有天下性。在中国诗歌史上，这样的例子举不胜举。其中最典型的就是唐代大诗人杜甫。

那么，何谓"境界"？境，最初指空间的界域，不带感情色彩。后兼指人的心理状况，含义大为丰富。这一转变一般认为来自佛教影响。唐僧圆晖所撰《俱舍论颂疏》："心之所游履攀援者，故称为境。"境界，经王国维等人阐述后，用来形容人的精神层次、艺术等级，境界反映人的认识水平、心灵品位。王国维在《人间词话》里称："有境界则自成高格。"

哲学家冯友兰认为，中国哲学中最有价值的部分是关于人生境界的学说；学者张世英则说："中国美学是一种超越美学，对境界的追求是其重要特点。"境界可谓中国诗学的核心概念。

境界概念里，既包含了个体性与主体性问题，个体的人可以通过修身养性，不断自我觉悟、自我提高，强化自己的主体性；也包含了公共性与人民性的问题，人不断自我提升、自我超越之后，就可以到达一个更高的层次，可以体恤悲悯他人，也可以与人共同承受分享，甚至"与天地参"，参与世界之创造。

杜甫早年是一个强力诗人，“主体性”非常强大，在他历经艰难，视野宽广之后，他跳出了个人一己之关注，将关怀撒向了广大的人间。他的境界不断升华，胸怀日益开阔，视野愈加恢宏，成为一个具有“圣人”情怀的诗人，所以历史称之为“诗圣”。杜甫让人感到世界的温暖和美好。

杜甫早年的“主体性”是非常突出的，他有诗之天赋，是天才般的神童，七岁就有过“七龄思即壮，开口咏凤凰”这样让人惊叹的表现。年轻的时候，杜甫意气风发，有过“致君尧舜上，再使风俗淳”的理想，也曾经充满自信地喊出：“会当凌绝顶，一览众山小”，对世界慷慨激昂地宣称“济时敢爱死，寂寞壮心惊”“欲倾东海洗乾坤”。杜甫不少诗歌中都显现出其意志力之强悍，比如：“骁腾有如此，万里可横行”“何当击凡鸟，毛血洒平芜”“安得鞭雷公，滂沱洗吴越”“尔曹身与名俱灭，不废江河万古流”“来如雷霆收震怒，罢如江海凝清光”“杀人红尘里，报答在斯须”，何其生猛！即使写景也有“一川何绮丽，尽目穷壮观”“无边落木萧萧下，不尽长江滚滚来”“星垂平野阔，月涌大江流”，何其壮丽！杜甫自己若无这样的意志和激情，不可能写出这样决绝强劲的诗句。

杜甫主体性之坚强，尤其表现在他身处唐代这样一个佛道盛行的年代，甘做一个“纯儒”，即使被视为“腐儒”“酸儒”。有一句诗最能表达杜甫的强力意愿，“葵藿倾太阳，物性固莫夺”，“葵藿”就是现在说的向日葵，物性趋太阳光，《昭明文选·求通亲亲表》里称："若葵藿之倾叶，太阳虽不为之回光，然终向之者，诚也。"杜甫认为自己坚守理想是一种物性，实难改变，尽管意识到"世人共卤莽，吾道属艰难"，但仍然甘为"乾坤一腐儒"，不改其志，仿佛"哀鸣思战斗，迥立向苍苍"的战马。

杜甫的诗歌主体性还表现在他的艺术自觉。杜甫写作追求"为人性僻耽佳句，语不惊人死不休"，对于写作本身，他感叹"文章千古事，得失存心知"。杜甫很自信，并且坚信"诗乃吾家事""读书破万卷，下笔如有神"，但也虚心好学，"转益多师是汝师""不薄今人爱古人"，他对诗歌字斟句酌，精益求精，"新诗改罢自长吟""晚节渐于诗律细"。

惜乎时运不济，杜甫的一生艰难坎坷，他常年颠沛流离，常有走投无路之叹："残杯与冷炙，到处潜悲辛""真成穷辙鲋，或似丧家狗"；再加上衰病困穷，因此常有哀苦之叹："贫病转零落，故乡不可思。常恐死道路，永为高人嗤""老魂招不得，归路恐长迷"。杜甫一生都在迁徙奔波和流亡之中，但也因此得以接触底层，与普通百姓朝夕相处，对人民疾苦感同身受，使个人之悲苦上升到对家国天下的哀悯关怀。

安史之乱期间，杜甫融合个人悲苦和家国情怀，创作了如《哀江头》《哀王孙》《悲陈陶》《悲青坂》《春望》《新安吏》《潼关吏》《石壕吏》《新婚别》《垂老别》《无家别》等诗歌，杜甫以一己之心，怀抱天下苍生之痛苦艰辛悲哀，成为一个伟大的诗人。杜甫最著名的一首诗是《茅屋为秋风所破歌》，在诗里，杜甫写到自己草堂的茅草被秋风吹走，又逢风云变化，大雨淋漓，床头屋漏，长夜沾湿，一夜凄风苦雨无法入眠。但诗人没有自怨自艾，而是由自己的境遇，联想到天下千千万万的百姓也遭受流离失所的命运，诗人抱着牺牲自我成全天下人的理想呼唤“安得广厦千万间，大庇天下寒士俱欢颜，风雨不动安如山。呜呼！何时眼前突兀见此屋，吾庐独破受冻死亦足！”这是何等伟大的胸襟，何等伟大的情怀！在个人陷于困境中时，在逃难流亡之时，杜甫总能推己及人，联想到普天之下那些比自己更加困苦的人们。

杜甫的仁爱之心是一以贯之的。他对妻子儿女满怀深情，如写月夜的思念：“今夜鄜州月，闺中只独看。遥怜小儿女，未解忆长安。香雾云鬟湿，清辉玉臂寒。何时倚虚幌，双照泪痕干”；他牵挂弟弟妹妹：“海内风尘诸弟隔，天涯涕泪一身遥”“我今日夜忧，诸弟各异方。不知死与生，何况道路长。避寇一分散，饥寒永相望”；对朋友，杜甫诚挚敦厚，情谊深长，他对好友李白一往情深，为李白写过很多的诗歌，著名的诗句有“三夜频梦君，情亲见君意”“冠盖满京华，斯人独憔悴”“敏捷诗千首，飘零酒一杯”等；杜甫对邻人和底层百姓一视同仁，如“盘飧市远无兼味，樽酒家贫只旧醅。肯与邻翁相对饮，隔篱呼取尽余杯”“堂前扑枣任西邻，无食无儿一妇人”；杜甫对鸟兽草木也充满情感，他的诗歌里，万物都是有情的，他写鸟兽：“自去自来堂上燕，相亲相近水中鸥”“鸬鹚西日照，晒翅满渔梁”“鹅儿黄似酒，对酒爱新鹅。引颈嗔船逼，无行乱眼多”；他写草木：“杨柳枝枝弱，枇杷对对香”“繁枝容易纷纷落，嫩蕊商量细细开”等等。

由于杜甫的博大情怀，他被认为是一个“人民诗人”，堪称中国古典文学中个人性和人民性融合的完美典范。杜甫的“人民性”，几乎是公认，不论出于何种立场和思想，人们都认可这一点。由上分析，杜甫的“人民性”是逐步形成的，因为其经历的丰富性，视野的不断开阔，杜甫最终才得以完成自己。杜甫因此被誉为“诗圣”，其博爱情怀和牺牲精神，体现了儒家传统中“仁爱”的最高标准。

杜甫被认为是具有最高境界的诗人，到达了冯友兰所说的天地境界：“一个人可能了解到超乎社会整体之上，还有一个更大的整体，即宇宙。他不仅是社会的一员，同时还是宇宙的一员。他是社会组织的公民，同时还是孟子所说的‘天民’。有这种觉解，他就为宇宙的利益而做各种事。他了解他所做的事的意义，自觉他正在做他所做的事。这种觉解为他构成了最高的人生境界，就是我所说的天地境界。”生活于天地境界的人就是圣人。

所以，诗人作为最敏感的群类，其主体性的走向是有多种可能性的，既有可能走向极端个人主义，充满精英的傲慢；也有可能逐渐开阔视野，丰富博大，走向“人民性”，以人民为中心，成为一个“人民诗人”，杜甫就是典范。

人诗互证与诗歌境界

人诗互证，既是诗歌的源头，也是诗歌未来的方向。

人诗互证，就是抒情言志，就是情动于中形之于言。

人诗互证，就是“我手写我心”“我手写我口”，就是“五四”新诗革命强调的“活文学”。

人诗互证，就是“触景生情，有感而发”。景，就是场景，就是现场。写诗，就是人在现场产生的情感，就是实情实景。没有人之具体在场，就没有诗。

人诗互证，就是修辞立其诚。好的修辞，必须建立在“诚”的基础之上。诚，真也，实也，就是朱熹说的“诚者，真实无妄之谓也”，就是海德格尔、巴迪欧的“存在之真”。写诗，就是要呈现真正的自我，就是要展示活生生的灵魂和精神。

诗歌批评强调“知人论世”，本质也是强调“人诗互证”。孟子说：“颂其诗，读其书，不知其人，可乎？是以论其世也，是尚友也。”说的就是理解诗歌，必须了解作者及其所处时代背景、生存状况，才能真正理解诗本身。

陈寅恪提出“诗史互证”。诗，往往比历史更真实。陈寅恪说："中国诗虽短，却包括时间、人事、地理三点。"他说《唐史》里许多想当然，错误甚多，时、地、人的关系混杂不清，难下结论。唐诗却是清楚地谈到时、地、人，谈到人的感情、关系，融成一气。故诗有史之意义。杜甫诗就被誉为"诗史"。

人诗互证，却也不能极端化。人诗互证，可以证明这样的诗歌是成立的，这样的诗人是真诗人。

但大诗人还有更高的追求，就是对境界的追求。诗之高下，还需以境界为标准。王国维说："有境界则自成高格。"

何谓境界？就是人之认识水平、心灵品位和精神层次。两句诗可以理解何谓"境界"："欲穷千里目，更上一层楼"，说的是如何提高境界；"会当凌绝顶，一览众山小"，说的是达到高境界时的感受、视野和情怀。

境界的提升，需要时间的淘洗，需要生活的考验，更需要不断地自我修养、自我提升和自我超越。诗成肉身，或许就是诗歌的最高境界了。

屈原、陶渊明、李白、杜甫、王维、苏东坡，都是人诗互证、诗成肉身的典范，其形象是其高境界的一种呈现，所以，我常说李白是道教的美学代言人，杜甫是儒家的美学代言人，王维是佛教和禅宗的美学代言人，苏东坡则是儒释道融汇的典范。中国古典文明，至北宋达到一个顶峰，苏东坡就是代表。

现代新诗的突破和发展，寄望于美的开疆拓土，寄望于境界的不断升华。

在GPT时代，人诗互证更有着特别的意义，在AI也可以写诗的时代，在AI修辞速度和能力甚至胜过人的时代，唯有人诗互证能证明真正的诗人和真正的诗歌了。

曾有一段时间，人诗背离，言行分离，程颢称："若只是修饰言辞为心，只是为伪也。""伪诗歌"的流行应该终结，是到了人诗对应、人诗互证的时候了。

人和动物的区别是人会文字，文字可以描述、记录和储存人的情感、经验、记忆和智慧，传之后世，留存永久；人和AI的区别是人有情感，人本质上是情感的存在，情感是人之本质。在GPT时代，AI也会文字，语言是存在之家已经破灭。人是一个永远的情动者，这才是人之意义所在。

所以说，人诗对应、人诗互证是诗歌的未来。只有人诗对应、人诗互证能捍卫诗歌的尊严和诗人的尊严。

曾经有人问我：为什么小说家、散文家称为"家"，而诗人称为"人"？在这里我可以回答了。人诗互证，既是古老的诗人之为人的意义，也是未来诗人得以自立自证的标准和尺度。因为，诗人永远是人，诗如其人。诗，一直最具个人性和独特性，也证明人之个体性和独特性。

真正的诗，永远只有真正的个人才能写出来。在这个意义上，诗也是人类的目的和未来。

人而圣者与人而仙者
——从杜甫和苏东坡谈起

杜甫被誉为“诗圣”，纵观其一生，以一己之力担荷世人的痛苦，堪称“人而圣者”。比较杜甫，苏东坡则可以说是“人而仙者”，苏东坡有“坡仙”之谓。李白很早就被称为“诗仙”，但叶嘉莹先生认为李白是“仙而人者”，李白是天才下凡，苏东坡则是由人成仙。

杜甫年轻时是一个非常自负的人，当然这也有遗传，其祖父杜审言就被认为是当时的“第一狂人”，所以，杜甫也是“七龄思即壮，开口咏凤凰”，七岁就有不凡表现了。根据杜甫的自述，少年时代何其活泼，“忆年十五心尚孩，健如黄犊走复来。庭前八月梨枣熟，一日上树能千回”；青春期也是桀骜不驯的，“性豪业嗜酒，嫉恶怀刚肠。脱略小时辈，结交皆老苍。饮酣视八极，俗物都茫茫”，感觉和李白青年时代很相似；后来他们更是携手同游，“放荡齐赵间，裘马颇清狂。春歌丛台上，冬猎青丘旁。呼鹰皂枥林，逐兽云雪冈。射飞曾纵鞚，引臂落鹫鸧”。关于李白和杜甫、高适曾携手同游这一段，一般认为是杜甫崇拜李白、追随李白，我倒觉得不如说是李白欣赏杜甫，当时在他身上看到了年轻时候的自己，因为在他们的关系之中，主导权和选择权显然是在当时已名满天下的李白这边的。所以，也就能理解杜甫为何年轻时就能写出“会当凌绝顶，一览众山小”“何当击凡鸟，毛血洒平芜”“读书破万卷，下笔如有神”“致君尧舜上，再使风俗淳”这样狂放的诗句，也能理解为何飞扬跋扈、不可一世的李白对这个后生小子高看一眼。

随着年岁渐长，杜甫有过一段追逐功名的岁月，当然，也很艰辛，他在诗里这么写道：“朝扣富儿门，暮随肥马尘。残杯与冷炙，到处潜悲辛”“君看随阳雁，各有稻粱谋”，但杜甫心有不甘，“白鸥没浩荡，万里谁能驯？”接着就遇到了“安史之乱”，改变了整个时代，也改变了杜甫自己。杜甫从此进入了一个颠沛流离的阶段，在沦落底层共甘共苦的过程中，杜甫亲眼看见和亲身体验了百姓生活的艰难，“贫病转零落，故乡不可思。常恐死道路，永为高人嗤”，他自己也不得不以采药为生，煎熬度日。在这个阶段，杜甫写出了“三吏”、“三别”、《秦州杂诗》等一大批经典作品，至此，杜甫从一个优秀诗人成为一个伟大诗人。

随后，杜甫定居成都，天府之国生活惬意，使杜甫饱经沧桑的心灵得到抚慰，诗风也一度变得温润清丽。在他的诗里，日常生活如此美好，“黄四娘家花满蹊，千朵万朵压枝低。留连戏蝶时时舞，自在娇莺恰恰啼”“迟日江山丽，春风花草香。泥融飞燕子，沙暖睡鸳鸯”“肯与邻翁相对饮，隔篱呼取尽余杯”，好不惬意。随后，杜甫到了夔州（今重庆奉节），生活相对安稳，诗歌创作也进入一个新的高峰期。

《秋兴八首》与咏怀古迹的诗作，融抒情、回忆、感叹、怀乡、咏古、哲思于一体，修辞达到炉火纯青，真正地体现了杜甫沉郁顿挫的诗歌风格，深度和高度前所未有，这也是他人生和诗歌的顶峰期。在夔州，在抒情感叹“无边落木萧萧下，不尽长江滚滚来”“五更鼓角声悲壮，三峡星河影动摇”的同时，杜甫已经感到隐隐的不安和莫名的惊悸。后来，流落潇湘，杜甫在风雨飘摇、贫苦交加的忧患之中度过了余生。人们现在喜欢强调杜甫的成都草堂时期，是因为杜甫的成都生活被人们视为他最美好的岁月，人们从内心深处真心希望杜甫永远留居于此，也说明人们在内心深处也都向往这样的生活。杜甫在成都度过了一段相对诗意安稳的生活，因为他承受过太多的苦难，但即使如此，他还是心忧天下，写出了《茅屋为秋风所破歌》这样伟大的诗篇，“安得广厦千万间，大批天下寒士俱欢颜……吾庐独破受冻死亦足”，杜甫愿意牺牲自己为世人担负苦难，这就是杜甫“人而圣者”的历程。

苏东坡则是自我修炼成仙的典范。李白是谪仙人，是天上下凡的仙人，是天才流落人间。东坡则更让人亲近，就像是我们身边的邻居，隔壁家的大才子，我们对他的日常生活很熟悉，他才华横溢，但也有尘世凡人的苦恼，最终得以自我超脱。林语堂说每个中国人一说起苏东坡，都会会心一笑。因为大家都觉得他很熟悉很亲切。

苏东坡早期的诗歌清新脱俗，他有过幸福美好的童年，“我时与子皆儿童，狂走从人觅梨栗。健如黄犊不可恃，隙过白驹那暇惜”，跟杜甫有些相似。一考而中金榜题名之后，开始远离家乡，“故乡飘已远，往意浩无边”，从此“腊酒送寒催去国，东风吹雪满征衣”，切实感到“我生如飞蓬”。这个阶段的苏东坡，才华过人，但诗歌也还是限于飘逸空灵、清雅别致而已，比如这样的诗歌：“欲把西湖比西子，淡妆浓抹总相宜”“东风知我欲山行，吹断檐间积雨声”“飞雪暗天云拂地，新蒲出水柳映洲”等等，因为生活顺意，他的诗里也有“惯眠处士云庵里，倦醉佳人锦瑟旁”这样随俗的描述。苏东坡的诗风转变，发生在民风比较彪悍的密州，《水调歌头》《江城子·密州出猎》等写在这里，“明月几时有，把酒问青天，不知天上宫阙，今夕是何年”“老夫聊发少年狂，左牵黄，右擎苍”……苏东坡诗词开始豪放壮阔，格调雄健，刚柔兼具，后来成为“豪放派”的代表。加上在此期间，苏东坡重读《庄子》，视野越来越开阔，心胸越来越高远旷达。谁知天有不测风云，突然大难临头，“乌台诗案”突发，苏东坡死里逃生后，到了黄州。经历生死考验后，苏东坡由一个优秀诗人蜕变为伟大诗人，后来他自诩平生功业为黄州、惠州、儋州，就是这个意思。因为这三个地方，是他绝处逢生的地方——从低谷中奋起，不断自觉修炼，胸怀丰富广大，精神超尘脱俗，灵魂境界不断升华。苏东坡是自觉不断修行提炼自己的，这从他不同阶段若干充满理趣的诗歌中可以看出，“月有阴晴圆缺，人有悲欢离合”“人生到处知何似，应似飞鸿踏雪泥”“不识庐山真面目，只缘身在此山中”等等。黄州、惠州、儋州，更是他一生最重要的生命道场和精神修炼之地。

在黄州，苏东坡回归田园，开始耕读生活，将一块整治后的荒地命名“东坡”，自号东坡居士。在这里，他写出了人生的顶峰之作，如《前赤壁赋》《后赤壁赋》《定风波》《念奴娇·赤壁怀古》《临江仙》等等。随后，苏东坡被发配惠州，发配岭外是当时最重的惩罚，于是有大领悟“此心安处是吾乡”，肉体只是一个躯壳，随处可以安身立命。苏东坡在惠州安贫乐道，开始专心创作《和陶诗》，迅速融入当地生活，他在诗里写：“罗浮山下四时春，卢橘杨梅次第新。日啖荔枝三百颗，不辞长作岭南人”，享受着生活，“白头萧散满霜风，小阁藤床寄病容。报道先生春睡美，道人轻打五更钟”，这个时期，他的诗歌风格柔软平和。但不久，更大的打击随之而来，苏东坡再一次被流放海南，他以为必死无疑，“某垂老投荒，无复生还之望”，但他乐天达观的态度，在顺应命运中又一次获得了上天的垂顾，他在海南岛找到了新的快乐——“总角黎家三四童，口吹葱叶送迎翁。莫作天涯万里意，溪边自有舞雩风”，以致怀疑“我本海南民，寄生西蜀州”。最终，“云散月明谁点缀，天容海色本澄清”，苏东坡遇赦北归，他反而留恋起了民风淳朴的海南，感叹“九死南荒吾不恨，兹游奇绝冠平生”。北归途中，苏东坡写下的“浮云世事改，孤月此心明”，仿佛是一生的写照，又仿佛遗言，随后不久，苏东坡去世。

每次读杜甫，我都有很多的感慨。我们都得到过来自杜甫的安慰。因为想起他，我们的人生就不至于绝望，我们知道还有人在处境比我们更糟糕时，还在惦记牵挂着我们，这个人就是杜甫，他永远关心他人胜过自己。他自己如此悲惨，却还对世界和他人心怀悲悯和同情。我们想起杜甫，就会觉得生活还可以忍耐，还有希望，还有美好可以期盼。

每次读苏东坡，我就强烈地想成为他这样的人。我们每一个人的内心深处，都有一个苏东坡作为榜样。我们都希望自己能成为苏东坡，他乐观，享受生活，具有多方面的才能，虽然遭遇过很多挫折，但最终能够克服种种阻碍，达到一种超脱通透的境界，在苏东坡的精神世界里，他永远享受一种神仙般的日子。我们都心向往之。

长江与中国诗歌精神

我到过长江的源头、上游、中游和下游，也去过长江沿岸大部分的大中城市，所以，我一直有一个梦想——发动诗歌界去重新认识长江、探访长江和书写长江，这一愿望，在夔州萌发，经过努力，终于在2022年6月底实现了，一场“从源头到大海”的诗歌之旅在青藏高原上正式启动。

长江是中华民族的“母亲河”之一，也是中国文化和中国诗歌的“母亲河”。长江这一地理的长河，不仅是中国诗歌的源泉，也在每一个时代每一个长江流经的地方，留下了深刻的历史痕迹，从史诗时代到屈原的时代，从盛唐到明清，从“五四”到新中国，深远地影响着中国诗歌的走向。长江是一条中国诗歌的长河，长江也以其壮丽宏阔呈现中国诗歌的精神。

长江的源头在青藏高原上，这里是英雄史诗《格萨尔王传》等的诞生之地和流传之地，史诗是一个民族的精神象征，《格萨尔王传》是中华民族的诗歌瑰宝。青藏高原是地理的高地，也是当代诗歌的高地，昌耀、吉狄马加、海子、西川等在这里写下的杰作，奠定了其高度。两年一届的青海湖国际诗歌节更使这里成为世界诗歌的交流和竞技之场，青海已成为被当代诗人不断书写的一个诗意之地。

夔州是伟大诗人杜甫的诗歌主场，杜甫在这里写下了他诗歌作品四分之一的诗作，包括他晚年诗艺趋于炉火纯青写出的绚烂的《秋兴八首》，大量脍炙人口的诗句“无边落木萧萧下，不尽长江滚滚来”“雷声忽送千峰雨，花气浑如百和香”“五更鼓角声悲壮，三峡星河影动摇”等等，成就了其诗歌艺术的高峰。夔州及白帝城因其居于长江上游的特殊地理位置，在依赖水运的古代，堪称长江这一黄金水道上的“诗歌第一城”，其辖制内的三峡，更是成千上万诗人向往之地、拜谒之地和打卡之地。众多诗人奔向这里或从这里出发远游，“两岸猿声啼不住，轻舟已过万重山”“君问归期未有期，巴山夜雨涨秋池”“东边日出西边雨，道是无晴却有晴”……李白、白居易、李商隐、刘禹锡、苏轼、黄庭坚、陆游等等，在这长江诗歌第一城上竞相吟诵，使这里成为“中华诗城”。

泸州，长江和沱江交汇之处，中国诗歌的重镇，《诗经》采集编纂者尹吉甫的故乡，司马相如、李白、杜甫、苏轼、韦庄等都曾游历此地并留下华章丽句。明代的杨慎独爱泸州，在嘉靖三十一年（1552）秋后，他在泸州一生活就有六年之久，饮酒赋诗，其名作“滚滚长江东逝水，浪花淘尽英雄。是非成败转头空。青山依旧在，几度夕阳红。白发渔樵江渚上，惯看秋月春风。一壶浊酒喜相逢。古今多少事，都付笑谈中”，包含了典型的泸州元素。

宜昌秭归是中国文学史上第一个伟大诗人屈原的故里。屈原的《离骚》等鸿篇巨制，被认为是艺术修辞的标准，也因此，南方的《楚辞》和北方的《诗经》抗衡，《楚辞》热烈、浪漫而浓郁的美学魅力，开启了中国诗歌的另一源头。“帝高阳之苗裔兮，朕皇考曰伯庸。摄提贞于孟陬兮，惟庚寅吾以降。皇览揆余初度兮，肇锡余以嘉名。名余曰正则兮，字余曰灵均。纷吾既有此内美兮，又重之以修能。扈江离与辟芷兮，纫秋兰以为佩”，屈原以其高贵的人格、理想和情怀，成为中国诗人的典范。屈子祠是历代诗人祭拜的神圣之地。

岳阳位于洞庭湖注入长江的入口。“楼观岳阳尽，川迥洞庭开”“气蒸云梦泽，波撼岳阳城”“吴楚东南坼，乾坤日夜浮”“且就洞庭赊月色，将船买酒白云边”“遥望洞庭山水翠，白银盘里一青螺”——李白、孟浩然、杜甫、刘禹锡等的诗句装点着岳阳胜景，岳阳楼是历代诗人的登高赋诗处，范仲淹就有一篇《岳阳楼记》震古烁今：“予观夫巴陵胜状，在洞庭一湖。衔远山，吞长江，浩浩汤汤，横无际涯，朝晖夕阴，气象万千，此则岳阳楼之大观也。”“居庙堂之高则忧其民，处江湖之远则忧其君。是进亦忧，退亦忧。然则何时而乐耶？其必曰‘先天下之忧而忧，后天下之乐而乐’乎！”

武汉的黄鹤楼，是一座“诗楼”，堪称盛唐诗歌的比试场。崔颢的《黄鹤楼》占据榜首，“昔人已乘黄鹤去，此地空余黄鹤楼。黄鹤一去不复返，白云千载空悠悠。晴川历历汉阳树，芳草萋萋鹦鹉洲。日暮乡关何处是？烟波江上使人愁”，严羽在其《沧浪诗话》里，以崔颢《黄鹤楼》为唐人七言律诗第一。李白在江汉平原上写过上百首诗歌，“黄鹤楼中吹玉笛，江城五月落梅花”“山随平野尽，江入大荒流”“黄鹤西楼月，长江万里情”“仙人有待乘黄鹤，海客无心随白鸥”“兴酣落笔摇五岳，诗成笑傲凌沧洲”……可以说他曾是长江这一片流域的驻场诗人。

黄州，苏东坡将此地确定为自己三大功业之地之首。公元1080年，正在人生得意处的苏东坡突遭“乌台诗案”事件，风头上飞来横祸，苏东坡被贬发配至此，心灰意冷，但最终，退一步海阔天空，他获得了自我超越，安然自足。在黄州，他写下抒发宽阔心境的《定风波》：“莫听穿林打叶声，何妨吟啸且徐行。竹杖芒鞋轻胜马，谁怕？一蓑烟雨任平生。料峭春风吹酒醒，微冷，山头斜照却相迎。回首向来萧瑟处，归去，也无风雨也无晴。”人生低谷时期的黄州，转而成就了苏东坡艺术创作的顶峰，他的“东坡”之名也来自自力更生开垦耕种的田地。在黄州，产生了中国文学史上惊天地泣鬼神的杰作《念奴娇·赤壁怀古》《前赤壁赋》《后赤壁赋》，后来还创作了流传千古具有文人书画开创性意义的精品《寒食帖》《枯木怪石图》。

九江岸边的庐山是一座诗山，是被历代诗人歌咏最多的文化名山。从司马迁“余南登庐山，观禹疏九江”，到陶渊明、昭明太子、李白、白居易、王安石、苏轼、黄庭坚、陆游、朱熹等，史书记载有1500余名诗人登临庐山，留下4000余首诗词歌赋。陶渊明、李白、白居易、苏轼等都是庐山的迷弟，陶渊明出生于庐山脚下，曾经出仕十多年，不堪世俗混浊，厌烦官场，不为五斗米折腰，于是归去来兮，又回到庐山脚下长期居住。“采菊东篱下，悠然见南山”，还写下《桃花源记》等千古名篇。李白五上庐山，为庐山写过40多首诗歌，如“日照香炉生紫烟，遥看瀑布挂前川，飞流直下三千尺，疑是银河落九天”；白居易被贬江州司马四年，写下著名的《琵琶行》，在庐山上建造草堂，称“匡庐奇秀，甲天下山”；苏轼在庐山留下多首佳作：“横看成岭侧成峰，远近高低各不同。不识庐山真面目，只缘身在此山中。”庐山被誉为山水之都，是田园诗的诞生地，山水诗的萌发地，山水画的发源地。陶渊明一生以庐山为背景，开创“田园诗”，东晋谢灵运、南朝鲍照在庐山分别写过《登庐山绝顶望诸峤》《登庐山望石门》，东晋顾恺之的《庐山图》、庐山高贤宗炳的《画山水序》，这些都是田园诗、山水诗、山水画的传世佳作。朱熹在庐山建“白鹿洞书院”，从此开创理学。

马鞍山是伟大诗人李白的终老之地，在这里留下大量杰作，最早的是《望天门山》：“天门中断楚江开，碧水东流至此回。两岸青山相对出，孤帆一片日边来。”还有宣城等地的《独坐敬亭山》：“众鸟高飞尽，孤云独去闲。相看两不厌，唯有敬亭山。”《赠汪伦》：“李白乘舟将欲行，忽闻岸上踏歌声。桃花潭水深千尺，不及汪伦送我情。”

江南很早就成为诗歌中频繁出现的意象。隋唐时期，扬州之繁华已是闻名遐迩，“烟花三月下扬州”“腰缠十万贯，骑鹤上扬州”“天下三分明月夜，二分无赖是扬州”等等早已广泛流传，写得最多最著名的是杜牧，“谁知竹西路，歌吹是扬州”“春风十里扬州路”“十年一觉扬州梦”“二十四桥明月夜”等等，无不广为流传；扬州人张若虚的《春江花月夜》也写在扬州。镇江和扬州隔江相望，三国时期就是必争之地，“春风又绿江南岸，明月何时照我还”“潮平两岸阔，风正一帆悬。海日生残夜，江春入旧年”“何处望神州，满眼风光北固楼。千古兴亡多少事，悠悠，不尽长江滚滚流”；金陵（今南京）是六朝古都，其绮丽辉煌让人沉醉，“江南佳丽地，金陵帝王州”“楼台见新月，灯火上双桥”“千里莺啼绿映红，水村山郭酒旗风”“朱雀桥边野草花，乌衣巷口夕阳斜”等等。

江南隋唐以后诗风甚劲，但真正成为诗歌之都文化之都，是到了明清，“杨柳风千树，笙歌月一船”“水满乳凫翻藕叶，风疏飞燕拂桐花”“密疏堤上千丝柳，深浅江南一带山”……江南才子们吟诗作赋，风流倜傥，各类诗会雅集频繁，那些诗歌天才们迸发的明丽璀璨的诗句，为江南山水园林增光添彩。小桥流水、粉墙黛瓦加上诗词书画戏曲小说，以金陵、苏州、杭州、扬州等为代表的江南文化，逐渐成为中国文化的代表。

长江从青藏高原奔腾而下，一路向东，千转百折，横穿广阔的大陆，万里奔赴，最终在上海汇入大海，奔向太平洋。长江的尽头是大海，新的可能性打开，1917 年，刊登胡适《白话诗八首》的《新青年》第二卷在上海出版，这一年，被认为是现代新诗元年，现代新诗诞生了。上海，成为现代新诗的诞生地和发源地。“周虽旧邦，其命维新”，古老的中国，至此另辟新境，重开新局。

长江从来如此，奔涌往前，众多支流小溪汇入，不断壮大开阔，就像中国诗歌精神，永远求变求新；中国诗歌奔向大海，巨轮出港，展开一派新天地。长江，就是一部中国诗歌演进史，其自由、奔放、浪漫与执着，正是中国诗歌精神的象征。《文心雕龙》曰：“夫玄黄色杂，方圆体分，日月叠璧，以垂丽天之象；山川焕绮，以铺理地之形：此盖道之文也。”长江是天地之文、自然之文，长江是自然精神的彰显，源源不断地为中国诗歌提供能源输送力量，加持、壮大着中国诗歌精神。

（本文依青海西宁 2022“从源头到大海”诗歌之旅启动仪式上的发言整理）

精神守恒论

我曾写过《诗主抒情论》，我以为抒情是诗歌的基本特质，但诗歌还有更高的要求或者说标准，那就是“诗言志”，表达情怀、理想和志向，倡导某种价值，弘扬某种精神。

精神性匮乏被认为是当代诗歌的一大症结，当代诗歌也因此被认为缺乏感染力、冲击力。偶有诗人以情感胜，脱颖而出，但总体不够。

诗歌精神性的匮乏首先是因为情感匮乏，情感浓度不够，不足以打动他人。情感匮乏是时代普遍性问题，冷漠是某些现代人的标配表情。而且，情感只有经过文字或艺术的组织、提炼、升华，才会最终转化为精神性的力量，也才会流转后世，生生不已，循环守恒。

“道始于情”“诗缘情”，古人很早就意识到这一点。冯梦龙甚至有“情教”的说法；学者吕正惠认为中国古典诗歌有将感情本质化本体化的现象，“情”乃人生唯一真实；学者李泽厚更提出“情本体”的概念。

但现实似乎并非如此，尤其在后现代主义解构主义扫荡一切主体本体之后，同时，从更大的视野来看，光有“情”是不够的，还需要建立在情感之上的更高的精神性力量。

孟子将这种精神性力量称为“浩然之气”，孟子说：“夫志，气之帅也；气，体之充也……我善养吾浩然之气……其为气也，至大至刚，以直养而无害，则塞于天地之间。其为气也，配义与道；无是，馁也。”这里说的“浩然之气”就是一种精神性力量，但这种精神性力量“是集义所生者，非义袭而取之也。行有不慊于心，则馁矣”，“浩然之气”是需要长期培育涵养，否则就不会生长增进。

我每次读文天祥的《正气歌》，都读得热血沸腾，慷慨激昂。《正气歌》是文天祥在囚房里写的，虽然“室广八尺，深可四寻。单扉低小，白间短窄，污下而幽暗”，但他深感浩然正气的存在，故作《正气歌》一首。我最近在疫情封控期间读这首诗，在狭小的书房里久坐，有着同样感受，感觉书架上那些伟大的著作，若仔细研读，均感受到一股强烈的精神性力量扑面而来。《正气歌》一开始就写：“天地有正气，杂然赋流形。下则为河岳，上则为日星。于人曰浩然，沛乎塞苍冥”，然后叙述这一浩然正气的具体表现，“在齐太史简，在晋董狐笔。在秦张良椎，在汉苏武节。为严将军头，为嵇侍中血。为张睢阳齿，为颜常山舌。或为辽东帽，清操厉冰雪。或为出师表，鬼神泣壮烈。或为渡江楫，慷慨吞胡羯。或为击贼笏，逆竖头破裂。是气所磅礴，凛烈万古存。当其贯日月，生死安足论”，更进一步，文天祥强调浩然正气的重要性，“地维赖以立，天柱赖以尊。三纲实系命，道义为之根”，最后，文天祥表示，虽然自己遭遇险境，困于囚室，但因为先贤们的光辉照耀和榜样激励，胸中涌动浩然正气，故能安然处之——“哀哉沮洳场，为我安乐国。岂有他缪巧，阴阳不能贼。顾此耿耿存，仰视浮云白。悠悠我心悲，苍天曷有极。哲人日已远，典刑在夙昔。风檐展书读，古道照颜色。”

这些精神性力量，是一种情感力量，一种感天动地的情感力量。王国维曾经说：“尼采谓一切文字，余爱以血书者。”情感是一切诗歌、文学和艺术的基础，所谓诗歌、文学和艺术，就是情感的形式化。

情感要转化为精神性力量首先需要文字和艺术的形式化。然后，情感还需要精神化，才具感染力冲击力。

那么，如何将情感转化为精神？这就需要积蓄、组织、调节和转化。所谓“抒情”，就是编织情感，就是情感的形式化。诗歌是语言的艺术，在情感之外，还需要技巧、需要修辞。诗歌就是以抒情为主的文学体裁。文学、艺术都是情感的形式化。

没有情感的文字是僵化机械的文字，没有感染力和生命力，更不可能上升为精神。仅仅停留在抒情，也不能转化为精神性力量。就像孟子所说的，情感还需要“配义与道”，才能成为浩然之气，成为一种精神，才能长存天地。

精神性力量，是情感力量的提炼与升华，而这需要涵养。涵养“浩然之气”，需要功夫。孟子曰：“尽其心者，知其性也。知其性，则知天矣。存其心，养其性，所以事天也。殀寿不贰，修身以俟之，所以立命也。”

孟子强调要将“存其心，养其性”贯彻生命的始终。故古人的修养方法是：格物、致知、诚意、正心、修身、齐家、治国、平天下。

诚意正心，才能与天地感应相通，心通天地。二程对此有更深的认识，认为精神修养最重要的是一个字：敬。程颐：“涵养须用敬，进学则在致知。”程颢：“识得此理，以诚敬存之”。唯义理以养心，以培育正大人格，这和孟子的“配义与道”的观点是呼应的。

程颐指出：“敬只是主一也”“主一无适，敬以直内，便有浩然之气”。“主一”就是专心一处，“无适”就是不要三心二意。“主一”用在情感上，就是专一，就是深情执着。专一其实就是深情，诗歌、文学和艺术，最重要的不就是深情吗？

何谓“情”？梁漱溟认为，情就是相续绵延不已，意义也是如此。

情是相续、连绵的感觉感受，就是反反复复，不断纠缠，绵延不止，不断深入。与涵养功夫同理，只有用情专一、深情，才会将情感积累沉淀，才能将个人情感浓缩，最终突破，比如爱情。

在更高层次上，积蓄的情感，响应正义和道德的呼声，最终爆发，喷涌而出，上升为一种精神性力量。

所以，道义很重要，激情要转化为伟大的诗歌和艺术，需要有大义，需要道德伦理的高度，需要提升至阔大境界。

关于修养须用敬，陆王学派认为必须“先立乎其大者”，可以理解就是要先有一种大的精神追求，然后以敬存之，最终大悟，提升境界，获得澎湃的精神力量，到达高尚人格。这一修养方法后来也被朱熹等推崇。

情感亦如此，要响应自由和道义的呼声，所以张载才会如此理直气壮地说：“为天地立心，为生民立命，为往圣继绝学，为万世开太平”。

这是一种内在超越，事关境界。冯友兰说：中国哲学传统的精髓是“提高心灵的境界”。何谓境界？境界就是心灵品位，就是精神层次，“欲穷千里目，更上一层楼”，只要达到一定境界，就是“会当凌绝顶，一览众山小”，因为，无限风光在险峰。

孔颜乐处最为古人津津乐道，“一箪食，一瓢饮，在陋巷，人不堪其忧，回也不改其乐”；范仲淹曰：“不以物喜，不以己悲，先天下之忧而忧，后天下之乐而乐。”杜甫：“安得广厦千万间，大庇天下寒士俱欢颜，风雨不动安如山！呜呼，何时眼前突兀见此屋，吾庐独破受冻死亦足！”这就是天地境界，这就是永恒的精神。

我曾谈到过精神守恒论。与物质守恒定律一样，精神守恒定律也应该是成立的，精神永远不死，灵魂不灭，在世上跨越时空流转。

就像我前面提到的《正气歌》，还有大量的诗歌和文字体现了这样的力量。各种情感情绪的文字皆有，可能也会打动人感染人。但能够形成强大精神力量，让人心潮澎湃激情万丈的，还是那些有着伟大人格的人物和他们的文字。比如孟子："富贵不能淫，贫贱不能移，威武不能屈，此之谓大丈夫。"屈原："亦余心之所善兮，虽九死其犹未悔。"李白："长风破浪会有时，直挂云帆济沧海。"苏东坡："莫听穿林打叶声。何妨吟啸且徐行。竹杖芒鞋轻胜马。谁怕？一蓑烟雨任平生。"陆游："死去元知万事空，但悲不见九州同。王师北定中原日，家祭无忘告乃翁。"周敦颐："予独爱莲之出淤泥而不染，濯清涟而不妖，中通外直，不蔓不枝，香远益清，亭亭净植，可远观而不可亵玩焉。予谓菊，花之隐逸者也；牡丹，花之富贵者也；莲，花之君子者也。"程颢："闲来无事不从容，睡觉东窗日已红。万物静观皆自得，四时佳兴与人同。道通天地有形外，思入风云变态中。富贵不淫贫贱乐，男儿到此是豪雄。"秋瑾："拚将十万头颅血，须把乾坤力挽回。"等等。

这些深具情感、富有形象性生命力的文字，就是君子人格精神的化身。情感和精神转化为文字，历千年而流传，感染、激励后人。

故曹丕有言："盖文章，经国之大业，不朽之盛事。年寿有时而尽，荣乐止乎其身，二者必至之常期，未若文章之无穷。是以古之作者，寄身于翰墨，见意于篇籍，不假良史之辞，不托飞驰之势，而声名自传于后。"其本质，不是文章不朽，而是伟大的情感和精神凭借文字历千万年不灭。

情感依托文字，精神得以长存，文明得以永续。

精神永存，灵魂不死！

中国诗歌的精神

中国诗歌精神的源头就是“诗言志”。“诗言志”主张倡导一种价值、一种精神，屈原、陶渊明、陈子昂、李白、杜甫、韩愈、苏东坡、文天祥等都是代表人物。他们高扬“诗言志”的传统，建构起中国诗歌的精神脉络。

“诗言志”是中国诗歌的最高标准和黄金律令。何谓“志”？许慎《说文解字》曰：“志，意也。从心，之声。”“志”可以理解为意愿、意向、意义、思想等含义，总之，属于精神范畴。也有把“情、志”即情感和思想统一起来理解的，如唐孔颖达称“在己为情，情动为志，情志一也”，但我以为，相对而言，“情”是个人性的，“志”包含他者及社会的视角。比如，“情”是个人发动，爱就有指向，需要对象，需要接纳。志更具公共性因素。所以，我觉得“诗言志”，就是表达情怀、理想和志向，就是倡导价值、弘扬精神。

“诗言志”，诗来源于情感，但应该超越一般情感。超越，建立在情感之基础上。诗是文字的最高形式，不能等同于一般的情感抒发、情绪宣泄，诗应该有更高的使命：诗言志。精神的源头是情感，但情感不加控制，就流于欲望本能；情感经过疏导、提升，就可能转换为道或者理，并可能最终转化为精神。

中国诗歌精神的最早确立者是屈原。他追求灵魂的高贵和人格的完美，为了理想拒绝同流合污，宁愿舍生取义，其诗歌所传递的精神，彰显强大的人格魅力和感染力。屈原的《离骚》最能体现这种高贵而昂扬的诗歌精神和他坚持理想的决心——“亦余心之所善兮，虽九死其犹未悔”“路漫漫其修远兮，吾将上下而求索”。屈原呈现出一种理想人格的典范，体现了诗歌精神的力量。

陶渊明和陈子昂是中国诗歌精神的开拓者。陶渊明不求富贵，不为五斗米折腰，安贫乐道，其《归去来兮辞》：“归去来兮，田园将芜胡不归？既自以心为形役，奚惆怅而独悲？……实迷途其未远，觉今是而昨非。”可谓一份坚守心中之道的宣言书，一篇大隐于市的心灵告白。陶渊明平淡冲和的后面，是其“守道”的风骨气象，因此历来被当作士大夫精神的榜样。陈子昂则在逶迤颓靡风气盛行之时，意识到他心中看重的精神价值必须通过诗歌发声，因此提出确立诗歌正道，发出震古烁今的呐喊：“文章道弊，五百年矣。汉魏风骨，晋宋莫传。”呼唤恢复强调精神性追求的诗歌主潮，即汉魏风骨和兴寄传统。陈子昂顺应时代要求，振臂一呼，应者如云，被誉为“盛唐之音”。

中国诗歌精神两个并肩而立的代表人物是李白和杜甫。他们出现在盛唐期间，那个时候也是中国文化的青春上升期。李白自立自傲自强的人格随时见诸诗作：“虽长不满七尺，而心雄万夫”“天生我材必有用”“仰天大笑出门去，我辈岂是蓬蒿人”“安能摧眉折腰事权贵，使我不得开心颜”。李白冲决罗网的自由精神，如大鹏展翅翱翔九天。他从前人广泛吸取精神力量，可以说是自由意志、浪漫主义、理想主义和英雄主义的集合体，所以龚自珍这么评价李白：“庄、屈实二，不可以并，并之以为心，自白始。儒仙侠实三，不可以合，合之以为气，又自白始也。”

杜甫则是儒家的美学代言人，杜甫年轻时具有强大的个人主体性，“诗是吾家事”“七龄思即壮，开口咏凤凰”“读书破万卷，下笔如有神”，但经历安史之乱后，杜甫深刻体会了百姓疾苦，跳出了个人一己之关注，将关怀撒向了广大的人间。他的境界不断升华，胸怀日益开阔，视野愈加恢宏，成为一个具有“圣人”情怀的诗人，所以历史上称之为“诗圣”。杜甫最著名的诗作《茅屋为秋风所破歌》，写到自己陋室的茅草被秋风吹走，又逢风云变化，大雨淋漓，床头屋漏，长夜沾湿，一夜凄风苦雨无法入眠。但诗人没有自怨自艾，而是由自己的境遇，联想到天下千千万万的百姓也处于流离失所的命运。诗人抱着牺牲自我成全天下人的理想呼唤“安得广厦千万间，大庇天下寒士俱欢颜！风雨不动安如山”“何时眼前突兀见此屋，吾庐独破受冻死亦足！”这种“仁爱”思想，正是儒家精神的传承弘扬，其诗歌可谓儒家精神的最佳阐释者。

中国诗歌精神的发扬光大者是韩愈。韩愈在思想混乱的历史关头，痛恨于情欲的泛滥、修辞的奢华和异端的蛊惑，发起“原道""原学"等运动，自觉地修道修身，开启新的文学革命。韩愈高擎"道"之大旗，写下《原道》《师说》等著名文论。《原道》强调"道"的重要性，《师说》指出"传道"的必要性。韩愈将其"道"贯彻于其诗歌中，成为"诗言志"的践行者，也是"传道"的文学复兴运动的领袖。

将中国诗歌精神实践到底的是苏东坡。乌台诗案，苏东坡被贬黄州，但他坚持心中之"道"不变，在给友人的信中说："吾侪虽老且穷，而道理贯心肝，忠义填骨髓，直须谈笑于生死之际。若见仆困穷，便相于邑，则与不学道者，大不相远矣。"可谓大义凛然，置生死于度外。他称自己平生功业"黄州、惠州、儋州"，这三个地方恰恰是其被贬之地，可以理解为在最艰难的时候，苏东坡仍坚持以"道"为最高准则并坚定地走在"行道"的路上，所以他内心坚定，不断以"道"的标准完善自我，达到一种"此心安处是吾乡"的超脱境界。

将中国诗歌精神弘扬为浩然正气的是文天祥。其《正气歌》是在囚房里写的，虽然"室广八尺，深可四寻。单扉低小，白间短窄，污下而幽暗"，但文天祥深感浩然正气的存在，故作《正气歌》一首："天地有正气，杂然赋流形。下则为河岳，上则为日星。于人曰浩然，沛乎塞苍冥。""地维赖以立，天柱赖以尊。三纲实系命，道义为之根。"文天祥遭遇险境，困于囚室，但因为天地间圣贤们的光辉照耀和精神激励，胸中涌动浩然正气，泰然处之。

从自然到生态，中国诗歌经历了什么？

自然作为家园和信仰

在汉语语境中，“自然”一词具有复杂多重的含义，除了指大自然之外，也可形容一种状态，比如自然而然、任其自然；还可以是一种生活方式和精神理念……这些意思又相互关联、相互缠绕，显示出“自然”一词具有的张力。作为中国文化最重要的一个价值观“道法自然”，就同时蕴含了多种意义。

自然就是家园。在《诗经》《楚辞》等最早的诗歌中，就呈现出自然与人类的密切关系，自然就是人类的家园，《诗经》中有大量关于草木的描述，如荇菜、卷耳、蕨薇、荠菜、芹、梅、栗、葛麻等，这些很多是可供食用、药用和制衣的日常必需品；《楚辞》里则有桂、椒、杜衡、薜荔、兰、芷、蕙草等，起着装饰美好生活的作用，这些诗歌里营造的，就是人与自然和谐共处的关系。

自然是人类的家园，除了生活的相互依存，还有更进一步的情感体验。古人把人与天地作为情感共同体，天地是有情的天地，显示了人类与天地万物本能的亲和关系。理学家张载在《西铭》中称："乾称父，坤称母；予兹藐焉，乃混然中处。故天地之塞，吾其体；天地之帅，吾其性。民，吾同胞，物，吾与也"，张载把天当作父亲，地当作母亲，天地之间皆同胞兄弟，万物皆同类。这就是人与天地万物的情感共同体，也是命运共同体。天地之间就是家园。

因此，在自然这个家园里，万物皆有情。世界是一个有情世界，天地乃有情天地。王夫之在《诗广传》中称："君子之心，有与天地同情者，有与禽鱼草木同情者，有与女子小人同情者……悉得其情，而皆有以裁用之，大以体天地之心，微以备禽鱼草木之几。"古人推己及人，由己及物，把山水、自然、万物当成朋友兄弟，王维诗云："流水如有意，暮禽相与还。"李白感叹："相看两不厌，唯有敬亭山。"李清照称："水光山色与人亲。"

在中国古典文学和诗歌中，"'情'之一字，所以维持世界"，宇宙是"有情天地，生生不已"。天地、人间、万物都是有情的，正所谓"万象为宾客""侣鱼虾而友麋鹿""小鸟枝头亦朋友"等等。情，是人们克服虚无、抵抗死亡的利器。世界，是一个集体存在、彼此感应、相互联系、同情共感的命运共同体。

自然还被认为是永恒的象征。自然之永恒性，体现在山水精神中。对照人类有限、短暂的一生，山水是永恒的。作家韩少功分析："在全人类各民族所共有的心理逻辑之下，除了不老的青山、不废的江河、不灭的太阳，还有什么东西更能构建一种与不朽精神相对应的物质形式？还有什么美学形象更能承担一种信念的永恒品格？”山水本身被认为是一种伟大的艺术形式和永恒的精神品格。“仁者爱山，智者爱水”，山水也成为人物品评的一个标准，人格的象征。

赵汀阳分析历史中的渔樵史学，指出：“渔樵一定要借山水以观历史，以青山去看青史，山水成为一个纵览历史一切变化的常数尺度。山水不是历史的利益相关者，而是一切兴衰成败的无言旁观者，渔樵为之代言。渔樵站在山水的同样位置上，与山水一体，凭借山水的尺度，渔樵就有资格谈论历史。所以，对于渔樵，古今之事只是超越是非的笑谈，也正是在这个意义上，渔樵所谈论的是历史性，也即哲学化的历史，也就成为超越者，所见的历史乃是道的展开，‘人间正道是沧桑’也是此意。”

赵汀阳认为山水具有“在地而不远人”的超越性，因此山水被当作道的形象。作为道的显形意象，山水确实坐落在世界里，是人间世界的一个内部存在，与具有“在地超越性”的山水相对应的是熙熙攘攘的社会和似水流年的历史。仁者智者借得山水的尺度以观历史，因此能够平静理解人世。传说渔樵是山水之友，识得山水之象，于是渔樵被看作山水的代言人。这种渔樵史学，本质上就是指自然山水的永恒性，还有超越性。

自然还是中国人的信仰。任何文明都需要超越性的向度。自然在中国文明中正好起到了这样的作用。中国自古以来推崇的都是自然神，在中国远古神话传说中，崇拜的都是与自然相关的神灵，比如与物质生产有关的神农氏、燧人氏等；还有专门建立庙宇祭拜的自然神龙王、雷神、风神以及供奉着的土地神等，这些，都充分说明中国人对自然的崇拜。

自然的超越性还表现在其安抚人心慰藉情感的功效。自然山水具有强大的精神净化作用，灵魂过滤功能。诗人谢灵运很早就说:“昏旦变气候，山水含清晖。清晖能娱人，游子憺忘归。”汤传楹《与展成》文中称:“胸中块垒，急须以西山爽气消之。”南朝吴均《与朱元思书》里更进一步说:“鸢飞戾天者，望峰息心；经纶世务者，窥谷忘返”……看见山水，人们可以忘记一切世俗烦恼，可以化解所有焦虑紧张，所以古人称“山可镇俗，水可涤妄”，山水是精神的净化器。西方也有类似说法，比如把自然看作“人类的避难所”，美国作家华莱士·斯泰格纳认为现代人应该到自然之中去“施行精神洗礼”。

所以，中国传统，自然至上。道法自然，自然是中国文明的基础。自然与诗歌艺术有着漫长的亲缘关系。自然山水是诗歌永恒的源泉，是诗人灵感的来源。道法自然，山水启蒙诗歌及艺术。“外师造化，中得心源”，几乎是中国诗歌和艺术的一个定律。自然山水可以安慰心灵，缓解世俗的压抑。山有神而水有灵，王维称其水墨是“肇自然之性，成造化之功”；董其昌称:“画家以天地为师，其次以山川为师，其次以古人为师。”诗人袁宏道说:“师森罗万象，不师古人。”以自然山水为师，是众多伟大的诗人及艺术家们艺术实践的共同心得体会。

自然在中国文化中的特殊地位，以及自然山水巨大的精神净化功能和灵魂疗治作用，使得中国古代山水诗和山水画盛行，自然山水诗歌成为中国古典诗歌的主流。陶渊明、王维、李白、杜甫、苏东坡等都是伟大的自然诗人，写下过大量的经典杰作。

古典诗歌与自然

1. 陶渊明

陶渊明被认为是第一个自然诗人，他的诗歌里，不仅仅有山水田园，更重要的是，他践行了真正的“道法自然”，他把自然作为了一种生活方式。

“纵浪大化中，不喜亦不惧”，陶渊明把自己作为自然和历史的一个过程，所以，他是真正地做到了在自然中安心安身。

陶渊明之所以被认为是第一个自然诗人，与其所处时代有关。一般认为，“自然”作为一种观念，是在魏晋时期确立的。魏晋时期名教和自然之争，开启了思想的解放，启蒙了人的觉醒。“越名教而任自然”，摆脱种种观念束缚，冲破礼教的桎梏，是当时的一股潮流，并从此打开了任情任性的闸口。陶渊明就是新思想新观念的实践者和行动者。“归去来兮”，就是陶渊明的个人宣言和行动纲领，这也是一个时代的宣言。

陶渊明的诗被称为“田园诗”，孙康宜认为他的“田园诗”

偏重抒情，谢灵运的“山水诗”则偏重描写。还有论者称陶渊明是主观的、全身心的，谢灵运是客观的、局部的，一个重写意，一个则写实。

陶渊明的“田园诗”最重要的特征是抒情，一种扩大了的自我抒情，比如对田园的真心热爱：“少无适俗韵，性本爱丘山”；很满意自己居住的地方：“众鸟欣有托，吾亦爱吾庐”“榆柳荫后檐，桃李罗堂前……户庭无尘杂，虚室有余闲”；对耕读生活的沉浸：“晨兴理荒秽，带月荷锄归”；对乡土的眷念：“山涤余霭，宇暧微霄。有风自南，翼彼新苗”；连风也是有情的：“平畴交远风，良苗亦怀新”；陶渊明喜爱菊松兰柳：“采菊东篱下，悠然见南山”“秋菊有佳色，裛露掇其英”“秋菊盈园”“芳菊开林耀，青松冠岩列”“三径就荒，松菊犹存”“青松在东园，众草没其姿，凝霜殄异类，卓然见高枝”“幽兰生前庭，含熏待清风”“荣荣窗下兰，密密堂前柳”等等；正是因为陶渊明对自然真心热爱，所以才会有退隐之后的由衷感叹：“久在樊笼里，复得返自然。”

因为陶渊明的隐逸个性，他基本上回退到了个人的空间，他不像谢灵运那样开山拓道，到处巡游。因此，广阔的大自然还在等待另外的人出场，那就是李白。

2. 王维

王维是田园诗和山水诗的融合者和集大成者，在他和孟浩然之前，田园诗和山水诗各自发展。王维在更高层次上统合了田园诗和山水诗，他是以“道”或者说“禅”统合了抒情和描写、写意和写实，呈现出更高的自然意境。

王维时代，隐逸风气流行，王维将自己隐退在山水之后，让自然自己呈现。越往后，王维更彻底地融入乃至消泯于自然之中。

王维最主要的风格是“清”。首先是清新，王维所写皆自然清新的风景，三五几笔，淡淡几句，就勾勒出清晰的景观，可谓“诗中有画，画中有诗”，比如“明月松间照，清泉石上流”“渡头余落日，墟里上孤烟”“漠漠水田飞白鹭，阴阴夏木啭黄鹂”等等，都宛如一幅幅风景小品画；其次是清静，最后都落入清静之境，其诗让人安心，比如“人闲桂花落，夜静春山空。月出惊山鸟，时鸣春涧中”，动中有静，静中有动，最终落入一个万籁俱寂的世界，构成一个生机勃勃但又清明剔透的空间；最后是清雅，王维的诗都有高妙境界，格调多为清雅，但内含生机，比如“雨中山果落，灯下草虫鸣”，钱穆先生甚至认为这十个字就是“一部中国哲学史”，因为写清说透了万物生长消失、循环不已、生生不息的自然原理，山果自然成熟坠落，草虫鸣叫显示一片生机盎然，自然就在这样来来去去中轮回，这样空灵的境界就是宇宙的本质，人在其中可以领悟超然，看淡得失，最后落入澄净自然境地。还有“行到水穷处，坐看云起时”也是如此，任其自然，将自己彻底交付本然自然，万事不再纠缠纠结，到达随心所欲的境界。

王维的诗，可以说将自然提升到了一个新的境界，以至成为山水诗的最佳典范。

3. 李白

李白与自然一体，他仿佛就是大自然的一部分。

如果说陶渊明和王维在自然面前是退却的姿态，是向内的，那么李白则是出击的状态，是外向的，其主体性如同那些崇山峻岭，醒目而挺拔。

李白自己就是崇山峻岭和大江大河，“阳春召我以烟景，大块假我以文章”，只有李白，如此张扬又如此自信。

李白就是云海翻腾、江河涌动的大自然本身。李白可谓天纵奇才，汪洋横溢，古人早有定评：“大江无风，波浪自涌，白云从空，随风变灭，此殆天授，非人可及。”

李白诗中多壮丽意象，上天揽月随处摘星辰，下海骑鲸顺手捞珍珠，可谓气吞山河、包孕日月，“君不见黄河之水天上来，奔流到海不复回”“黄河落天走东海，万里写入胸怀间”“登高壮观天地间，大江茫茫去不还。黄云万里动风色，白波九道流雪山”，这样气势磅礴的诗歌，只有李白写得出来。李白喜欢宏大叙事，用一切大词：大鹏、大鱼、巨鲸、大江、大河、沧海、雪山、绝顶等等，这和到处开疆拓土、万邦朝圣的盛唐精神是一致的。“明月出天山，苍茫云海间”“月下飞天镜，云生结海楼”“天清江月白，心静海鸥知”“人行明镜中，鸟度屏风里”“飞流直下三千尺，疑是银河落九天”“两岸青山相对出，孤帆一片日边来”“朝辞白帝彩云间，千里江陵一日还”……李白一生游历了无数名山大川，“五岳寻仙不辞远，一生好入名山游”，真正做到了“登山则情满于山，观海则意溢于海”，这也是其开阔自由精神和豪放壮观气象的彰显。

李白的诗歌风格，比起王维的精心精致精美来，更加自由恣肆，无所顾忌，所以他的诗歌风格更加变化多端，既有豪放如《梦游天姥吟留别》等，也有悲壮如《蜀道难》等，还有小清新的《玉阶怨》等，以及人世缠绵的《长干行》等。

4. 杜甫

如果说李白本身是大自然的化身，杜甫则是在自然中获得慰藉和安心。

杜甫总是将人事置于广阔的大自然背景下来展开：“一川何绮丽，尽日穷壮观”“会当凌绝顶，一览众山小”“吴楚东南坼，乾坤日夜浮”“无边落木萧萧下，不尽长江滚滚来”等等，何其壮丽！杜甫能把景色写得如此恢宏开阔，其实还是源于其强盛的生命意志力，这种生命意志力使他任何时候都不气馁。所以无论他本人处境如何凄惨，他的诗歌仍然让人读来有一种生气，因为，大自然本身是生机勃勃、生生不息的。

《旅夜书怀》特别典型，这首诗只有八句："细草微风岸，危樯独夜舟。星垂平野阔，月涌大江流。名岂文章著，官应老病休。飘飘何所似，天地一沙鸥。"把杜甫晚年孤独的形象展现得淋漓尽致；但另一方面，这首诗似乎又一点也不悲凉，"天地一沙鸥"，其实，何人不是如此啊？何况还有"星垂平野阔，月涌大江流"这样值得人生留恋的瑰丽景色。

还比如《秋兴》之一："夔府孤城落日斜，每依北斗望京华。听猿实下三声泪，奉使虚随八月槎。画省香炉违伏枕，山楼粉堞隐悲笳。请看石上藤萝月，已映洲前芦荻花。"前面还是"听猿实下三声泪"，后面却说"请看石上藤萝月，已映洲前芦荻花"，杜甫总能从大自然中找到美丽、温暖和安慰，个人在自然的广阔中得到了慰藉。

5. 苏东坡

苏东坡游于山水之间，不仅仅是游走，还游心。

苏东坡的自然观和陶渊明相近，也是将自己视为浩渺星空长河中的一环，承前启后，所以他不焦虑，也不气馁，他怡然自得，游刃有余，在自然之中，心安理得地平静对待自己的遭遇，安度自己的一生，即使最困苦的时候，他也总有办法自得其乐，享受生活。苏东坡因为和陶渊明心有戚戚然，所以特别喜欢陶渊明，甚至专门写“和陶诗”。

《前赤壁赋》里就显露了苏东坡的心底奥秘：“侣鱼虾而友麋鹿，驾一叶之扁舟，举匏樽以相属。寄蜉蝣于天地，渺沧海之一粟。哀吾生之须臾，羡长江之无穷。挟飞仙以遨游，抱明月而长终。”人其实都只是自然长河中的一环，做好该做的事情就可，其他就交给时间和历史，所以苏东坡感叹：“客亦知夫水与月乎？逝者如斯，而未尝往也；盈虚者如彼，而卒莫消长也。盖将自其变者而观之，则天地曾不能以一瞬；自其不变者而观之，则物与我皆无尽也，而又何羡乎！”至此，苏东坡获得了超脱的心态，不再恐惧死亡，而是将自己托付于宇宙消长变化的时间长河之中。珍重当下，珍惜此刻，成为他最自然的选择。苏东坡最终达到了“此心安处是吾乡”的境界，可以说和陶渊明的“纵浪大化中，不喜亦不惧”一脉相承。

苏东坡明了世界和生活的本质，所以总是乐观热情，全身心地投入人生下一场，即使不断被流放，但他认为自己平生功业，恰恰在三个流放之地：黄州、惠州与儋州。苏东坡的《定风波》最能体现他的从容心态，“莫听穿林打叶声，何妨吟啸且徐行。竹杖芒鞋轻胜马，谁怕？一蓑烟雨任平生。料峭春风吹酒醒，微冷，山头斜照却相迎。回首向来萧瑟处，归去，也无风雨也无晴”。

苏东坡的这种广阔胸怀，可以说是具有“天地境界”，所以其创作也是汪洋恣肆，相比陶渊明的恬然冲淡，苏东坡可以说包罗万象，以至要用“苏海”（韩潮苏海）来概括其创作。而苏东坡对自己的创作也有一个总结：“吾文如万斛泉涌，不择地而出。在平地滔滔汩汩，虽一日千里无难；及其与山石曲折，随物赋形而不可知也。所可知者，常行于所当行，常止于不可不止。”这就是真正的文无定法、自然而然。因此，苏东坡的诗词，有豪迈如“大江东去，浪淘尽，千古风流人物”，婉约如“我欲乘风归去，又恐琼楼玉宇，高处不胜寒”，飘逸如“小舟从此逝，江海寄余生”，明丽如“欲把西湖比西子，淡妆浓抹总相宜”，等等。

苏东坡自然观的成熟，象征着中国文化达到一个新的境界。所以，宋代被认为是中国文明的一个顶峰时期。陈寅恪称：“华夏民族之文化，历数千载之演进，造极赵宋之世水一朝”“天水一朝之文化，竟为我民族遗留之瑰宝”。诚哉斯言！

自然重新被关注，成为生态问题

自然再次被关注，却是以另外一种面目出现的，那就是变成了生态问题。

所谓生态问题，与现代性有关。生态问题一次又一次进入公众视野，都与环境污染有关，尤其是一些重大的污染事故，比如水污染、农药污染，鲸鱼大象猎杀、珍稀动物濒临灭绝等等，还有就是和每个人息息相关的，比如温室气体浓度上升导致的温室效应、雾霾、沙尘暴乃至病毒瘟疫大暴发等等，这些表面上是外在环境问题，但其产生，也与人心的变异有关。

“生态”这个词古已有之，原指美好生动，南朝梁简文帝《筝赋》“佳人采掇，动容生态”；唐杜甫“邻鸡野哭如昨日，物色生态能几时？”等等，后有生理特性和生活习性的意思。而在现代观念里，生态是指生物和生命的状态，及与周围环境、万事万物的关系。如果说自然就是人类的家园，那么这个家园的内涵，已经被置换为环境——人和其周边网络包括物质的、社会的、精神的等外部世界关系，如果这种关系出现不协调，就是生态出了问题——生态系统被破坏，生态自然循环出现故障。所以，生态成了现代人最关心的问题。

生态的和谐平衡，已经成为现代人追求的最大目标之一，而在古代，这似乎是一个毋庸置疑不证自明的状态。

美国的自然文学发育较早，也许因为在工业化浪潮中相对欧洲后发，美国对现代文明的负面作用反省较早。有“美国文明之父”之称的爱默生曾经强调：人类应该遵守两句格言，一是认识你自己，二是研习大自然。爱默生号召美国文学回归自然，他甚至说：欧洲大陆文化太腐朽了，需要自然之风来吹拂一下。在很多学者看来，正是自然文学的发展，使美国文学区别于重人文的欧洲文学，使新大陆区别于旧大陆。确实，美国自然文学经典比比皆是，惠特曼的《草叶集》、梭罗的《瓦尔登湖》、奥尔多·利奥波德的《沙乡年鉴》等等。

美国文学的生态问题，可以说直到蕾切尔·卡森的《寂静的春天》出现才引起广泛注意，也可以说，自然写作从此转向为生态文学。因为，生态危机让人们越来越有紧迫感。奥尔多·利奥波德提出著名的“土地伦理”，他说：“人们往往想当然地认为野生生物就像和风和日出日落一样，自生自灭，直到它们在我们面前慢慢地消失。现在我们面临的问题是高质量的生活是否要在自然的、野生的和自由的生物身上花费钱财。我们人类对于整个生物界来说还只是很少的一部分，那么能够真正看到自然界中的鹅群的机会比在电视上看更重要，有机会发现一只白头翁就像我们有权利说话一样神圣不可侵犯。”

所以，生态问题，本质上是一个现代性问题。自然这个概念被生态替换，本身就是现代性危机的表征。

生态危机也反映在中国当代文学中。一是所谓“人定胜天”的僭越观念，完全抛弃“天人合一”的优秀传统。在西方，上帝死了，人僭越上帝之位，自认为是世界的主人、自然的征服者，不再尊重自然和其他物种，将它们视为可任意驱使、随意采用的资源和材料。自然问题从此变成一个经济问题或科技问题，而非人类所赖以依存的家园，与人类休戚相关的安居之所。自然从此陷入万劫不复之地。而后发展中国家追随西方后尘，开始加快“征服自然”的步伐，在经济高速运转的同时，生态却陷入深重危机；二是所谓“文学是人学”的极端渲染，忘却了“道法自然”“万物有灵”的准则，抛弃了“境界”作为中国文学最高评判标准和最高艺术价值的传统。“文学是人学”可以说是中国当代文学界最著名的一句口号。在基督教背景下，这句话不难理解。基督教曾以关注人的堕落与救赎为借口，以来自天国的拯救为许诺，对人性强行改造和压制。文艺复兴以后，人的解放成为潮流，人性大释放，文学也就以对人性的表现和研究作为最主要的主题。但“文学是人学”的说法产生了一系列后果，那就是过度将自我人权置于其他生命的权利之上。人类优先原则，导致了其他物种甚至种族的大规模灭绝。中国现代也步其后尘，“五四”时期强调所谓“国民性改造”，夸大中国人人性中的黑暗面和负面，导致民族普遍地自卑和自贬，并且一直影响到中国当代文学。人性被简单地理解为“欲望”，甚至，“人性恶”被视为所谓普遍的人性，说什么“人性之恶才是推动历史发展的动力”，以至文学中钩心斗角、人欲横流、尔虞我诈、比恶比丑、唯钱唯权的“厚黑学”流行，其内容几乎可以用一句话来形容：每一页都充斥人斗人。从官场、商场到情场、职场，连古典宫廷戏、现代家庭情感剧也不放过。至此，真善美被认为是虚伪，古典文学中常见的清风明月、青山绿水隐而不见。自然从当代文学中消失隐匿了，以致自然写作和生态文学在2000年前后逐渐出现时，仿佛是一种新的文学现象。

这些问题累积，已开始走到一个极端。人的自我膨胀，欲望的无限扩张，导致韩炳哲所说的功绩社会的胜利出现了。《纽约时报》最近有篇文章标题就是"全球愈演愈烈的悲伤浪潮"，盖洛普每年对140多个国家的约15万人开展情感生活调查，去年，消极情绪数据创下新高。韩炳哲的《倦怠社会》一书对此分析：倦怠社会出现，是因为功绩社会对成功的过度推崇导致出现大量忧郁患者和失败者，人因此变得很冷漠倦怠。这一现象也与大量强刺激的过度信息轰炸有关，大数据巨大的信息量等同大规模精神杀伤性武器，撕裂个体。很多信息是虚假的，虚假信息的喧嚣不仅让灵性消失，而且容易引发幻灭感和虚无感。这种强力的持续刺激也导致了人的倦怠。韩炳哲的另一本书《爱欲之死》认为，因为过度个人主义，过度自恋，导致人们不再关心关注他者，人类亲密关系断裂，导致爱欲之死，深度忧郁症者增多。但是，只要爱欲不死，人类就有希望。爱欲需要指向他者，需要心灵默契、彼此回应。解决爱欲之死的问题，就是与他者和谐共处，与他者建立相亲相爱相依相守的关系。

自然，无疑是最大的他者之一，是人类的尺度和镜子，也是人类最应该敬重的他者，只有心怀自然，我们才能守住家园。自然这一人类的家园，是我们唯一可以寄托心灵抚慰情感之所，这样，人类才能诗意地栖息在大地之上。

海德格尔很早就敏感地注意到这一点，在《存在与时间》中，海德格尔呼吁恢复天地人神的循环，人只是其中的一环，反对把人单独抽取出来，作为世界的中心和主角，凌驾于万物之上。人应该严守自己的本分和位格，在天地人神的循环中葆有敬畏之心，谦逊行事。这可以说与中国古代智慧相互呼应。在生态问题上，我们不仅要强调个人的自觉自律，更要强调人类集体的自觉自律，构建人与自然的万物命运共同体。

从古典诗歌中学习什么？

面对错综复杂的当代世界，诗人往往会秉持最古老的价值，而最古老的价值往往也是最有生命力的价值，是人类价值的根基，是新的时代价值创造转化的基因和源泉。

所以，我认为，只有重新学习借鉴古代的自然观，才能最终解决现代生态问题。

在当代，秉持古老的自然观，就是一个当代生态主义的立场和姿态。

古人对自然的推崇，对当代诗歌很有启迪意义。比如对“境界”的推崇，就是对个人和环境和谐共处相互依存的强调。“境界”是古典文学的核心概念。“境界”一定是包含着他者的，一定包含着“无数的人们与无穷的远方”。中国诗歌强调“境界”其实与尊崇自然密切相关。王国维说：“有境界则自成高格。”何谓境界？我的理解就是指个人对自然的领悟并最终与自然相融和谐共处，就是一种精神层次与心灵品格。唐僧圆晖所撰《俱舍论颂疏》称：“心之所游履攀援者，故称为境。”哲学家冯友兰认为，中国哲学中最有价值的部分是关于人生境界的学说；学者张世英说：“中国美学是一种超越美学，对境界的追求是其重要特点。”境界，就是人的精神等级，但这一精神层次的基础就是自然与世界，反映人的认识水平、心灵品位。境界里有景、有情，当然，更有人——自我。最高的境界，是“采菊东篱下，悠然见南山”“纵浪大化中，不喜亦不惧”，是“游于艺”，是“天人合一”，是安心于自然之中。追求境界，就是寻找存在的意义，其本质是一种内在超越。学者胡晓明称：“境界的要义，就是创造一个与自我生命相关的世界，在其中安心、超越、生活。”

境界的相关条件是自然，或者说，没有自然作为前提，就没有什么境界。古人早就说过：“山水映道。”瑞士哲学家阿米尔也称：“一片自然风景是一个心灵的境界。”学者朱良志说王维的诗歌短短几句，看似内容单调，但他实则是以情造出了一个“境”，比如“人闲桂花落，夜静春山空。月出惊山鸟，时鸣春涧中”，还有“飒飒秋雨中，浅浅石溜泻。跳波自相溅，白鹭惊复下”……都独自构成了一个个清静自足但内里蕴含生意的世界，是一个个完整又鲜活的“境”。在此境中，心与天地合一，生命与宇宙融为一体，故能心安。而按海德格尔的哲学，境界应该就是在天地人神的循环之中，人应该是“倾听”“领会”与“守护”的那个部分。

杜甫更是“天地境界”的典型。杜甫早年是一个强力诗人，“主体性”非常强大，在他历经艰难、视野宽广之后，他跳出了一己之关注，将关怀洒向了广大的人间。他的境界不断升华，胸怀日益开阔，视野愈加恢宏，成为一个具有“圣人”情怀的诗人，杜甫让人感到世界的温暖和美好。杜甫被认为是具有最高境界的诗人，到达了冯友兰所说的天地境界：“一个人可能了解到超乎社会整体之上，还有一个更大的整体，即宇宙。他不仅是社会的一员，同时还是宇宙的一员。他是社会组织的公民，同时还是孟子所说的‘天民’。有这种觉解，他就为宇宙的利益而做各种事。他了解他所做的事的意义，自觉他正在做他所做的事。这种觉解为他构成了最高的人生境界，就是我所说的天地境界。”生活于天地境界的人就是圣人，所以历史称杜甫为“诗圣”。杜甫与自然的关系，前面已经说过了，他精神深处储存着山河气势宇宙能量，所以永远达观积极，心怀天下。

当代文学包括诗歌，如果关注自然，就应该继承，或者重新恢复，或者光大创新类似关于“境界”这样的美学观念、规范和标准。

还有对地方性文学的维护，也是中国文学的优秀传统。古典诗歌对地方性的强调，其实就是对自然的尊重。古人很早就有“北质而南文”的说法，强调地域对文学的影响。清末民初的四川学者刘咸炘探讨各地地域文化特征称：“夫民生异俗，土气成风。扬州性轻则词丽，楚人音哀则骚工，徽、歙多商，故文士多密察于考据；常州临水，故经师亦摇荡其情衷。吾蜀介南北之间，折文质之中，抗三方而屹屹，独完气于鸿蒙（濛）。”有一定地理和历史学的依据。美国诗人斯奈德在现代语境下，将地域性理解为“地域生态性”，强调保持地域生态完整性，保护地域的整体生态，颇具现代生态意识。

江南文化曾是地域文化的典型。很长一段时间，江南之美曾是中国之美的代表。古人说：上有天堂，下有苏杭。江南是中国人最理想的居住地。自然和生活融合，理想和现实并存，诗意和人间烟火共处。江南最符合中国人向往的生活方式、观念与价值：道法自然。江南将“道法自然”变成了现实。“道法自然”是诗意的源泉，江南文化因此被称为“诗性文化”，是中国文化中最具美学魅力的部分。“暮春三月，江南草长，杂花生树，群莺乱飞”，江南也；“青山隐隐水迢迢，秋尽江南草未凋。二十四桥明月夜，玉人何处教吹箫”，亦江南也；“有三秋桂子，十里荷花。羌管弄晴，菱歌泛夜，嬉嬉钓叟莲娃”，还是江南；“江南好，风景旧曾谙。日出江花红胜火，春来江水绿如蓝”，最难忘江南……江南曾是自然、生活与诗意的最佳结合之地。古代的江南诗歌，就是地方性成功的典范。

参考书目：

《存在与时间》（［德］海德格尔著）

《中国古代思想史论》（李泽厚著）

《论自然》（［美］拉尔夫·瓦尔多·爱默生著）

《盛唐诗》（［美］宇文所安著）

《历史·山水·渔樵》（赵汀阳著）

《抒情与描写：六朝诗歌概论》（［美］孙康宜著）

《“自然”之辩》（杨治宜著）

《山河无尽》（［美］加里·斯奈德著）

《第二个经典时代》（吕正惠著）

《李白传》（李长之著）

《陶渊明传论》（李长之著）

《苏东坡传》（林语堂著）

《中国文学中所表现的自然与自然观》（［日］小尾郊一著）

《倦怠社会》（［德］韩炳哲著）

《爱欲之死》（［德］韩炳哲著）

《终南山的变容》（［日］川合康三著）

《杜甫：中国最伟大的诗人》（洪业著）

《诗与文化心灵》（胡晓明著）等。

我的心、情、意

一

诗歌是一种心学。

诗歌感于心动于情，从心出发，凝聚情感，用心写作，其过程类似修心，最终领悟意义，创造境界，得以在其中安心，同时还可能安慰他人，称之“心学”名副其实。

心，是感受和思想的器官，钱穆先生认为心是一切官能的总指挥总开关。学，有学问和学习两重含义，这里主要是指学习。学习，是一种通过观察、了解、研究和领悟使个体可以得到情感与价值的改善和升华的方式。

诗歌是一种心学，意思是，诗歌本质上是一种感受，是学习并领悟世界的方式。心通天地万物，心是具体的、个人性的，但可以心心相通，以心传心，他人亦能感受、体会、理解。

每一代人，都要重新认识世界和了解世界，这是一种心学；而每一个时代，我们也都要面对新的感觉和变化及新的情况，努力学习、思索和理解，这也是一种心学。

需要特别指出的是：这种心学是建立在语言的基础上的，维特根斯坦认为语言是人区别于其他物种的存在方式。人是语言的动物，人也是情感的动物，唯有人，可以用语言把情感描述、记录、储存、升华并保留下来，即使历经千年，仍能打动后人。

二

所以，诗歌也是一种情境。

情，指因外界事物所引起的喜、怒、爱、憎、哀、惧等心理状态。李泽厚认为：动物也有情有欲，但人有理性，可以将情分解、控制、组织和推动，也可以将之保存、转化、升华和超越。若以某种形式将之记录、表现、储存或归纳，就上升为了文学和艺术。因此，李泽厚对艺术如此定义："艺术就是赋情感以形式。"艺术就是用某种形式将情感物化，使之可以传递、保存、流传。这，就是艺术的本源。

在我看来，艺术，其实就是"情感的形式"，或者说，"有形式的情感"，而诗，是最佳也最精粹的一种表达情感的方式。

古人云：触景生情。情只有在景中也就是具体的"境"中才能激发并保存下来，而"境"是呈现情的具体场所和方式。

那么，何谓"境"？境，最初指空间的界域，不带感情色彩。后转而兼指人的心理状况，含义大为丰富。唐时，境的内涵意思基本稳定，既指外又指内，既指客观景象，又指渗透于客观景象中的精神，含有人的心理投射观照因素。

境，为心物相击的产物，凝神观照所得。其实质就是人与物一体化。主客融合，物我合一，造就一个情感的小世界，精神的小宇宙。在情的观照整合统摄下，形成对世界和宇宙的认识理解。

情境，有情才有境。情境交融，情和境总是联系在一起的。情境，就是情感的镜像或者说框架，个人化的，瞬间偶然的，情感在此停留、沉淀，进而上升为美。情境是一个情感的小天地。细节、偶然、场景因情感才有意义，并建立意义。

中国人认为万物都是有情的，世界是一个有情世界，天地是一个有情天地。王夫之在《诗广传》中称："君子之心，有与天地同情者，有与禽鱼草木同情者，有与女子小人同情者……悉得其情，而皆有以裁用之，大以体天地之心，微以备禽鱼草木之几。"世界，是一个集体存在、相互联系、同情共感的命运共同体。

张淑香称之为一种彻底的"唯情主义"，这种"唯情主义"认为世界万物都有着"一条感觉和感情的系带"，并且由古而今，"个体之湮没，虽死犹存，人类代代相交相感，亦自成一永恒持续之生命，足与自然时间的永恒无尽相对恃相呼应"，从而超越死亡的恐惧，肯定生命本身的绝对价值。

三

诗歌，最终要创造一个有情的意义世界。

意，就是有方向、有目的的情感。意义，指精神赋予的含义、作用与价值，人是有自我反省、觉解能力的，能够意识到生活是否值得过下去，所以，人生是否有意义，对于每个人都很重要，人皆需要寻找意义。

诗，应该创造和提供一个意义世界。那么，如何创造？

前面说了，情之深入、持续与执着，产生意。以摄影经验为例，万物万景茫茫，唯定格截取一点，才能构成具体场景图像，才能有所确定，才能清晰，才能呈现摄影者心意，才能凸显美。

诗亦如此，欲以语言保存情感，亦需截取，固定为境。情凝聚、投注于境，沉淀下来，再表达出来，成为诗，成为艺术。

所以，艺术来自情深，深情才能产生艺术。这点类似爱情。心专注，才会产生情。爱情的本质，就是专一，否则何以证明是爱情。

艺术之本质也是如此，艺术就是深入聚焦凝注于某种情感经验之中，加以品味沉思，并截取固定为某种形式，有如定格与切片，单独构成一个孤立自足的世界，比如一首诗或一幅画。而阅读到这一首诗这一幅画的他者，又因其中积淀的元素唤起自身的记忆和内心体验，引起共鸣，感受到一种满足感（康德称之为“无关心的满足感”），并带来一种超越性，这就是美。

这种感受，就像瑞典诗人特朗斯特罗姆所说的“诗歌是禅坐，不是为了催眠，而是为了唤醒”，先唤醒己心，再以己心唤醒他心。

捷克汉学家普实克很早就认为：中国抒情诗擅长“从自然万象中提炼若干元素，让它们包孕于深情之中，由此以创制足以传达至高之境或者卓尔之见，以融入自然窈冥的一幅图像”。

而意，自在这情之深刻、专注、凝固之中。当然，这情，不仅限于人与人，还包括对天地万物之情，推己及人，由己及物，王维之思：“流水如有意，暮禽相与还。”李白之感：“相看两不厌，唯有敬亭山。”李清照之喜：“水光山色与人亲。”辛弃疾之恋：“我见青山多妩媚，料青山见我应如是。”

古人说：诗融情理，诗统情理，情理结合构成意义。意义予人以目的、方向，予人生以满足感、充实感和价值。

在此意义上，布罗茨基说：诗是我们人类的目的。

百年新诗的历史意义

明年是中国新诗诞生一百周年，这个时间确定，是从 1917 年胡适在上海出版的《新青年》杂志发表新诗开始算起。因此，今年的上海书展，借机举办了首届上海国际诗歌节，同时就中国新诗诞生百年设立了“世界诗歌论坛”。而此前，全国各地也已陆续举办过各种纪念新诗诞生百年的研讨会、论坛及诗歌活动。“百年新诗”无可争议地成为 2016 年最火的热词之一。

百年新诗，客观地说，已取得相当大的成就，但也意见纷纭。早在 20 世纪 30 年代，新诗诞生十五年之际，鲁迅就对当时的新诗表示失望，认为中国现代诗歌并不成功，研究中国现代诗人，纯系浪费时间，甚至有些尖锐地说：“唯提笔不能成文者，便作了诗人。”而鲁迅在留日时期写过《摩罗诗力说》，对诗曾寄予很高的期许：“盖诗人者，撄人心者也。”21 世纪初，季羡林先生在《季羡林生命沉思录》一书中，也认为新诗是一个失败，说朦胧诗是“英雄欺人，以艰深文浅陋”。甚至以写新诗而著名的流沙河，也认为新诗是一场失败的实验。当然，声称新诗已取得辉煌的也不在少数，有人甚至认为中国当代诗歌已走在同时期世界诗歌前列。

我个人对此抱着相对客观超脱的态度，觉得应该要放到一个长的历史时期来看待新诗的成败得失。我一直认为冯友兰先生的一段著名的话，特别适合用来讨论诗歌与中国文化的关系及理解新诗与旧诗，那就是他在《国立西南联合大学纪念碑碑文》中说的："我国家以世界之古国，居东亚之天府，本应绍汉唐之遗烈，作并世之先进，将来建国完成，必于世界历史，居独特之地位。盖并世列强，虽新而不古；希腊罗马，有古而无今。惟我国家，亘古亘今，亦新亦旧，斯所谓'周虽旧邦，其命维新'者也！"这段话的意思是说，无论是从国家的层面上讲还是从文化的意义上衡量，居于现代层面的"中国"来源于"旧邦"的历史文化积淀，但它自身也存有内在创新的驱动力。不断变革、创新，乃是中国文化的一种天命！这种"亦新亦旧"的特质同样可以应用在我们对"五四"以来新文化新文学特别是新诗的理解上。

讨论这个问题，首先要从诗歌在中国传统文化中的地位谈起。孔子曰："不学《诗》，无以言。"在儒家的经典中，《诗经》总是排在第一，从这句话可以看出，"诗"是"言"的基础，就是说诗歌是中国文化的一个基础。诗歌在中国文化中有着特殊的地位。可以说，西方有《圣经》，中国有《诗经》。古代最基本的教育方式是"诗教"，《礼记》记载孔子曰："入其国，其教可知也；其为人也；温柔敦厚，《诗》教也。"其次，"诗教"也可以理解为是一种教养和修养，孔子在《论语》里面经常夸一个人时就说："可与言《诗》已矣。"最重要的，"诗教"还可以理解为一种宗教。林语堂曾说："吾觉得中国的诗在中国代替了宗教的任务。"他认为诗教导了中国人一种人生观，还在规范伦理、教化人心、慰藉人心方面，起到与西方宗教类似的作用。钱穆等也有类似观点。

旧体诗既然是中国传统文化的一个基础和核心，那么，对传统采取全盘激烈否定态度的五四新文化运动，当然要从新诗革命开始。新诗，充当了五四新文学革命和新文化运动的急先锋。胡适率先带头创作白话诗，在《文学改良刍议》中倡导文学革命，声称要用"活文学"取代"死文学"。认为只有白话诗才是自由的，可以注入新内容、新思想、新精神，他在《逼上梁山——文学革命的开始》中声称："死文字绝不能产生活文学，若要造一种活的文学，必须有活的工具"，开始了以白话诗为主体的"诗体大解放"，打破格律等一切束缚，宣扬"有什么话，说什么话；话怎么说，就怎么说"，因此，新诗也被称为自由诗。陈独秀发表《文学革命论》，称欧洲之先进发达源于不断革命，"自文艺复兴以来，政治界有革命，宗教界亦有革命，伦理道德亦有革命，文学艺术亦莫不有革命，莫不因革命而新兴而进化"。

这些年，关于"五四"的争论也很多，正面的认为其代表时代进步思潮，值得肯定；负面的认为其彻底否定传统文化，打开了激进主义思潮，导致伦理丧失、道德崩溃、虚无主义泛滥。关于"五四"，学者张旭东的观点比较公允，他指出在"五四"之前，人们常常把中国经验等同于落后的经验，而将西方经验目之为进步的象征，由此就在中国与西方之间建立了一种对立关系，陷入了“要中国就不现代，要现代就不中国”的两难境地。“五四”将“中西对立”转换为“古今对立”，成功地解决了这一困境，“五四”成为“现代中国”和“古代中国”的分界点，成为中国现代性的源头，从此可以“既中国又现代”。既然古代中国文化的核心和基础是诗歌，那么，五四新文学革命和新文化运动以新诗作为突破口是有道理的。

学者李泽厚就对新诗新文学予以高度肯定，表达过其相当深刻的理解。他说，五四白话文和新文化运动是“成功的范例，它是现代世界文明与中国本土文化相冲撞而融合的一次凯旋，是使传统文化心理接受现代化挑战而走向世界的一次胜利。五四以来的新文体，特别是直接诉诸情感的新文学，所载负、所输入、所表达的，是现代的新观念、新思想和新生活；但它们同时又是中国式的。它们对人们的影响极大，实际是对深层文化心理所作的一种转换性的创造”，他特别举例现代汉语在输入外来概念时，所采取的意译而非音译的方式很有创造性，文化既接受了传入的事实，又未曾丧失自己，还减少了文化冲突。“既明白如话，又文白相间；传统与现代在这里是合为一体的。”

确实，在郭沫若、冰心、胡适、徐志摩等早期新诗人的诗歌中，自由、民主、平等、爱情及个性解放等现代观念得到了广泛传播，起到了一定的现代思想的启蒙和普及作用。此后，闻一多、何其芳、冯至、卞之琳等开始强调“诗歌自身的建设”，主张新诗不能仅仅是白话，还应该遵照艺术规律，具有艺术之美和个性之美。戴望舒、李金发等则侧重对欧美现代诗艺如象征主义、意象派的模仿学习。抗日战争开始后，艾青、穆旦等在唤醒民众精神的同时继续新诗诗艺的探索。中华人民共和国成立后，受苏联及东欧以及拉美诗歌的影响，积极昂扬向上的抒情主义一度占据主流，并为新中国奠定思想基础及美学典范。但后来这一方向遇到“文革”阻断。直到 20 世纪 70 年代末，诗歌界才又重新开始新诗的现代探索之路。

在这里，我重点梳理一下 20 世纪 70 年代末算起的当代诗歌四十年。我个人曾把这四十年大致分为三个阶段：

第一个阶段是朦胧诗时期，主要是向外学习的阶段，翻译诗在这一阶段盛行。朦胧诗是“文革”后期出现的一种诗歌新潮，追求个性，寻找自我，呼唤人性的回归和真善美，具有强烈的启蒙精神、批判思想和时代意识，是一种新的诗歌表达方式和美学追求。朦胧诗主要的特点：一是其启蒙精神和批判性，北岛在这方面尤其突出，他对旧有的虚假空洞意识形态表示怀疑，公开喊出“我不相信”，同时，他高扬个人的权利，宣称“在一个没有英雄的年代里，我只想做一个人”；二是对人性之美的回归、对日常生活之美的回归，舒婷比较典型，她呼唤真正的深刻平等的爱情、友情，比如《致橡树》等诗。朦胧诗新的美学追求，也得到了部分评论家的肯定，其中尤以谢冕、孙绍振和徐敬亚为代表，他们称之为“一种新的美学原则的崛起”，为其确定追求人性人情人权的准则，从而为其提供合法性正当性证明。但朦胧诗与翻译诗关系密切。诗歌界有一个相当广泛的共识，即没有翻译就没有新诗，没有灰皮书就没有朦胧诗。已有人考证胡适的第一首白话诗其实是翻译诗。而被公认为朦胧诗起源的灰皮书，是指20世纪六七十年代只有高干高知可以阅读的、所谓“供内部参考批判”的西方图书，其中一部分是西方现代派小说和诗歌，早期的朦胧诗人们正是通过各种途径接触到这些作品，得到启蒙和启迪，从此开始他们的现代诗歌探索之路。70年代后期改革开放之后，西方诗歌从古典主义、浪漫主义到现代主义被一股脑翻译过来，从普希金、拜伦、雪莱、泰戈尔、惠特曼、波德莱尔、艾米莉·狄金森、艾略特、奥登、普拉斯、阿赫玛托娃到布罗茨基、米沃什、史蒂文森等等，以西方现代诗歌为摹本的风气更是盛行一时。

朦胧诗本身的命名来自章明的批评文章《令人气闷的“朦胧”》，认为一些青年诗人的诗写得晦涩、不顺畅，情绪灰色，让人看不懂，显得“朦胧”。这一看法，可以从两个方面来分析，一是朦胧诗由于要表达一种新的时代情绪和精神，老一辈可能觉得不好理解，故产生隔膜，看不懂；二则可能因为这种探索是新的，这种新的时代的表达方式是前所未有的，因而必然是不成熟的，再加上要表达新的感受经验，中国传统中缺乏同类资源，只好从翻译诗中去寻找资源，而翻译诗本身因为转化误读等，就存在不通畅的问题，在这种情况影响下的诗歌，自然也就有不畅达的问题，故而扭曲变异，所以“朦胧”，让人一时难以理解、接受。

朦胧诗试图表达新的时代精神，创造新的现代语言，但因受翻译体影响，再加上表达受时代限制导致的曲折艰涩，诗艺上还有所欠缺，未能产生更大影响，后来进入欧美后也受到一些质疑，比如其对所谓“世界文学”有意识的模仿和追求，及其诗歌表达方式和技巧的简单化。

第二个阶段是文学寻根时期，也是向内寻找传统的阶段，后来更在“国学热”、文化保守主义潮流中日趋加速，朦胧诗和第三代诗人中已有部分诗人开始具有自觉的将传统进行现代性转换的创造意识，这个时期也可以说是一个文学自觉的时期，民族本土性、主体性意识开始觉醒。最早具有寻根意识的作品被认为是杨炼的诗歌《诺日朗》等。后来则是小说界将之推向高潮。韩少功发表《文学的“根”》，莫言、贾平凹、阿城等相继推出《红高粱》、“商州”系列和《棋王》等小说。文学寻根思潮的产生，可能受到两股思潮的影响，一是拉美的魔幻现实主义，也是“寻根”面目出身，寻找拉丁美洲大陆的独特性和精神气质，代表性作家马尔克斯的《百年孤独》在文学界人手一册；二是欧美本身的反现代化潮流，表现为所谓反现代性的审美现代性，比如在艺术界以凡·高、高更为代表的反现代文明、追求原始野性的潮流。此外，进入 20 世纪 90 年代以后，大陆文化保守主义思潮兴起，国学热盛行，陈寅恪、王国维等成为新的时代偶像。

这一时期值得注意的是台湾地区现代诗歌对大陆的影响。台湾现代诗正好已经过第一阶段向外学习，开始转向自身传统寻找资源，而且刚刚创作出具有一定示范性的代表性作品，比如余光中的《乡愁》、郑愁予的《错误》、洛夫的《金龙禅寺》等。台湾现代主义早期也是以西化为旗帜的，三大刊物《现代诗》《创世纪》《蓝星》等，明确强调要注重“横的移植而非纵的继承”，主张完全抛弃传统。但有意思的是，台湾现代诗人们越往西走，内心越返回传统。他们最终恰恰以回归传统的诗作著名，而且也正是这批诗作，他们被大陆诗歌界和读者们广泛接受。台湾现代主义诗歌对整个当代诗歌有四十年的影响力，有时会被有意无意忽视，但我们不能不承认，在第二阶段，台湾现代诗取得了辉煌的成就，足以和朦胧诗抗衡。

寻根思潮的持续性很强。后来也出现许多优秀的作品，比如柏桦的《在清朝》、张枣的《镜中》等等，更年轻的继承者则有陈先发、胡弦等，其意义还有待进一步挖掘。

第三个阶段出现在21世纪诗歌开初，其中最重要的一个背景是互联网及自媒体的出现及迅速普及，还有全球化的加速，促进中西文化与诗歌大交流大融合，激发了创造力。我称之为诗歌的“草根性”时期，这是向下挖掘的阶段，也是接地气和将诗歌基础夯实、将视野开阔的阶段。所谓诗歌的“草根性”，我写过一篇文章《天赋诗权，草根发声》，大意是每个人都有写诗的权利，但能否写出诗歌和得到传播还需要一些外在条件，比如要有一定文化水准，也就是说得先接受教育，现在正好是一个教育比较普及的时代。然后，写出来能得到传播，网络正好提供了一个新的传播渠道和平台，博客、微博、微信这样的自媒体对诗歌传播更是推波助澜，这些外在条件具备了，诗歌的民主化进程也就开始了。新的创作机制、传播机制、评判机制、选择机制与传播依赖纸刊、编辑的机制相比，发生了变化。诗歌进入一个相对大众化、社会化也是民主化的时代。当然，一个人是否能成为好诗人还有天赋等问题，诗有别才，但大的趋势基本如此。所以，我将“草根性”定义为一种自由、自发、自然并最终走向自觉的诗歌创作状态。

这个时代的一个标志就是底层草根诗人的崛起，被称为“草根诗人”的有杨键、江非等最早引起注意，打工诗人郑小琼、谢湘南、许立志等也被归于这一现象，2014 年年底余秀华的出现，使“草根诗人”成为一个具有广泛社会影响力的现象，达到一个高潮；另一个标志是地方性诗歌的兴盛，中国历史上就有地方文化现象，古代有“北质而南文”的说法，江南文化、楚文化、齐鲁文化、巴蜀文化等使得中国文化呈现活力和多样性。当代地方性诗歌也经历了相互竞争、相互吸收、相互融合的阶段。雷平阳、潘维、古马、阿信等被誉为代表性诗人。此外，少数民族诗人的兴起也可以归入这一现象，如吉狄马加等为当代诗歌带入新的诗歌元素，并成功进入主流文学。还有一个现象是女性诗歌的繁荣。这也与网络的出现有一定关系。女诗人几乎人人开博客、微信和微博等自媒体。自媒体有点像日记本，又像私人档案馆，还像展览发布厅，自己可以做主，适合女性诗人。女诗人们纷纷将自己的照片、诗歌、心得感受、阅读笔记全部公开，并吸引读者。我曾称之为“新红颜写作”现象。其背后的原因则是女性接受教育越来越普遍，知识文化程度提高，使得女诗人大规模地涌现，超过历史任何一个时期，释放出空前创造力，并深刻改变当代诗歌的格局，引起广泛关注。而且，女性占人类一半，其创造力的释放，在某种意义上具有人类文明史的意义。

近两年来，在诗歌传播上，微信更起到了推波助澜的作用。一方面，微信的朋友圈分享，证明“诗可以群”。微信适合诗歌阅读和传播，快捷，容量大，并可随时阅读，日渐成为人们的日常生活习惯。而另一方面，从网络诗歌开始就有的“口语化”趋势，也使诗歌更容易被读懂和广泛接受。微信不受地域限制，所以，汉语诗歌微信群遍布世界各地，人在海外，心在汉语。其后续影响值得关注。

第三个阶段之后，我觉得开始进入了一个新的阶段，一个向上超越的阶段，这个阶段刚刚开始，在这个阶段，有可能确立新的美学原则，创造新的美学形象，建立现代意义世界。

历史上曾出现过这样的时期，盛唐诗歌就创造了古典美学的典范。李白是自由、浪漫的象征，他背后代表着道教的精神。杜甫是深情、忧患的典型，他的感时忧国是一种儒家传统。王维则是“超脱、超越”的形象，他有佛家及禅宗的关怀。在古典文学中，由于文史哲不分家，诗歌里本身包含哲学观念和历史经验，诗融情理，诗人们集体创造了一个古典的意义世界，为社会提供价值和精神，至今仍是一个美学和意义的源头。

所以，向上，确立新的现代美学原则，创造新的美学形象，建立现代意义世界，是一个有待完成的目标。现代意义世界，应在天地人神的不断循环之中建立，兼具自然性、人性、神性三位一体，因为，自然乃人存在的家园，这是基础；而对人性、人心、人权的尊重和具备，是必须的现代准则；神性，则代表一种向上的维度，引导人的上升而非坠落。只有在这样一个多维度的融域视野中，高度才是可能的，当代诗歌的高峰也才会出现。

对这一阶段，我预测：首先，由于我们身处全球化时代，这将是一个古今中西融会贯通的阶段。其次，应该会有众多具有个人独特风格和审美追求的优秀诗人相继涌现。当然，最关键的，这一阶段还将有集大成的大诗人出现。最终，这一阶段将确立真正的现代美学标准，呈现独特而又典范的现代美学形象，从而建构现代的意义世界，为当代人提供精神价值，安慰人心。

（本文为 2016 年 8 月 17 日在首届上海国际诗歌节“世界诗歌论坛”上的发言稿）

随笔卷

回归情感、生活、自然与诗歌

——从谢冕《爱简》《觅食记》等新著谈起

“谢冕学术思想暨中国新诗研究国际研讨会”原定2022年4月举办，我起初拟定的题目是“谢冕与‘青春诗会’”，因为谢冕老师与《诗刊》“青春诗会”关系很密切，从第一届开始就有参与，直到现在我们还经常请他当评委和指导老师，他对青年诗人的关爱和培养是有目共睹的。研讨会因疫情推迟，那段期间，我们都经历了特别艰难的时日。后来，我又读到谢冕老师的新著《爱简》和《觅食记》，我的想法有了新的变化，因为我从这些书里读到了我那段期间思考的一些问题。前段时间，我和谢冕老师有过一次交谈，他谈了写这些诗的时候的情况和心态，坚定了我的想法，我想从《爱简》《觅食记》等出发，讨论“回归情感、生活、自然与诗歌”这个问题，讨论情感和诗歌的力量。

阿甘本有个“赤裸生命”的概念，说人在被剥夺各种权利之后，就处于一个类似动物的“赤裸生命”。确实，人在撤除所有外在身份之后，就只是一种动物的存在状态。疫情防控期间，因为独自隔离在家，我对此有深刻体会。那么，在这样的时候，最在意的是什么呢？我回想了一下，似乎是情感。和亲人、朋友的电话、微信、视频联系，哪怕是一句问候，都会让人感动并珍惜。因为疫情，每个人的空间和交往圈都缩小到最基本的部分。这时候，情感的重要性和珍贵就凸显了。情感，也许是人最后的退路，生存的最终底线，存在的最根本的基础。

诺贝尔文学奖得主奥尔加·托卡尔丘克有过一个言论，大意是当下众声喧哗，都在抢夺注意力，表面是自我个性展示，实则在巨大的信息喧嚣下迷失自我，更加被淹没，雷同化和形式化。铺天盖地的网络大数据，撕裂每一个个体，虚假信息掩盖真相，强化谎言，太多自我矛盾，太多排斥对立，动辄互相拉黑和踢群。在一次又一次上当受骗后，幻灭感加深加速。在只强调成功的价值观和社会标准下，更多的人仿佛行尸走肉，这是灵性消失的时代，这是表面激烈亢奋实则内里空前冷漠的时代，韩炳哲称之为“倦怠社会”，其实还远不只是倦怠。人们为莫名的观念主导走向极端，反而忽视了身边该珍惜的一切，本能的日常的情感，以及自然中细微神奇的美。所以，奥尔加·托卡尔丘克呼唤温柔地与世界相处。

疫情让很多人身心压抑，抑郁症和精神病患者越来越多。微信群和朋友圈经常能看到这种消息，一些人还因此轻生。这种生命的摧残摧毁事件由于没有声息，往往被忽视。其实，这才是当今世界最可怕的大规模毁灭性武器。弥合这些焦虑和分裂也许只有耐心的温柔的情感了，只有爱和真情了。情感已经成为世界的最后的可能共识。而诗，恰是情感最好的载体和传播方式。我们都是同时代人，需要一种同时代的共情感。

其实，历史上也有过同样的时刻，只是那不是疫情，而是另外一种状况，也使人陷入“赤裸生命”的状态，每天不是你批斗我就是我批斗你，机械而又麻木的状态，那么，当时的状态又是如何被克服的。这就是我对谢冕诗集《爱简》特别感兴趣的原因。严酷政治时刻，谢冕先生在诗集中展示了一些情况，我读了颇有体会，我和他本人交流过这一问题，他的答案是：爱与诗。情感和诗歌给了他活下去的勇气，给了他最大的力量。

德勒兹等哲学家认为：人本质上就是一种情感的存在。人作为情感的主体，其生命就是无穷无尽绵延相续的情动，直至死亡。而诗歌，在我看来，就是情感的密码，通过诗歌，可以窥探情感的秘密。谢冕老师的诗歌中也泄露了这一答案，他多次这样写爱情：“只有走过冬天的风雪和泥泞道路的情人 / 才懂得只有冬天才能考验真正的爱情 / 也就是这个冬天，我知道 / 什么是爱，什么是战斗的爱 / 患难把妻子变成生死不渝的战友”（《关于冬天的故事》），“命运在恶浪里颠簸 / 风暴起时，你是安谧的船寨 / 你给了我灯火、温暖以及恬静的笑靨 / 我多么感激 / 感激你妻子的温柔、更有战友的情怀”（《爱简》），“爱情的升华是战友的情意 / 不仅是温柔缱绻的情爱 / 蜜的吻，热烈的抱 / 她的纽带是斗争的信念”“如此广漠的土地，如此寥廓的空间 / 妻子与我并肩站着 / 她是忠诚的持枪护卫的战友 / 只能有这么一个战友了 / 只能有这么一个战友了 / 我是多么幸福 / 我又是多么悲哀”（《告别》）……把爱人当作战友，现在很少这么写爱情。但在特定年代，可以理解，这种爱情，保护了亲人，保护了脆弱的家庭，家庭是社会最小的单位。就像谢冕在诗中所说的：“当惊涛骇浪迎头打来 / 小舟在颠簸，爱情伸出援救的温柔的手。”更重要的是，保护了爱本身，捍卫了爱本身。洪子诚老师在序言中也说了“这些诗有并非预设的主题，在时代和个人遭受‘惊涛骇浪’时，‘爱情’的拯救的力量”。果然如坊间所传：知谢冕者，洪子诚也。

这和巴迪欧关于“爱是一种构建”的观点很类似，严酷政治时代，爱人成为战友，才能抵挡外来的侵犯；冷漠倦怠的时代，爱情更需要相互付出和彼此呵护，需要共同的信念，所以，巴迪欧说：“爱是‘最小的共产主义’。”爱是一种持之以恒的构建。爱是走向真理的过程，将我们升华到更高的境界，在爱中创造，在爱中解脱。爱的可贵在于：从某一瞬间的偶然出发，去尝试一种永恒。永恒在瞬间降临，把偶然固定。应该在时间中去实现和展开。在其《爱的四重奏》一书中，巴迪欧认为捍卫爱是哲学的任务。

谢冕先生可以说就是这样的一个实践者，他以爱和情实现了这种构建，用他的人生完成了拥有爱情美好的生活方式。从谢冕老师的爱情观里我们得到启示，既然在严酷政治时代，爱情都有那么大的力量，那么，在倦怠时代呢？这还是需要用实践和行动来证明。谢冕先生与其夫人相濡以沫的爱情维系如此之久，让我们相信了爱情的真实性和真理性。

事实上，历史上有很多大诗人都是通过情感和诗歌得到生活的力量的。他们因为得到了来自情感的安慰，又借助诗歌的力量，感受到了人间的温暖，获得了生活的勇气。而我们读这些诗，也能治愈我们遭受的心理创伤。

情感是诗歌的基础和基因，寻找情感的安慰，可以到诗歌中去找。读杜甫诗，就让人有治愈感。杜甫大量的诗歌，情感浓烈，多是思念亲朋好友的，我们读了感同身受，也会联想或许也有人这样惦记我们，牵挂我们，我们的心情就会好很多。安史之乱期间，还有平时的旅途中，杜甫最惦念的就是亲友。杜甫写过很多给弟弟妹妹的诗，著名的如《月夜忆舍弟》："戍鼓断人行，边秋一雁声。露从今夜白，月是故乡明。有弟皆分散，无家问死生。寄书长不达，况乃未休兵"；还有诸如："近有平阴信，遥怜舍弟存""丧乱闻吾弟，饥寒傍济州""中原有兄弟，万里正含情""思家步月清宵立，忆弟看云白日眠""团圆思弟妹，行坐白头吟""弟妹萧条各何在，干戈衰谢两相催"……邵子湘评价："忆弟诸作，全是一片真气流注。"

杜甫写妻子的诗有三十多首，著名的《月夜》："今夜鄜州月，闺中只独看。遥怜小儿女，未解忆长安。香雾云鬟湿，清辉玉臂寒。何时倚虚幌，双照泪痕干。"还有诸如"老妻书数纸，应悉未归情”“柴门鸟雀噪，归客千里至。妻孥怪我在，惊定还拭泪”“妻孥复随我，回首共悲叹。故国莽丘墟，邻里各分散”“妻儿待米且归去，他日杖藜来细听”“却看妻子愁何在，漫卷诗书喜欲狂”。杜甫写妻子，可谓深情款款，比如“自来自去堂前燕，相亲相近水中鸥。老妻画纸为棋局，稚子敲针作钓钩”“昼引老妻乘小艇，晴看稚子浴清江。俱飞蛱蝶元相逐，并蒂芙蓉本自双”，有评论考证：古典文学中，这样大量写油盐酱醋日常生活中的妻子的诗，杜甫是第一个。

杜甫还是一个广交天下的人，友人甚多，对友人也是真心实意，所以他的赠友诗数量特别多，据不完全统计，仅诗中提到的友人名字都有四五十位。让人印象最深刻的还有杜甫对李白的情感，杜甫给李白写的诗，我们能读到的就有十五首，正是这些诗，呈现了一个浪漫潇洒的盛唐诗人形象，也记录了李白后来的落魄遭遇。杜甫写李白的狂狷生活：“李白斗酒诗百篇，长安市上酒家眠，天子呼来不上船，自称臣是酒中仙。”杜甫经常想念李白：“白也诗无敌，飘然思不群。清新庾开府，俊逸鲍参军。渭北春天树，江东日暮云。何时一樽酒，重与细论文。”回忆与李白的日子：“醉眠秋共被，携手日同行。”真心赞美李白：“昔年有狂客，号尔谪仙人，笔落惊风雨，诗成泣鬼神。”担心和同情李白：“文章憎命达，魑魅喜人过。”常常梦见李白：“三夜频梦君，情亲见君意……江湖多风波，舟楫恐失坠。出门搔白首，若负平生志。冠盖满京华，斯人独憔悴。”为李白抱不平：“世人皆欲杀，吾意独怜才。敏捷诗千首，飘零酒一杯”……由于杜甫对李白的详细描述记录，给人们提供了一个比较完整的李白形象，这种叙事有“史”的作用，孟启《本事诗》写李白的篇章称：“李太白初自蜀至京师，舍于逆旅。贺监知章闻其名，首访之。既奇其姿，复请所为文。出《蜀道难》以示之。读未竟，称叹者数四，号为‘谪仙’……杜所赠《二十韵》，备叙其事。读其文，尽得其故迹。杜逢禄山之难，流离陇蜀，毕陈于诗，推见至隐，殆无遗事，故当时号为‘诗史’。”杜甫的诗歌被认为有“诗史”的意义，这也是最早称杜诗为“诗史”的由来。

情爱能力的匮乏和丧失，是我们这个时代的大问题，我们过于关注自我，伸张个体的权利、个体的一切，忘了这个世界更需要学会和谐相处的方式。无论是人和人之间，还是人和自然、和世界之间。韩炳哲在《爱欲之死》一书中，认为当今时代越来越盛行的个人主义和自恋导致了爱欲之死，一个人只关注和肯定自己，因此无法对异己他者产生爱欲。“他者的消亡”成为普遍现象。韩炳哲认为指向他者的爱欲，才是倦怠社会忧郁症的最终解药。

韩炳哲称：“忧郁是种自恋型疾病，源于过度紧张且病态扭曲的自我参照。自恋性忧郁的主体往往被自己折磨耗损，精疲力竭。他没有世界可栖身，被他者抛弃。爱欲与忧郁截然相反。爱欲将主体从自我中拉出来，转移到他者身上；忧郁反而深陷于自己之中无法自拔。今日，功绩主体是自恋的，他的主要目标是追求成功。成功可使一个人透过他者证明自己。他者的他者性因此遭到剥夺，降级为这个自己的一面镜子。这种认可逻辑，让自恋的功绩主体更加深深纠缠在自我之中。结果成功反而引发了忧郁症，出现成功型忧郁症。忧郁的功绩主体潜入在自己之中，直至淹溺。然而，爱欲能够使人经历他者的他者性，带领人走出自恋地狱。爱欲启动了心甘情愿的自我牺牲与自我掏空。一种特殊的衰弱过程，掌握了爱的主体，但一股强大的感受却也接踵而来。不过，这股感受并非我们的自我成就，而是他者的馈赠。”

杜甫的诗歌，就是包含着他者的诗歌。伟大的诗人和诗歌无不如此。

读中国古典诗歌，大量描述友情的诗歌是最让人印象深刻的，也是最让人动心地感到温暖的，尤其那些处于贫困之中的诗人的友谊，韩愈由于自小出身卑微，后来有了一定能力后，对同样出身的诗人格外提携关照。比如他和一生潦倒的诗人孟郊、贾岛等，有过大量唱和诗，韩愈在《双鸟诗》里将自己和孟郊比喻为“相伴而鸣”的双鸟，“双鸟海外来，飞飞到中州。一鸟落城市，一鸟集岩幽”“自从两鸟鸣，聒乱雷声收。鬼神怕嘲咏，造化皆停留”。他称赞孟郊：“孟生江海士，古貌又古心。”孟郊则赠诗韩愈：“何以定交契？赠君高山石。何以保贞坚，赠君青松色。”孟郊去世时，韩愈更在家里设孟郊灵位，供诗友们来哭吊。这个极为罕见，可见友情之深。孟郊丧事也是韩愈集资操办的，后来还筹资留了一笔钱供孟郊遗孀维持生活。

韩愈和贾岛“推敲”的故事众所周知，韩愈被贬潮州，贾岛悲愤赠诗：“此心曾与木兰舟，直到天南潮水头。”韩愈遇赦而归，贾岛又作诗“石楼云一别，二十二三春”，这种患难与共的友情，无疑是支撑处于穷愁之中的诗人们克服煎熬生活下去的一股暖意。孟郊去世后，贾岛写诗哀悼：“身死声名在，多应万古传”“才行古人齐，生前品位低”，韩愈则作诗安慰贾岛：“孟郊死葬北邙山，从此风云得暂闲。天恐文章浑断绝，更生贾岛着人间”，鼓励悲痛欲绝的贾岛好好活着坚持写诗，传承孟郊的诗歌遗志。读着这些置身艰难孤独处境的诗人们相互取暖相互勉励的诗篇，确实让人感到深情厚谊的温馨。

韩愈，对弱者的关心，对孤寒者落魄者的关心，让人感到情感的温馨。这种包含他者的情感，也让我们感受到了诗人的开阔情怀和伟大胸襟。

苏轼苏辙的兄弟之情，也是古典诗歌中最动人的篇章。苏辙字子由，在《苏东坡全集》里，苏轼以“子由”为题的诗歌，有上百首。苏轼每到一地，必给弟弟写诗，“示子由”“寄子由”“怀子由”“别子由”“和子由”“答子由”“迎子由”，随时随处无时无刻不是子由。“人有悲欢离合，月有阴晴圆缺”是写给子由的；“人生到处知何似，应似飞鸿踏雪泥。泥上偶然留指爪，鸿飞那复计东西”是写给子由的；“有笔头千字，胸中万卷，致君尧舜，此事何难。用舍由时，行藏在我，袖手何妨闲处看。身长健，但优游卒岁，且斗尊前”是写给子由的，“此生此夜不长好，明月明年何处看”是写给子由的，有评论说苏轼最好的诗都是写给苏辙或由苏辙激发的。

乌台诗案，苏轼自认不保，给弟弟写绝命诗，“与君今世为兄弟，又结来生未了因”，苏辙为救哥哥，冒死上书，“臣早失怙恃，惟兄轼一人，相须为命……臣窃哀其志，不胜手足之情，故为冒死一言……臣欲乞纳在身官，以赎兄轼，非敢望末减其罪，但得免下狱死为幸”，主动申请削去官职，为兄代过。其情谊之深，令人动容。《宋史·苏辙传》称：“辙与兄进退出处，无不相同，患难之中，友爱弥笃，无少怨尤，近古罕见。”诚哉斯言！

谢冕老师的诗歌，可以说都是指向他者的情爱，而且是有着回应的、相互辉映的。

所以，在这个时候来谈论谢冕先生显得很有意义。谢冕先生是一个公认的重情的人，他的热情洋溢，他的坦诚待人，他身上因此产生出的一种力量，吸引着各个年龄阶段的人，我也是其中一个，并经常为此感动。我以一个旁观者的身份，也许更客观。

在北大，有这么一个说法，谢冕老师将诗的火种埋在了很多人的心底，因此北大的学生走上社会后，总有一种特别，到适当的时机，这个火种会熊熊燃烧，无论在哪个行业，会闪闪发光。海子说：“诗歌是一场烈火，而不是修辞练习。”我觉得这个话更像谢冕老师说的，或者说受了谢冕老师的影响。“朦胧诗”派的一大批年轻诗人，以及“青春诗会”的很多诗人，都得到过谢冕老师的帮助支持，基本是众所周知的事情。

在巴迪欧看来：一个人对另一个人做出“我爱你”的宣言，就是一场由动物上升到人类、令事件上升为真理、将偶然上升到“命定”（永恒）的激进革命。

韩炳哲认为：虽然爱欲将死，但只要爱欲一日未死，人类的思考行动就不会停止。提醒世人必须挽救爱欲于危亡，也许正是哲学家的职责所在。

吴冠军则称：爱，被视作解决当代各种死局——从人际间的“撕”、立场间的“怼”到国族间的“墙”的根本答案。

诗歌是一种心学，更是一种情学。王阳明的“心学”，强调“致良知”，根据陈来先生的研究，他早期认为良知即“是非之心”，到了晚年更强调情感的力量，良知多指“诚爱恻怛之心”，认为情感高于一切。

诗歌，正是情和爱的产物，饱含着人的情感和爱。情和爱，一定是有所指向的，是包含着他者的。就如我们前面列举的诗歌和事例。

我越来越理解孔子为何提倡“诗教”，把诗歌作为基础和基本的教育方式。因为诗歌能唤起情感的觉醒，同时赋予教化功能，在潜移默化中教导如何做人处世，如何尊老爱幼，如何邻里和睦，如何相亲相爱，所以《毛诗序》称：“故正得失，动天地，感鬼神，莫近于诗。先王以是经夫妇，成孝敬，厚人伦，美教化，移风俗。”诗之大用，于此可见。

诗，这种以抒情为主的文体，这种本身源于情爱的语言，或许是治愈疗伤的最佳方式，是现代人所需要的。

陈世襄等人把“抒情性”视为中国古典诗歌的特质，情感可以安慰人心，孵化人伦，最终构建生活意义，以情感为元素的古典诗歌，因此成为中华文明的基因。

而这些自古以来的诗歌的可贵品质，最值得当代新诗借鉴和学习。

最后谈谈《觅食记》，谢冕老师对美食的热爱众所周知，在我看来其实就是一种对生活的热爱。谢冕老师写美食写得很深情，比如他写在上海南京路小弄堂里吃的苏州焖肉面：“面端上来，清汤见底，一块焖肉约占三分之一的碗面，汤上撒着小葱花，色彩鲜丽，特别是那块焖肉，色鲜红，酱香油亮而糯。面碗周边陈列小盘的各色浇头，如花盛开。”这类对美食的深情描写，在《觅食记》里随处可见。湖南的芷江鸭、东北的冷荤肉皮冻、南京的狮子头、银川的杂碎汤、高邮的红烧河鳗、北京的卤煮火烧、广州的煲仔饭、成都的麻婆豆腐等等，都被他一一细细描述；饺子、馅饼、面条、烧卖、春饼、包子、馄饨、馒头等日常吃食，也被他如数家珍地仔细评点。当然，热爱美食的背后是热爱生活，本质是迷恋这人间烟火，这家常的人情味，这温暖的尘世气息。

谢冕老师还喜欢到处行走，到大自然中去寻找美、喜悦和慰藉。大家也知道，谢冕是一个登山重度爱好者，我曾陪他一起登过泰山等。自然带给人的安慰是巨大的。

人们常说人到了老年，记忆最深的也是其最在意最热爱的，在谢冕老师身上，这一点体现得很明显。他的爱情，在《爱简》里表达得淋漓尽致；他对生活的爱，也就是对美食的热爱，在《觅食记》里有详细记载；至于自然，他早已用双脚走遍了大好河山；诗歌就不用说了，他几乎三句话不离诗。因为，这些是他最在意最珍惜的，这也是他热爱生活的生命意义所在。

在此巨变时代，回归情感、生活、自然和诗歌极其重要，让人感到人生的意义，让人珍惜身边的亲朋好友，体会生活中难得的悠闲舒适和细小珍贵的美好，这是一个重大的话题，但由于时间原因，我就不再展开了。

（本文系“谢冕学术思想暨中国新诗研究国际研讨会”发言修改稿）

读《山南水北》

韩少功写过一篇关于江湖的文章，里面一个情景我至今记忆犹新，他写在岸边，一艘小渔船“嗖”的一声，箭一般迅速离岸而去，而一个大侠或高士，从此隐姓埋名，销声匿迹，隐没于茫茫水雾之中，永远地退出了江湖，到了一个我们所不知道的新的境界里去了，开始了另外一种新的生活。

不知道为什么，我每次读韩少功的《山南水北》，都会想起这个场景，不过好在韩少功在离开我们的视野一段时间之后，又通过这本书告诉了我们那是一种什么样的生活。

这本书在韩少功的书里，是我读得最轻松随意的一本书，也是读的次数最多的一本书，我就想：为什么这本书能让人读起来轻松？我觉得，首先，韩少功写得就很放松，把他生活的一点一滴、他的邻居朋友、他家的小狗小猫和小花小草，娓娓道来，如数家珍，真实地一一介绍给你。其次，他写的正是我们生活中平常、司空见惯却常常被我们忽视或者说视而不见的内容，如今他一一指给我们看，我们才明白，原来这些东西就在我们身边，只是我们没注意而已。

那么，又是什么吸引我反复读这本书，这也正是令我思考的，比如：那些熟悉平常的事情，我们为什么平时视而不见？我从这本书里，读出了一些心得。

一、文学就是要不断地重回起点，汲取真实的力量

这个说法我以前觉得很虚，但我近些年来阅读了不少文学作品后，对此深有感触。现在很多作家，日子过得舒服了，或者打打麻将喝喝小酒，或者泡泡吧跳跳舞，他们的生活，越来越同质化、贵族化，把“文学”变成了一个小圈子的事情，写来写去都差不多，雷同复制。小说原本是面向广大的世界和生活的，如今却“高贵”起来，成了什么“纯文学”，排斥那些原始的生机勃勃的真实生活。而作家们自己也正在远离人间烟火，一些作家写不出小说，就从报纸上找一则新闻来编，或看碟寻找灵感，或者从别的书里抄。这样得来的感受，自然就是稀释了的感受，不再具有感人的力量，不再是原初的纯正的经验，我称之为“二手感受”。这样的“二手感受”，是不可能打动读者的，所以，读者也就远离了这样的“文学”，所以有人说：“文学死了。”

那么，怎样才能获得切身的真实的感受呢？我想韩少功的这本书及其生活实践给了我们启示，就是要重新回到生活的现场，就是要具有“草根性”，重新回到文学的起点，重新感受人生与世界，这样才可能产生新奇感、新鲜感，才可能涌现源源不断的

灵感，才可能创作出真实感人的文学作品。在《山南水北》中，韩少功就像刚刚闯入了一个新的世界的外来者，对一切都感到陌生，充满好奇，兴致勃勃，比如他写自家院子里的草木，他说“草木的心性其实各个不一”，牵牛花、桂花、月季花、阳转藤、橘树、楠竹等各自不同，他甚至写到一枝葡萄也会有脾气，你对它怠慢，它就来个“自杀”，“绿叶呼啦啦尽落”。而这种新奇感与新鲜感，以及因此产生的表达欲望，其实就是文学的起点。对此，韩少功有个说法非常好：对于作家而言，恢复感觉和感受力是大政治。这样，我们也就理解了晚年的托尔斯泰为何不断逃离封闭窒息的家，也就可以理解韩少功七年前为何毅然决然地“归隐乡村”。

二、重新认识自然、乡村、传统与中国

有评论者认为，《山南水北》读起来比较散，有点像国画中的小品，简约，灵性，但似乎有些躲避大问题、躲避难度。我倒觉得，这位评论者是没有完全读懂这本书。在这本书里，韩少功在表面埋头于乡村世界的背后，其实是以亲身的经历经验，来重新接近和认识在现代化叙事中被有意忽视和边缘化甚至被排斥的乡村和农民，来审视和反思“五四”以来关于自然、传统的一整套言说话语，来重新认识中国。这一点，评论家李敬泽谈得很到位，他说：“韩少功的‘寻根’与回乡，他二十几年来的写作和生活，

演绎着中国人在城乡之间的焦虑和选择。他把认识自我的问题执着地推广为认识中国的问题。城市所体现的对中国的想象正全面覆盖我们的生活和心灵，对我们来说，中国是高楼大厦的中国，是高速公路的中国，是互联网和超女的中国，是义无反顾迅猛向前的中国，乡村在这幅图景中变成了'问题'，它被怜悯、等待改造，它本身已经不产生意义，它的意义取决于城市。但在《山南水北》中，乡村依然自有丰沛的意义。这本书很容易被理解为一部浪漫、感伤的挽歌，被归入那些对着乡村如对落日的脆弱咏叹中去，但这并非韩少功的意图，他是知行合一的，他力图提供另一种对中国的认识路径，他力图将被轻率删减的乡村的意义加入正在迅速更新的对中国的想象和认同中去。艾默生、梭罗等人在高歌猛进的十九世纪美国做了类似的事，他们将自然和乡村的意义深深地嵌入了美国精神之中，他们克服了现代化的轻率和势利，他们使得农民的形象、伦理和精神成为美国认同的一个关键性环节。我猜想，这也是韩少功的志向，他力图将那山、那水、那人民嵌入新的中国认同的形成过程中去。"

确实，自"五四"以来，大部分描写叙述农民的文学作品就存在两极化倾向，一种是极度美化农民，把农民写成虚假空洞的"高大全"，或者极端渲染夸大其贫穷，强化其受苦受难，作者自己则扮演高高在上的救世主和虚伪的精神和物质的施舍者、怜悯者的角色，而不深究背后的复杂原因；一种则是极端丑化农民，把农民等同于落后、愚昧的代名词，嘲笑和鄙视农民。这些，在我看来，都不是真实的。我觉得，农民就像你我，既可能有缺点不足，也有一定程度的单纯、质朴，韩少功在《山南水北》中就描写得很好，他把农民当成朋友、邻居来写，写出了他们真实的一面，比如书里的船老板、神医、意见领袖、农痴、蛮师傅等，真实得让人感到亲切，他们就像我们身边的人，和我们是一样的人，他们有的地方不如我们，有时却比我们还聪明智慧，他们当然有困难贫困，但他们同样有幸福、喜悦、爱情，他们是活生生的、有血有肉的。农民也处在这个社会的包围中，自然地沾染了这个社会的各种色彩，比如同样会自私、会势利。在韩少功的描述中，农民的真实形象呼之欲出，活灵活现。而我们只有真正认识了占中国人口一大半的农民，我们才可能说我们能够真正地了解中国、认识中国。此外，书中还通过许多优美动人、活泼有趣的故事和描述，隐性地向我们传达了作者关于自然、传统的新发现、新理解、新认识。书中更思考了乡村对于中国现代化的积极正面的意义，乡村成为在加速度中突飞猛进的现代化的减速器、缓冲带。

这样看来，《山南水北》其实是以其简洁明晰承担了许多重大的命题和思想。

三、寻找以长篇散文承担重大表达的新形式

这一点，评论家李陀的概括很准确，他说：“以散文文体为骨

架的写作来替代、革新源自西方的‘文学’写作，这个努力应该说获得了很大的成功。其表现是：一、不是独篇散文，不是小品散文（晚明至“五四”至今，中国写散文者一直未能脱此藩篱），而是大制作，长篇巨著，容量重量都堪比长篇小说；二、融各类新旧散文因素（抒情、写景、议论、新闻、政论、笔记、逸闻、神话等等）于一炉，并使其质变，成一新写作样式（对此样式应该有新的命名）；三、散文写作由此获得空前的批判功能，成为批判现实的重型武器，不是匕首矛枪，而是大炮坦克——或许实验里，这个成功最重要。”而尤其难得的是，韩少功达到这一境地，虽然他早就有这方面的有意识的追求，他曾多次表示虚构的小说已不足以应付今天复杂的现实，但在《山南水北》中，他是非常自然而然地走到这一步的，完全不同于那种刻意的造作的一定要做出个什么东西的制作。他是因为到了一个新地方，有了新体验新发现，所以有新感受新思考，所以有话要说，而这些话如此饱满充分，驱动他催促他，让他无法遏制自己，一说不可收拾，以至竟自然而然地成了一部一点不比那些鸿篇巨制逊色的长篇散文，这个收获，是非常罕见的意外的收获，硕果累累的收获。而韩少功也无意地，寻找到了以长篇散文来承担重大表达的新的形式。这是又一个奇特的内容与形式的真正的完美的融合。

当代文学中，关于内容与形式的争论一直没有过休止，在一些所谓先锋派作家看来，形式重于内容，因为内容是陈旧的，而在一些传统作家看来，题材是决定性的，形式只是为内容服务。

我个人觉得这些看法都有问题，在我看来，内容和形式应该是合而为一的。就像韩少功，他如果没有新的视角（也可看作形式），他就不可能发现那些早已存在而我们却熟视无睹的内容；反过来，正因为他有了新的视角，所以，在他看来，一切内容都变得新鲜起来，都自然地进入了他的视野，或者说，这些内容之所以变得新鲜，成为新内容，其实就是因为他有了新的视角。

在我看来，《山南水北》是一本大书，表面读，会觉得很愉悦轻松，甚至一口气读完，但仔细读下去，深入下去，又有许多还没有想明白清楚的地方，所以，我还会继续读下去。

樱花树下的诗意

2013年春天一过，突然流行起追忆青春的潮流，电影《致我们终将逝去的青春》《中国合伙人》等都是这个潮流的一部分。而且有意思的是，里面都会有一个校园诗人的角色。对于这个潮流，我们其实早有敏感，而且要早上一年多。当然，首先要说明的这个我们，是指我、陈作涛、邱华栋。我们三个都是武大校友——众所周知，武大位于珞珈山上东湖之滨，以湖光山色之美著称，被誉为“中国最美大学”。

还是去年的春天，因为海南的武汉大学校友们私下讨论海南校友会的换届，建议我出任校友会会长。我踌躇满志，表示要先取取经。于是趁到北京出差，拜访了武汉大学北京校友会副秘书长陈作涛。作涛我没见过，但久仰其名，武大校报张海东老师编了一本《武汉大学校园诗人作品选》，让我写序，资金就是作涛赞助的。那本诗选在武大卖得不错，师弟师妹们收为校园宝典仔细研读。就这样，我和作涛有了一种默契的联系。后来我从侧面了解到，作涛毕业后一直经商，在京城拼搏多年，颇有成就。他一听说我到了北京，二话未说，约我和邱华栋相聚。华栋在新疆读高中时就是著名的校园诗人，这匹来自西域的小马驹先是到了山清水秀的楚地，接着又冲到北京大都市驰骋，如今已是国内著名作家，《人民文学》杂志副主编。在武大读书时，我和华栋借助浪淘石文学社、珞珈诗社等师兄们留下的金字招牌，举办过不少诗歌活动，包括著名的樱花诗赛。华栋在武大时就是典型的校园诗人派头，经常披着一条大白围巾，行走在樱花树下，迷倒不少气质女生和无知少女。那时，武大的校园诗歌在武汉众多高校中属于领袖地位，在 20 世纪 80 年代末的武汉掀起一个又一个诗歌高潮。老友一见，格外亲切，我们三个人推杯换盏，谈兴高涨，一浪高过一浪。酒过几巡，酒意浓厚，情意诗意更浓厚。作涛说公司准备上市，很怀念校园生活，想念珞珈山美丽风景，到时想回报一下学校，为学校做点事。我也喝得醉醺醺的了，借着酒意，就建议他支持一下樱花诗赛。诗歌，永远是青春的象征，是校园文化的核心。大学没有诗歌，就像说一个人生性无趣，就像说有花无香。我说我当过北大未名湖诗歌奖评委、复旦光华诗歌奖评委，觉得奖金太低了，最高奖才一千元，对不起那么优秀的诗作和优秀的校园诗人们，对不起那些非凡的想象力和神奇的创造力。我觉得头奖起码得上万元吧，就算是一笔诗歌奖学金吧。华栋也连连点头，说这点子好。作涛毫不犹豫，表示就这么定了，而且表示要支持就支持十年。十年之后，还可以继续支持。他在学校时还操办过两届樱花诗赛呢，但前提是我和华栋得牵头挂帅。我们自然答应，为诗歌、为武大，两者都是义不容辞的。三个人立即干杯庆贺大事落定。就这样，半年过去，作涛公司顺利上市，我顺利当选武大海南校友会会长，我立即着手做方案和武大校方联系。作涛中间斡旋。又是半年过去，事情完全敲定，作涛回武大签约，一次性就把十年的赞助款给学校了。我那段时间正好也在北京，邀请武大文学院的樊星、荣光启、萧映和我、华栋一起担任终评委，接着召集举行新闻发布会，国内奖金最高的大学生诗歌大赛就这样对外发布，开始了。

直到大赛宣布之时，我们才确切知道樱花诗赛正好是第三十届，武大也正筹备在2013年年底的建校一百二十周年大庆，三喜降临，都是大喜日子，说起来真是“额滴神”啊，天意啊。

第三十届樱花诗赛最终收到一百多所高校的一千三百多首参赛诗作，北京大学、清华大学、复旦大学、中国人民大学、中山大学、四川大学、天津大学、同济大学、山东大学等高校的才子们悉数参与，一时引起轰动。然后是组织评奖，确定获奖名单。

随后，我和作涛回武大参加颁奖典礼。又回到熟悉的校园，见到熟悉的师长，又站在珞珈山上，走在梧桐树枝繁叶茂的林荫小道上，又走过樱花刚刚璀璨盛开过的树下，感觉重回学生时代，又像一个校园诗人了，有了诗人的感觉和作诗的激情和冲动。

诗人的感觉一上来，我就来神了。尤其面对台下青春气息扑面而来的师弟师妹们，我走到台上发表颁奖典礼致辞，一开口就说：“在珞珈山这么美丽的地方，每一个人都应该成为诗人。”我大喊一声:“同学们，是不是啊?”“是!”台下兴高采烈，山呼海应，我对这个效果很满意。其实，青春就是诗，青春就是要去追求。有人担心现在年轻一代暮气沉沉，我不这么看，每一代人有每一代人的青春，我相信他们会有自己的追求，会为自己的理想而奔跑向前。

武大天然与诗有缘，这里的山清水秀本身就是充满诗意之地。八十多年前，也就是20世纪20年代，一位诗人将这座山命名为“珞珈山”，这个诗人就是武汉大学文学院首任院长闻一多先生，我现在每年都要把他的《唐诗杂论》找出来重读一遍，那是经典中的经典。从此，也就注定了武大与诗歌的漫长亲密关系。三十多年前，也就是70年代末，武汉大学、北京大学、复旦大学、中山大学、吉林大学等全国十三所著名高校的学生联合创办《这一代》杂志，创刊号就诞生在珞珈山上，诗人王家新、高伐林就是当年武大方面的负责人，其他高校的学生有北大的黄子平、湖南师大的韩少功、中山大学的苏炜、吉林大学的徐敬亚等，当年的活跃分子如今还是中国文坛诗坛的活跃分子。1983年，武汉大学浪淘石文学社发起“樱花诗会”，随后逐渐演绎发展为面向全国高校的“樱花诗赛”。我们都知道，出自武大的小说家林白、陈应松、喻杉、邱华栋，纪录片导演杨晓民等，当年的主要身份都是诗人；而学者程光炜、罗振亚、汪剑钊、陈卫、李润霞等，也都以诗歌研究和诗歌翻译著称。1985年前后，第三代诗人里的活跃分子李亚伟、肖开愚、马松等经常“流窜”于武大校园的幽暗角落里，与武大的校园诗人们“密谋”诗歌革命。1987年，武大七位学生创立“珞珈诗派”，包括我、黄斌、洪烛、陈勇等，和华师的张执浩、剑男、魏天无，湖北大学的沉河、张良明，中南财经大学的程道光等相互呼应，呈现一时盛况……武大的历史，可以说就是一部诗歌的历史。

我清楚地记得第一次参加“樱花诗赛”时，是在教二楼一间教室里，灿烂如云的樱花包围的教室里，人群拥挤，水泄不通。著名诗人曾卓先生披着围巾，在一众人等簇拥下，从樱花树下飘然而至。大家自动为其让出一条通道，曾卓先生面带微笑，有些瘦弱，但其风采俊逸潇洒，自有一种迷人的气质。那一次樱花诗会规模不算大，后来樱花诗会都移至梅园前的小操场（现在大家习惯称“梅操”，我们那时每个周末自带小板凳去那里抢位子看露天电影，据说后来这里还演绎过很多公开求爱的浪漫故事）。那时，大家对诗歌都怀着虔诚之心，不因场地狭小影响情绪氛围。回想起来，那时窗内人物神采奕奕，窗外樱花绚丽闪亮，人物鲜花相互辉映，呈现一种诗意盎然的场域。我现在还记得，中途我恍恍惚惚从会场出来时，一抬头正好看见一尊校友们捐赠的鲲鹏展翅的雕像，鲲鹏似乎正欲腾飞而去，遨游高远的天空。后面，正是碧空如洗。我一时感觉如在梦中，还未从诗意氤氲之中醒来。也许就是从那时起，无形中熏陶影响我后来做了一个诗人。如今恍然已过近二十六年，此情此景，历历在目，只是当时风景人物安在哉！

尤其有意思的是，我后来到了海南，竟然认识了也是从武汉乔迁过来的曾卓先生的女儿萌萌，还经常在一起聚会。气质高雅、英美哲学出身的萌萌在海南大学的家就是一个文化沙龙，经常高朋满座，很多内地文化人来海南都要到她这里坐坐。美丽的沙龙女主人，还有美食，有红酒，有闲聊，有讨论，经常伴有钢琴演奏，多少英雄豪杰曾在这里出入，韩少功、多多、蒋子丹、张志扬、陈家琪、鲁枢元、耿占春、叶舒宪、马原等都曾是这里的常客，李陀、刘小枫、汪晖、周国平、刘禾、陈嘉映、赵一凡、倪梁康、赵汀阳、孙周兴等均成为过沙龙的座上宾。从萌萌这里，我得以随时知道曾卓先生的状况，后来还有幸和他见过两次，他当然完全不记得当时观众席里正处于青春期的一个迷茫的大学生，我却是一直记得他的飘逸风度。如今每每想到父女两人均已不在，让人唏嘘不已。父女两人都是风度气质一流人物，也都是诗意中人，可惜天妒其才，均已离去。

美丽的珞珈山，和山中一年又一年的春去秋来，以及如期而至的樱花诗会，在每一位莘莘学子的心中埋下了诗的种子。春天的桃花、樱花齐放，秋天的桂花和枫叶互映，冬天的梅花，夏天的绿荫茂密……珞珈山处处透露隐秘的诗意。在桂园、在梅园、在樱园、在枫园，在武大的每一个地方，每一个角落，都洋溢着诗的气息，也培养和孕育了每一位学生的诗人气质和诗性思维。所以从武大走出来的学生，总是很优雅，富有感情，想象力超群，热爱自由，充满勇气和闯劲，敢于热烈地去追求自己的人生。前面说到的樱花诗赛的赞助人陈作涛师弟就是这样一位充满激情的人，在大学期间，他曾当过校报记者，操办过两届樱花诗赛，从此与诗结缘。他虽然不写诗，但具有诗人的热情和激情，并且把这种激情投放在经商上，大获成功。在京城，作涛为人豪爽热情，是有名的孟尝君似的人物，因此被推为校友会副秘书长，积极为大家服务，南来北往的年轻校友到了北京，都要先拜拜他的“码头”。作涛有了一定经济实力后，第一个想到的就是回报母校，正因为他的支持，樱花诗赛未来十年都有可能成为国内奖金最高的大学生诗歌比赛，使樱花诗赛这个已创办三十年的品牌更添魅力。

颁奖典礼那天，我站在武大庄严隆重的创隆厅里，我感到就像置身于一座诗歌的殿堂。珞珈山就是诗歌的圣殿，二十七年前，我第一次来到珞珈山，就感受到了诗的巨大魅力和浓厚的诗歌氛围。珞珈山的每一片叶子，每一朵花，都是诗的绽放。那时的武大，是自由的、开放的、充满激情的，是诗意的。我们向自然、向美丽的珞珈山、向春华秋实学习诗的意境，也向时代的人文精神和巨大的传统里汲取诗的精华和气质，正是因为这个原因，我们后来都走上了诗的道路，或者过上了一种尽量接近诗意的生活，不为世俗同化，保持着当年的激情和理想。

翻阅这本樱花诗赛优秀作品集时，我也想到这些比我们小很多的校园诗人，他们来自全国各地的高校，其中有几位获奖作者我也见到了，并有过交流。我感觉我们有很多相通的地方。写诗的人，总是眸子明亮，激情洋溢的，总是敢于闯荡江湖行走世界的。我也衷心祝福他们，在各自大学里的每一天，都好好享受诗一样的青春生活与诗歌本身带来的幸福和愉悦，为以后的人生准备好一份具有超越感的诗性意识，以创造性的激情，迎接未来的挑战。

（本文系《第三十届全国大学生樱花诗赛获奖作品集》序言）

印度的知识分子

最近流行的一本名为《桃李》的长篇小说，详尽地描绘了一幅中国当代部分大学教授、知识分子形象图：出则豪华轿车相迎，入则妙龄美女相伴，乘则必打波音的（喻坐飞机如打的），住则必星级宾馆海景房，吃则海鲜大餐，喝则人头马 XO，玩则高尔夫球夜总会……而且，这并非小说虚构，这全都是事实。如书中所写的某京城名校法学博士生导师为小蜜（通俗一点说是二奶，高雅一点说是情人，当然贵为博导，以后以称呼为宜）在海口花花世界所杀之事，就是人人皆知的风流韵事。中国当今一些教授、知识分子的风花雪月之情和高雅之行动作为，由此可见一斑。

不知为什么，这倒使我想起在印度接触过的一些知识分子。

N 也是一名律师，长得黑黑瘦瘦，非常精干，他是当地的名律师，政府高官、商贾大亨都认识他。他还有一位漂亮且活泼的妻子，与他相敬如宾，并且也是他的知己，挺着个大肚子还支持他的一切工作，包括接待我们，带我们参观、购物。他们的日子可以说本来过得很滋润，但他很苦闷，他最大的苦闷倒不是像《桃李》中那位博导兼律师一样一心想着如何打官司赚钱，他最大的苦闷是如何为在全球化冲击下日益贫苦的下层民众多做点事，使他们的日子稍稍好过一些，使他们不那么贫困。所以他组织一些生活相对优裕的城市中产阶级利用周末去乡下为农民提供技术辅导、教育培训、法律咨询、医疗服务等等，一切是免费的，还得自己带干粮。他们长期如此，可以说乐此不疲，从好些年前一直坚持到现在。但他的烦恼是似乎这样无法从根本上解决问题，当地的百姓还是在全球化冲击下，日子越来越难过，对生活越来越感到绝望。大量外来进口的商品使得农产品价格持续下降，他和农民们都一筹莫展。

和 N 相处的几天里，他每天带我们坐一部印度产的摇摇晃晃的小轿车（印度基本上没有外国车）在椰子树遮天蔽日的乡间小路转来转去。冒着炎热，满头大汗，我们去看他们帮助组织的妇女自助小组如何自制肥皂、纺纱或做手工艺品，还有他们组织的妇女培训班，他们提供资金的幼儿园与小学校，等等。N 忙前忙后，介绍、致欢迎词、发表讲话、讨论、交流，我想肯定会影响他打官司赚钱，但他不在乎。他在乎的是乡下的工作又有了什么进展，虽然那都是他业余的志愿工作。

我还想起他热情的妻子和我们翻过的唯一一次脸。那是在一条小街上，我们中间有人看到一种包装不错的衣服很有印度服装特色，就想买。N 的妻子马上阻止我们，让我们去隔壁看一件比较简陋的农民自制的民族服装，极力动员我们买这一种，说价钱便宜，又经久耐用。我们买了一些，但那位同行还是回过头去买了他最初看好的那件衣服。此后，N 的妻子就一直嘀嘀咕咕，大意是那是外资企业生产的服装，又贵又不好。她毫不掩饰她的不满，对那位同行从此敬而远之，却让我们对她更加敬佩。

还有一位名牌大学的退休教授，早年的美国博士，Z 先生。他退休后没有在大城市里安度晚年，而是跑到偏远的穷乡僻壤，在荒山野岭建了一个农村综合研究院。这个研究院的目的，一是研究对农民有用的实用技术，二是把这些实用技术传授给周边乡镇的农民们。他们定期举办青年农民培训班，提供教室宿舍，让他们像学生一样来这里学习、练习。我们去研究院时，正有一群青年男女农民在学习如何建造合理利用沼气的厕所、厨房，他们在一个示范厕所前，围绕着老师，睁大眼睛，安静地听课，眸子里闪烁着明亮的光。我们走过去，他们对Z先生均纷纷致意行礼。

研究院里草木茂盛，郁郁葱葱。我们在不大的院子里参观，发现里面竟然应有尽有，有各种蔬菜的种子基地，有鱼苗培育池，还有纺织、制皂教室，甚至还有养鸡场、养猪场。可以说，小小的研究院竟是一个真正的农业大学，而且学员是真正的农民。

我们和研究院的老师们座谈，发现他们竟然全部都来自城市，是自愿来这里教学、工作的。一些是退休的教授、专家，一些是年轻的学者、博士，他们其中有大学校长、系主任，他们放弃优厚的待遇，离开繁华都市，来到偏僻的荒山上。他们在这里工作完全是义务性的，类似志愿服务，几乎是免费上课，只有一点少得可怜的生活费。但很多人在这里一待就是好几年。他们自己动手盖房子、种蔬菜、养鱼和养鸡，过着与现代生活完全隔绝的生活，但他们很认真地手把手地教那些来参加培训的农民。

我暗地里思索：他们的动力是什么？N 和 Z 这样的人。他们出于什么样的动力，这样忘我地工作和奉献。我听说印度文化中有一个这样的传统，那就是印度宗教的教义把人的一生分为四个阶段：头二十五年是青年学习阶段；接着二十五年是家庭阶段；再接着二十五年是放弃物欲、反馈社会；最后二十五年是与世无争，在山中修行，独善其身。总之，人到某一阶段后就不再索取，而是要付出。这据说是印度文化非常悠久深远的传统。这或许是印度知识分子不讲究享受、注重献身的精神源头。可见，宗教的因素有时是难以估计的。印度宗教中，对享乐的贬斥，对吃苦修行的强调，对奉献的高度赞誉，使印度知识分子大都看轻身外之物，不注重物质享受，甚至一夜之间就决定把终身积攒的财富全部贡献出来，用来造福社会。此外，甘地在印度知识分子中的影响是超乎我们中国知识分子想象的。在印度，甘地几乎是神，是偶像，不像我们这儿，几乎所有的偶像都被我们有意无意地请下了“神坛”。人们再无仰望的对象，学习的楷模，谁也差不多，无所谓神圣，无所谓信仰。但是，在印度，人人说起甘地都肃然起敬，他的事迹连小孩都耳熟能详。甘地的自我节制，甘地的艰苦朴素，甘地的自力更生，甘地的奉献精神，甘地的民族主义，是所有印度知识分子奉为真理的准则。尤其甘地倡导的义务奉献精神、为理想而献身的精神，指引了一代又一代印度知识分子。事实上，在我们的行程中，几乎碰到的每个印度知识分子都能随时随地引用一两句甘地的语录。

这样的传统与标准，自然塑造了印度知识分子独特的精神面貌。N 和 Z 这样的人，在印度不是特例，不是一个两个，而是有一大片、一大群。在印度，N 和 Z 都属于一个叫 KSSP（喀拉拉民众科学运动）的组织。民众科学运动（PEOPLE'S SCIENCE MOVEMENTS）起源于 20 世纪 50 年代，最初是一些科普作家想在民众中普及科学知识，并以此来破除印度民间普遍的迷信风气与等级制度。他们先是用本地语言（印度方言繁多）在各地报刊上写科普文章，逐渐造成了一定影响。但他们还不满足，于是自己办科普杂志，出版科普著作。最后，他们干脆成立一个科普作家论坛，以组织的方式开展工作。他们的行为吸引了越来越多的知识分子，包括一些著名的科学家、社会学家。他们的组织扩张迅速，开展的工作也很快成为全国性的运动。比如他们逐步将科普推广工作细化，出版专门针对妇女、儿童的科普读物。他们还把出版发行书籍赚来的钱用于扫盲、科技辅导、农民培训等工作，组织那些对科技感兴趣的底层群众学习、应用书中介绍的日常家庭、生活科技小知识。他们生产简单易用的适合家庭生活的科技专利产品，以成本价卖给学习者，使他们在应用过程中体会到科技的作用与好处，增加对科技的兴趣，并激发他们亲朋好友的好奇心，吸引越来越多的人参与进来。随着民众科学运动的声势越来越浩大，他们也不再仅仅限于科普工作，而是积极地介入诸如乡村改革、妇女解放、环境保护、反全球化及政府选举等活动，成为一支影响力越来越强的社会力量。其中，印度西南部喀拉拉邦的民众科学运动工作开展得最好，主要是因为当地执政的左翼联盟将民众科学运动纳入政府计划，有意识、有步骤、有组织地在全邦推广这一运动，从最基层的乡镇开始，将全邦的社会力量都调动起来了。而这又吸引了全国范围内有革新意识的知识分子，一时，喀拉拉邦成为民众科学运动的一个中心，数以万计的热血青年、社会志愿者奔赴乡村、田野、深山和学校，为底层百姓义务服务，无私奉献，呈现出印度知识分子最光彩照人的一面。

但是，在现有的不公平不公正的全球化体制下，如果无法彻底改变既定秩序与规则——不仅仅是国内的，也包括国际的，知识分子的热情与努力并不能抵抗跨国资本无情的侵袭与掠夺，也无法阻挡全球化滚滚洪流席卷一切的威力。所以，印度知识分子普遍陷入一种无奈与悲愤之中，他们敏锐地感觉到了第三世界国家包括印度日趋边缘化的窘迫，也眼睁睁地看着绝大部分普通民众的生活日趋贫困化，陷入被剥夺被压迫的困境，在全球化的洪水中苦苦挣扎。在印度，最打动我的就是这些热情又充满良知、正义感的知识分子表现出来的内心充满煎熬般的焦虑、痛苦与困惑，他们脸上的那种义无反顾的彻底的决绝的表情，以及明知其不可而为之的悲壮的努力。他们深知那可能只是徒劳的无望的反抗与拼搏，但他们不甘不战而降，他们仍然倾注所有的热情与心血投入其中，希望以一己的努力与奋斗减轻底层百姓的贫困与苦难。

因此，他们常会有中国知识分子眼里的激进之举。

有一位S教授，是一位彻底的民族主义者，他从来只用国产货。起先我们并不知道他的坚决。在翠舍市，他陪我们逛街，穿过大街小巷，有时走得累了，渴了，我们坐下来，要喝可口可乐或矿泉水，S教授委婉地建议我们喝椰子水。我们饿了，买饼干吃，S教授也不吃，他只吃印度人自己做的薄饼。我们有些好奇，又有些尴尬，无意地问S教授是不是不喜欢喝可口可乐。S教授说："我从来不喝可口可乐。""从来没喝过？"我们很惊讶。"对，从来没有。"S教授用不容置疑的口气说。"为什么？"我们问。S教授没有正面回答我们。他说他正和他的学生们发起一个"不喝可口可乐"的运动。他们的口号是："不喝可口可乐，喝椰子水；不吃和乐雪，吃井水；如果买车，只买国产车。"S教授甚至把这称为第二次鸦片战争，他说我们要警惕新的殖民化。他还说当年甘地发起反抗英国殖民统治运动时，曾号召印度人不买英国货，有人说如果不买英国制造的布，印度人就会没有衣服穿。甘地说："我宁愿赤身裸体，也不买英国人的布。"甘地的坚决，是迫使英国人不得不离开的一个重要因素。据S教授介绍，"不喝可口可乐"的运动正在成为一个全国性的运动，而且颇有成效。他还坚信最终能打败可口可乐。

我联想到所看过的一个关于印度的资料，据里面介绍，麦当劳与肯德基进入印度多年，绞尽脑汁，却毫无进展。肯德基甚至被迫于去年彻底退出印度市场，麦当劳到目前为止也才开了二十多家分店。而在中国，麦当劳与肯德基长驱直入，毫无阻拦，短短几年就席卷了中国几乎所有的大中城市。同行的王绍光教授感叹说："与 S 教授比起来，中国可以说没有一个真正的民族主义者。"确实，在中国，不仅没有 S 教授这样彻底的民族主义者，民族主义还一度成为某些整天关在书斋里高谈所谓自由的高级知识分子们的围攻对象。

在印度，我们还拜访了在印度知识分子中声名卓著的 M.P. 先生和 V.R. 先生，他们都是无论就社会地位还是学术成就都要比《桃李》中的那位博导要高很多的知识分子，在国际上也享有盛名。但就是这么两个人，他们也经常去乡下为农民义务工作、劳动，甚至长年住在农村。

M.P. 先生早年留学苏联，是原子能专家。他在苏联留学时，就和几个留学生商量，回国后应当为底层民众做点事。他们讨论来讨论去，设想过组建政党之类，但最后还是决定脚踏实地，用母语推动科学知识的普及。M.P. 先生一回国，就去联系出版社，提出办科普刊物、出科普小册子，出版社告诉他，已经有一个组织在开展这样的工作，即民众科学运动组织。于是，M.P. 先生与民众科学运动走到了一起，并逐渐成为其中心人物。

M.P. 先生住在一大排豪华别墅的后面，简单朴实的两层楼，屋前屋后种满了树，绿荫掩映。我们到他家时，他正在看一本新书。那是他编的一本国际著名知识分子关于“9·11”事件的评论集，第一版在印度已销售一空，正准备重印。看到我们进来，M.P.先生马上放下手头工作，与夫人一道为我们端上奶茶。M.P.先生个子不高，看上去非常朴实，平易近人。他的房里布置得非常简陋，只有简单的粗糙的几件家具，甚至比不上当今中国农村稍好的家庭。而实际上，在印度，像M.P.先生这样的大学者是绝对的高工资，本可以享受极端奢侈的生活。房子面积也不大，客厅、书房连在一起，到处都是书，沙发上、桌子上、椅子上，还有茶几上。我们就在书的簇拥中开始交谈。

M.P.先生回忆当年参与民众科学运动时，开始比较单纯，主要还是想普及科学知识，认为这样就可以改造社会。所以他们的口号是“书是武器”“我们的无知是我们的敌人”。后来，意识到仅仅普及科学知识还不够，而且，要想真正大规模普及科技，还需要整个社会环境的配合，于是，社会改革工作提上了议程。从此，社会改革运动成为民众科学运动的一个主要部分。M.P.先生说：“权利不是给予的，而是争取来的。”民众科学运动前些年推出的“人民计划运动”，倡导参与式民主，让所有的人都能参与本地的发展计划与决策。M.P.先生说，参与本地的发展计划与决策，这样还可以避免大民主的弊端。因为，真正的民主就是小规模的、区域性的，谁也不可能对全国或全世界的情况了如指掌，人生短暂，谁也不可能到处走动。但对于本地本区域的情况，人们有发言权。所以，人民计划运动是以乡镇为基本单位的。这一计划得到了喀拉拉邦执政党的支持。于是，以喀拉拉邦为实验基地，我们的志愿人员深入下去，将一个一个乡镇发动起来，发起乡自治运动，组织人们选举，投票，讨论乡财政支出、乡发展计划，使有限的资金与资源用到了对大部分人有好处的公共建设上，也使喀拉拉邦的乡村面貌一新，城乡基本没有差别，完全不同于印度其他邦农村落后、贫穷、肮脏的情况。在印度被誉为“喀拉拉模式”。我们以前说“小的是美好的（Small is beautiful）”，现在我们还认为“小的是有力量的（Small is powerful）”。

V.R. 先生是物理学家，早年德里大学的博士，著名的尼赫鲁学院院士，并曾任多届印度政府教育委员会委员——我顺便插一句，我注意到刚刚当选的印度总统也是一位核物理学家，单身，喜欢诗歌，其生活也是非常随意、简单，以至不太像一个大国总统，或大学者，这或许是印度知识分子共有的特点吧。年轻的时候，V.R. 先生就长年在农村做研究工作，改革科学教程，以便于推广。他有十七年的时间一直待在一个名叫高山加拔的农村做调查研究，搞实验。1990 年以后，他投入全国扫盲运动，到过三百多个乡村，接触过无数的农民，毫无所谓大学者的架子，照样和其他人一样上课培训、组织开会讨论和写书写文章。

V.R. 先生长得高大结实，留着络腮胡子，面容黧黑，如果不是事先听说过他的种种辉煌事迹，我们无法相信他是一位声名赫赫的学者。我们见到他时，他正毫不顾忌地坐在地上，和身边的几位农民交谈。他看去和其他人毫无区别。只是他将目光投向我们时，他的眼神执着坚定，有一种特别的吸引力。

V.R. 先生说起 20 世纪六七十年代他在德里大学读书时，德里大学正是社会运动最活跃的重镇。而那时也是印度社会思潮喷涌、风云激荡的年代，他就是在那个时候迷上了马克思、毛泽东等的著作，深受他们的影响。那个时代，人人激情洋溢，年轻人通宵开会、辩论，彻夜不眠。一大批出身中上层社会家庭的年轻人也热血沸腾，抛弃优越舒适的城市生活，奔赴农村，寻求社会改革之路。因为不满不平等不公正的旧有社会体制，V.R. 先生还上深山打过游击，直到革命遭遇挫折，陷入低迷。当队伍只剩下五个人时，他们坐在丛林里苦苦思索，不理解事情为何会变得如此糟糕。一夜醒来，V.R. 先生发现其他几个人也不见了踪影，他并不惊慌，但陷入了更痛苦的思考。最后，他还是决定下山，重新进入原有的体制，尝试从内部改造。几十年，V.R. 先生从未放弃当年的理想，始终抱着为底层民众服务、为底层民众争取平等与权利的信心，活跃在社会改革与改造的前沿。

V.R. 先生当年在丛林里的苦苦思索使我联想起连日来在印度见到的一些让人永远难忘的情景。

有一次，在一个乡村，漆黑的夜晚，已十点多钟，因为要选举 KSSP 地方负责人，几百位农民代表在已连续开了两天会、每天早起晚归的情况下，仍然情绪饱满，坐在简陋的暂充会议室的小学教室里继续开会。候选人轮流上台演讲，代表们认真聆听。

累了，他们就休息一下。他们还唱歌，歌声洪亮、高亢，久久地在漆黑的夜空中回荡。连孩子们都动员起来了，为大人们送水，整理选票。这是KSSP发起的“人民计划运动”的一个场面。与20世纪四五十年代中国的土改运动何其相似啊——这一运动被国际社会盛赞为中国现代化进程中最重要最伟大的事件，并因此奠定了后来改革开放的基础。谁说底层民众素质低，不懂民主？只要真正关系到他们的切身利益，调动了他们的积极性，他们比谁都更积极、更主动、更自觉。听KSSP的人介绍，这些代表没有任何补贴，全是自愿，而且还必须经过激烈的竞争才能当选，有些代表还因为住得远，晚上只能在教室里睡书桌，已经连续两天了。人们还是如此情绪高涨，踊跃参加，根本不用动员。我们走进会场，立刻掌声如雷，在昏暗的灯光下，我看到一张张朴实、热情和激动的面孔，还有一双双明亮、充满渴望的眼睛。我们也为会场的气氛所感染，虽然已连续奔波了好几天，但此时毫无睡意，疲惫顿消。后来好几天的时间，我还不能平静下来。脑海里一直存印、回味着那个场景。

还有一次，是和KSSP的一些成员去一个高山上的热带雨林保护区。出发时，因为在前两天的讨论中，大家都为全球化剧烈冲击导致当地农民生活水平急剧下降的恶劣状况感到毫无办法，一筹莫展，因而垂头丧气，情绪低落。所以车厢里弥漫着一种束手无策悲观失望的气氛，个个无精打采。但随着汽车爬得越来越高，在山腰间盘旋而上，天越来越黑，大家的情绪反而好起来，先是有一两个人开始唱歌，后来越来越多的人应和，最后大家亢奋起来，比赛着唱歌，一首接一首，一个接一个，把凡是能想起的歌都唱了。五音不全的，断断续续的，大家都在唱。歌声此起彼伏，印度的，中国的，夹杂在一起，歌声冲破了重重黑暗，回荡在大山的深处、丛林的上空。大家把嗓子都唱哑了，还在继续唱。印度人本就能歌善舞，那一夜大家更是唱得如痴如醉，几近疯狂。坐在黑暗中，听着高亢的歌声，我沉浸在一种深深的感动中，流下了眼泪，心里充满一种错综复杂的感情，既乐观又悲观，既满怀希望又充满绝望，是啊，这些善良的、热情的、充满正义感的人们，如今面对这严峻的全球化现实真是困难重重啊。我感到自己从内心深处爱上了这些纯朴、充满同情心与良知的印度知识分子，对他们充满敬意，并产生了一种强烈的兄弟般的感情。我是为我们共同面临的境遇与悲情而痛苦，为他们的悲愤与顽强的完全不甘屈服的反抗而震动，为前景的迷茫而与前所未有的迷惘感到软弱、而哭。

纯净的泪水洗刷着我的脸庞。

从印度回来很长的一段时间里，我还不能忘记那些为底层民众而奔波的印度知识分子和他们的那种苦行僧的形象。比如来机场接我们的KK，拎着一个小箱子，坐了十多个小时的火车来接我们。KK一副苦力的模样，长得粗壮高大，皮肤黝黑，留着一撇小胡子，总是精力充沛，脚步匆匆。他每天坐着拥挤的日夜驰骋在印度各个乡村城市的火车到处奔走，在接近赤道的炎热的天气里汗流满面，拎着简单的行李，随时准备在一个偏僻的小站下车，去某个乡村工作。我们开始还以为KK只是民众科学运动的一个普通工作人员，后来才知道，KK是首都新德里著名大学的教授。但他就是这样一副苦力的模样，长期奔走于田间山野，为着一个自己心中的目标。或许，当年甘地也是如此布衣赤脚地奔走的。

当今中国有几个知识分子能够如此呢？

鲁迅先生曾有过关于"香汗与臭汗"的精辟论述，现在看来，这真是区别知识分子的一块试金石。有些人整天出入沙龙、大学、研究所、会议室和宾馆酒店，热衷于一个接一个的研讨会、国际交流，热衷于围绕着权贵低头哈腰屈膝媚骨以博得一点小利益，每天享受着空调冷气，当然不用流臭汗，他们也早已不知同情心、良心为何物，甚至鼓吹穷人是活该，贫富悬殊乃天经地义之事。

我常常纳闷：曾经被誉为人类良知的代表、人类反抗与怀疑精神的象征的知识分子为何会变得如此鲜廉寡耻、欺软怕硬，没有一点骨气，没有一点良心，甚至为虎作伥？

或许，这只能归结为我们处在一个更加不平等不公正的世界。一种新的关于等级关于秩序的意识形态不知不觉地已彻底改变了我们，而我们自己还没有察觉，还蒙在鼓里。在当今世界上，豪华住宅区将城市里的穷人与富人完全隔离开来，所谓中心城市将落后地区与富裕地区完全隔离开来，所谓八国集团将第一世界与第三世界完全隔离开来，在民主自由革命的一百多年以来，新的更多的隔离区与集中营日益增多，鸿沟与差距日益增大，甚至比以往任何世纪更肆无忌惮地扩张着，以所谓自由的名义。

但人们一点也没有觉得现代世界体系哪里出了问题，还认为从来如此，理所当然，连一点质问与怀疑都没有。似乎只要不动刀动枪，用毒药慢性杀人就可以允许。一千多年以前，知识分子们尚有“朱门酒肉臭，路有冻死骨”之叹，再安于朱门深院的富贵人家，出门尚能看见“冻死骨”，至少还会有所触动。而如今，住在豪华城市的中心区或CBD地带，出门满眼只有鲜花、豪华景象、霓虹灯彩闪烁，根本看不到任何贫困迹象，穷人踪影，更遑论“冻死骨”了。因为穷人与贫民区早已被赶到城市的远郊，从人们的视野里消失了。而连接一个又一个中心城市与大都市的，是飞机、豪华高速列车，于是，民主自由世界以其最高明的巧妙手段、以自由流动自由选择的名义使穷人与贫民区人间蒸发了，于是，富人们心安理得，高枕无忧。在这样的世界里，当然只有穷奢极侈，尔虞我诈，只有竞相比富，唯利是图，只有有钱时的趾高气扬，钱少时的失落自卑，得意与失意均以财富为中心，哪里还可能有一点所谓同情与怜悯。

我曾经读到过一个上海白领的心里话，他说他一直到二十多岁，还以为全中国都跟上海差不多，所有的人都是衣食无忧、到处都是鲜花绿地、高楼大厦呢。直到他参加了工作，去西部出了一次差，才深为震撼。我相信，这是所有现在出身于大中城市、中上层人家的孩子的普遍的真实写照。他们的教育词典里，他们的生活圈子里，甚至他们的目光所及，都没有了穷人这个词和形象及贫民区这个概念，真实的世界被虚假地美化了，残酷的社会现实被巧妙地遮蔽了，即使电视中、报刊的角落里偶尔出现，那也只是带着表演性质的一闪而过，离他们的切身生活十万八千里，异常遥远。里面更多地充斥着新富人、成功人士，如京城博导那样的，傲视平头百姓，睥睨凡俗众生，那才是学校、家庭、社会为他们树立的楷模、榜样。他们只需一心盯着那些当代英雄，奋起追赶。同时，由于他们把李泽楷这样的人当成了追赶的目标，他们就永远处于焦虑、急躁之中，处于心理的失衡之中，眼中哪里还有别人与其他阶层。由此，世界被完全隔成了两半，截然分开，一些人永远活跃在时代的舞台，一些人则永无出头之日，这两个群体生活在完全不同的世界，老死不相往来。在这样的世界里，新的隔离区与集中营比比皆是。那些良知尚存的孩子当然不可能清楚，中国百分之八十的人口是农民，中国广大的中西部大部分还是落后地区，他们以为世界就是纽约、巴黎、香港和上海。

我接触过不少早已跻身于富人行列的知识分子，他们的话题中很少谈到穷人，即使有，也是以嫌恶的口气。比如一些拥有汽车的知识分子，他们谈到穷人时不是嫌过马路的民工慌张迟疑的畏缩，就是指责扫马路的环卫工人妨碍他们不能从容幸福地一路顺畅毫无阻碍。这样的知识分子，你怎么能指望他们会去乡下流臭汗呢？在他们的意识深处，觉得自己顾自己还顾不过来呢，赚的钱还不够多，开的车还不够高级，住的房子还不够大，找的情人还不够漂亮。但我有时也想，这样的知识分子还算是知识分子吗？他们整天打扮精致，追逐时髦，热衷交际，闭门造车。如果他们是作家、艺术家，他们创作的东西又怎会有自然、朴素与美？如果他们是学者，他们又怎能获取第一手的真实的资料？如果他们是政策研究制定者，他们又如何了解底层的困境、现实的问题，如何反映百姓疾苦，缓解社会危机？

当然，会有人反驳我：印度知识分子的那种努力与拼搏又有什么用呢？是的，我承认，在全球化的洪流中，他们微不足道，无能为力，但至少，他们反抗过、斗争过，他们骨头是硬的，没有闻风而倒，而且也并非毫无希望。毕竟，情况总是在随时发生变化的，没有一成不变的较量，没有永远的赢家与输家，也没有永远的胜利者与失败者。他们还能让人们看到一点希望，看到一个民族的良心与象征是如何奋起抗争的，使人们不至完全绝望。而我们民族的良知与信仰的代表呢？如同京城博导那样的，未发一枪一弹已先自趴下，未见敌影已先自举手而降，甚至干脆同流合污，沆瀣一气，在胜负未定之际就早已自甘沉沦、自我毁灭。检察当前部分知识分子中间，一种新的投降主义大面积地传播，争先恐后自动投怀送抱，还美其名曰与国际接轨；一种包装过的“二奶主义”大行其道，还引以为荣，说总算傍上了大款，攀上了富门，总比连门都摸不着好吧。如果一个民族的主心骨与良知尚且如此，那么，这个民族还有什么希望与前途呢？

古人云，夫战之上策为“不战而屈人之兵”，又云“先攻其心”，难道我们的心真的已经被彻底征服了吗？

《天涯》杂志十年：折射中国思想与文学的变迁

从1996年到2006年，《天涯》杂志所走过的十年，正好是中国改革开放以来转折最大的一个时期，也是在一些人看来恰好是发展最快、市场经济终于取代计划经济占主导地位、最值得欢欣鼓舞的乐观的时期；在另外一些人看来则是危机四伏、困难重重、举步维艰，最让人忧心忡忡的复杂的时期，当然这可以说是一个最多元化的时期，但也可以说是社会分化、价值沦落、道德崩溃的时期。《天涯》杂志恰逢其时，它既刊登细腻描述人们生活情感微妙变化的文学作品，也发表同时代人们伸张的各种主张、观念，同时还以“民间语文”“特别报道”等栏目直接记录、描绘社会的方方面面，因此，可以说回顾《天涯》杂志十年的历史，不只是回顾一本杂志的历史，同时也是回顾十年来中国社会、思想与文化观念、生活方式的变化。

下面是《天涯》杂志1995年5月份的一个办刊设想，是《天涯》前社长韩少功、主编蒋子丹当时所做的一个办刊征集方案。这里不妨温故知新：

“改版后的《天涯》力图成为一份具有道义感，人民性与创造力的文学文化刊物，致力于历史转型期的精神解放和精神建设。它仍然以小说、散文、诗歌为主体，同时注重继承和发扬中国杂文学即大文学的传统，注重培育和保护各种边缘的、杂交的、新异的文体。它支持作者们对传统的文学样式予以革新和探索，与此同时，文学家的非文学关注，非文学家的文学参与，作为文学的外延和纵深，亦将在这里获得充分的版面。本刊视文化多元化互补和艺术与学术的个性自由发展为精神成长的必备条件，愿成为不同观点与流派的好作品同展风采的舞台。”

这个方案叫作“《天涯》杂志编辑设想”，是当时发起的一个征集稿，曾寄给当时很多作家、学者、艺术家及编辑出版界同行，请他们提出办刊意见。

应该说，《天涯》杂志十年来，基本上是朝着这个方向前进的，并且也可以说基本上实现了当初的设想。

学术思想：从总体性反思到具体问题讨论

《天涯》杂志十年，对中国学术思想界的贡献是有目共睹的，一方面，它有自己明确的办刊方针；另一方面，它又包容并蓄，努力给各种观点、思潮提供公开亮相的平台，成为各方自由平等讨论的平台。谈到这个方面，《天涯》十年来，从改刊到后来发起“自由主义与新左派的争论”的背景很值得梳理一下：

其中最重要的一个背景就是 20 世纪 80 年代以来中国社会和

思想界的变化。80 年代是一个思想启蒙、个性解放的年代。那时的目标是全民追求现代化、西方化、全球化。上上下下一心一意发展经济，“发展是硬道理”，直接体现就是全国各地完全以 GDP 增长为最高目标。但到了 1994 年、1995 年前后，无论是经济发展比如当时沿海地区的房地产泡沫，还是社会发展比如贫富两极分化加重等，都开始成为一些问题。新的问题、原来没有预计到的问题出现了，这些问题就需要警惕、反思。而向来敏感的知识界对此先行了一步。首先是文学、文化界敏感到一些新问题了。

于是，1995 年前后，从文学界开始，后来延伸到文化界，有一个所谓的“人文精神大讨论”，它提出的问题实际上就是在市场化、商业化大潮的冲击下，知识分子怎么办？当时的情况是除了前面提到的那些如贫富分化、“唯 GDP 论”导致社会失调、城市农村隔离对立等社会矛盾之外，还有一个触目惊心的现象就是原有的传统道德伦理价值全面崩溃，新的道德伦理原则还未建立，出现了普遍的精神危机与信仰危机，形成了一个所谓“信仰真空”与“价值真空”。而知识分子原本就是负责提供伦理信仰价值的。如今知识分子都手足无措，惶惶不可终日了，如何可能来提供这些价值观念？所以，面对这一情况，一种看法就是要拥抱这种潮流，投身进去；一种看法则是要退回到书斋，做所谓专业化的知识分子，坚持一种专业精神，回避那些公共问题；还有一种则是坚持批判性的知识分子立场，主张要主动介入社会，要为民众提供辨别理解判断的能力与视角，不能被动地被吞噬，要提供一套道德价值体系。

应该说，第三种声音是知识分子中比较新的一种声音。这种声音由于相对新异，开始引人注目起来，其中的一些代表人物就是后来也相继加入“自由主义与新左派争论”的一些作家、学者，其中包括张承志、韩少功、王晓明、陈思和、朱学勤、张炜、史铁生、李锐等。而在这个时候，韩少功、蒋子丹正好接手《天涯》杂志，应该说，历史给《天涯》杂志提供了一个契机。1996年，《天涯》改版，将这些知识分子全部聚集了起来，一下子吸引了众多目光。因为在此前，批判性知识分子的力量还是比较分散的，也没有什么特别明确的稳定的阵地，只是在《上海文学》《读书》等刊物上开辟了一些讨论，而《天涯》适时出现，为这些批判性的知识分子提供了一个尽情施展的舞台。

回顾一下《天涯》杂志1996年第一期改刊号上的作者名单，就很明确了。那真的是非常辉煌、豪华的作者阵容，他们是：史铁生、陈思和、韩少功、米兰·昆德拉、格非、蒋子龙……《天涯》杂志可谓一鸣惊人。

但是，如果《天涯》仅仅在“人文精神大讨论”这个层面上展开，就会只是一个过渡性的人文刊物，还没有自己更明确的定位与立场。现在来看《天涯》后来的一系列变化与发展，可以用得上一个流行的词——“与时俱进”。《天涯》很敏感地捕捉到了后来愈演愈烈的社会和思想剧变。

1997年前后，出现了所谓亚洲金融危机，其中受影响最大的是“亚洲四小龙”和日本。因为“亚洲四小龙”和日本是完全以城市化、现代化，也就是西方化、全球化为目标的，而且整个是在美国主导的所谓全球经济体系的扶助下发展起来的。当时，其繁荣一夜之间就如泡沫般爆裂了，这是什么原因？而且由于“亚洲四小龙”和日本离中国大陆非常近，一直是中国大陆学习的榜样，很多经验和模式都曾被搬到中国大陆来，就引起了格外的警醒。同时中国也从中得到一个教训，那就是大家意识到：实际上有很多东西，并不是你想追求，你就能够追求得到的，比如经济发展、繁荣富裕。它受很多因素制约，比如说国情。每个国家有每个国家不同的情况，比如说在美国以及西方一些国家，它们现代化的前提就和我们不一样，它们先行一步，首先是能源，它们就有优势，它们已经把全世界的资源基地瓜分了，像石油、天然气什么，它们抢先占了；其次是关于人口的压力，它们通过开发所谓新大陆，殖民主义，已经成功转嫁危机了，过剩的人口也向外转移了——从欧洲向美洲、大洋洲转移，而美国，本身是一个新大陆，它没有那些人口问题。但亚洲不一样，亚洲国家没有办法转移这些问题。也就是说，你没有办法学习西方的现代化道路，历史背景都完全不一样了。应该说，亚洲金融危机对中国产生了非常深刻的影响，它使很多人意识到，以前的目标是有问题的。于是一切归结到一点：具体到中国的国情，如果中国也想现代化，那么中国到底应该走怎样的一条道路？面对这一问题，知识分子的争论更加深入。而且是，在人文精神大讨论引发知识分子分化后，关于这一重大问题的讨论，导致批判性知识分子内部也产生了进一步的分化，我称之为“批判知识分子的左右分化”，一部分知识分子坚持还是应该以西方为主导，对内倡导诸如自由、民主、法制、宪政等观念，来取代旧的意识形态与体制，对外则继续开放、彻底走市场经济之路。他们认为中国出现的问题就是因为学西方学得还不够，还不彻底，受到了原有意识形态和体制的阻挠，以致“四不像”。所以要一切以西方为标准，建立“真正的市场经济与资本主义”，而不是亚洲四小龙那样的“四不像”的市场经济与资本主义，完完全全融入美国主导的所谓世界文明体系。他们还对所谓“亚洲价值观”进行了批判；另一部分知识分子则指出模拟复制欧美式现代化道路的不可能，历史事实已经证明此路不通，亚洲金融危机就是证据。而发达的欧美国家出于自己的利益考量，也不愿看到一个强大富裕的中国崛起，来分它们在全球资本主义体系中赚取的红利。所以，中国应根据自己的国情，摸索适合中国国情的现代化道路。不管是从左的方面还是从右的方面，知识分子都试图就新的问题和情况，提出自己的一系列解决中国现代化之路的方案。

这个阶段，我个人称之为对自改革开放以来坚定不移的“改革开放路线”进行反省、思索、讨论的“总体性反思阶段”。我认为到了这个时候，中国社会开始进入了一个全面的全方位的反思阶段，当然，其原因也是中国的改革开放到了一个关键的转折点，各种新的情况出现了，各种原来潜伏累积的问题暴露了。

于是，继从文学界、文化界开始的，就信仰啊、道德价值啊等展开的“人文精神大讨论”后，社会问题的讨论开始深入经济、法律、政治等各个领域各个方面，一些经济学家、法律学家、社会学家等也开始介入，如当时的胡鞍钢、崔之元、王绍光、黄平、秦晖、梁治平、朱苏力、韩德强、卢周来、任剑涛等，还有一些敏感的人文综合性知识分子如汪晖、李陀、徐友渔、王小东、萧功秦、南帆、韩毓海、旷新年等，以及原来在人文精神讨论中活跃的王晓明、朱学勤、韩少功等也加入进来。这个“总体性反思与争论”的阶段，后来被一些人称为“新左派和自由主义的讨论”，其实质，就是围绕着“在新的情况下，中国究竟应该走一条什么样的现代化道路”这个问题而展开的。《天涯》杂志由于原来就囊括了左的和右的所谓批判性知识分子，得以全面发动、介入、参与这次讨论。对于这次讨论，我个人的看法是，它实际上是一次全方位各领域的全面大讨论。从《天涯》所刊登的众多文章总结概括来看，应有尽有。比如说关于信仰的问题，参与者有张志扬、北村等；关于西方中心论的反省，参与者有张宽、崔之元等；关于中西文化比较，参与者有李陀、张宽、李欧梵、李锐、冯骥才等；关于理想与世俗的冲突，参与者有韩少功、朱学勤、史铁生、陈村、张汝伦、蒋子丹等；关于土地与人民的关系，参与者有张承志、张炜；也有关于公共空间与作家写作个人化的关系，像周国平、于坚、南帆、余华、李皖、吴亮都参与了；也有关于经济发展与经济伦理之间的关系，当时的实业家像冯仑等他们都参与了。当时确实是一种比较全面的反思。

我现在个人回忆起当时发起这些讨论的初衷，根据我当时的观察和事后的总结回顾，我觉得在这个总体性反思中主要有三个比较突出的讨论：

第一个是“本土国情与什么样的发展观”的讨论。在当时强调经济发展至上、GDP至上这样一种社会氛围下，《天涯》杂志是比较早地提出“什么样的发展”这样一种概念的——我们需要什么样的发展？是可持续性的发展，还是仅仅以GDP为指标，破坏环境、破坏生态的发展？这个其实就是涉及本土国情的讨论。当时一些学者像黄平、秦晖、房宁、韩毓海、韩德强、卢周来等，他们都就这个问题在《天涯》上发表了很多文章。另外与之配合，《天涯》还介绍引进了国际上的一些思考和资料，像华勒斯坦、斯蒂格利茨等对这些问题的讨论。主张可持续性的发展，主张科学的发展观，探讨建设和谐社会的可能性。

第二个就是由汪晖的《当代中国的思想状况与现代性问题》（发表在《天涯》1997年第5期）而引发的“自由主义与新左派”的争论。当时参与者就非常多了。应该说这篇文章引发了中国思想界本身的一个分化。在20世纪80年代，几乎所有的知识分子的目标都是一致的，经济建设、思想解放……知识分子的想法也基本是统一的，可以说是“人同此心”啊。但到了这个时候出现了分化。对中国的道路究竟该往何处去，中国到底该怎么走，出现了一些争论。自由主义和新左派其实只是其中比较引人注目的两种声音。这次争论把几乎所有具有或自认具有批判性的知识分子全部卷进来了，都参与了这个讨论。当然争论的场地不限于《天涯》杂志，但《天涯》无疑是这次争论的主战场，他们在《天涯》上发表了大量相关的文章。而当时还有一些其他的新的主张，比如说保守主义、民族主义等，也在《天涯》上亮相。

第三个比较突出的讨论就是有关生态问题的讨论。在 2000 年第 1 期，《天涯》发表了一篇叫作《南山纪要：我们为什么谈环境—生态？》的文章。后来反响特别大。这实际是《天涯》发起的一个讨论环境—生态问题的会议记录整理。当时很多的学者和作家，像李陀、黄平、韩少功、陈思和、王晓明、南帆、耿占春、苏童、格非等都参加了会议的讨论，其中一个基本的观点就是环境—生态问题不仅仅是一个环境—生态问题，也不是一个简单的科学技术问题，而是一个社会、政治、文化的综合性问题，其实质是公平公正问题，一些人享受生态环境破坏的好处，另一些人则承担代价。这个讨论纪要发表后反响特别大，迄今为止已经被翻译成七八种文字。直到前年，像《自然之友》这样的杂志还把它拿出来重登。

在这个阶段的反思，还都是一种总体性的、宏观性的反思。配合这种反思，当时在韩少功的提议下，《天涯》杂志推出了“特别报道”这样一个栏目。比如《亚洲经济泡沫的破灭》这篇文章，实际上就是韩少功本人写的，将亚洲金融危机发生的前前后后、来龙去脉做了一个深入的分析报道；另外像《中国：入关不入套》，应该说是中国最早公开发表的对于中国要不要加入WTO的一个质疑，这篇文章当时实际上是韩德强写的，但是当时在那种情况下，没有使用真名，用的是化名，叫“绍人”。这篇文章最早是在网络上发表的，引起了极大反响。因为在当时的情况下，无论是中央还是地方，在社会精英抑或普通百姓中间，都认为中国一加入WTO，就相当于马上进入“发达国家”行列了，可以说是全民欢庆，万众欢呼，在这个时候对于加入WTO提出疑问，是非常罕见，也需要相当勇气的，这也算是“特别报道”。这些“特别报道”，都是配合总体性反思的，以一种不那么理论化的、相对活泼的、可读性较强的形式，来进行一种思考，并具有启迪他人与民众的作用。

在总体性反思达到一定程度后，学术思想界敏锐的部分人士就开始进入对一些具体问题的具体分析和深入研究了。而恰好，这时就出现了一个“三农”问题。

正好就是2000年前后，总体性的反思阶段进行得差不多了，面临一个突破。而《天涯》杂志与《读书》杂志几乎同时，“发现”了一个叫温铁军的学者。温铁军是一个“三农”问题专家，但很长一段时间不太敢出来公开发言，因为上上下下都在提倡“城市化”“现代化”“全球化”。若突然揭开真相说中国还有八亿农民，还有百分之七十的广大农村，那不是相当于揭自己的“家丑”吗？温铁军当时只是偶尔在一些小会议上讲讲话，在很专业的网络发点文章，而几乎就在同时，先是《读书》杂志发表了他的后来引起强烈反响的《"三农"问题：世纪末的反思》，接着，《天涯》发表了他的《中国的人民的现代化》。温铁军其实不过指出了一个根本的事实：中国还是一个农民占主体的国家，农业是中国的软肋，制约着中国的发展，农村是中国的基础，"三农"问题是中国的基本问题，而这些，是中国的基本国情。他还认为：中国的现代化不是少数人的现代化，不是个别人的现代化，是人民的现代化，是整个中国的、人民的、大众的现代化。

我个人觉得，在总体性反思之后，在自由主义与新左派的争论之后，在知识界高谈主义、陷入名词游戏之时，一个具体的问题生生地切进来了，这就是"三农"问题。"三农"问题一下子激发了兴奋与思考，中国知识界也得以走出主义的圈套与误区，开始贴近现实、贴近生活、贴近国土。"三农"问题开始，知识界的很多讨论开始进入了一种具体的、微观的问题的讨论，甚至开始进入了日常生活层面的讨论。

而《天涯》也一下子就抓住了这个契机。《天涯》这本杂志，一直有自己的目标或者说是主导，就是一定要有"问题意识"，就是说不要局限于"主义"的讨论，还要进入具体的"问题"。这也一直是《天涯》编辑部的一个共识——问题与主义并重。光谈主义，没有问题，很可能流于空洞，比如说有一些杂志，几乎变成了西方学术的中转站，内容空泛，热衷于介绍美国啊、法国啊的一些情况，反而漠视中国自己的现实，跟中国读者隔得很远，当然他们的理论可能也是新鲜的，但是仅仅局限于一些理论的介绍，那就可能走向空谈主义。还有一些杂志，注重具体问题，但缺乏大的宏观的主义的观照，就变成专谈问题，没有主义，过于琐碎化、专业化，或者成了国策的、具体的战略探讨，没有广大的人文关怀，不能深入更多人的心里。而《天涯》对这些处理、把握得比较好。

从“三农”问题开始,《天涯》将具体问题深化下去。比如当时曹锦清的分析纪录国情尤其是“三农”问题的著作《黄河边的中国》刚出来,《天涯》就马上组织讨论。曹锦清说：你要了解中国，你就必须要了解黄河，因为黄河是中国的发源地，是农业的发源地，黄河流域是中国最贫困的、矛盾最深、冲突最多的一个地方。《天涯》当时将《黄河边的中国》做了专题讨论，在国内的刊物也是第一家，韩德强、温铁军、房宁等都参与了讨论。后来，随着“三农”问题进一步深入,《天涯》又将这一问题延伸到“三农”理论中被忽略了的文化问题。确实，在人们讨论“三农”问题的时候，更多的是关注经济问题、社会问题，而农民作为主体，或者说是农民的“文化”问题被忽略了。2003年，人文学者王晓明到一些乡村去考察时注意到了这个问题，就是乡村本土文化建设被忽视，农民被客体化，农民作为主体本身的文化被忽视。人们总以为，农村的经济问题解决了，“三农”问题就解决了，但实际上没有那么简单，农民的精神生活、文化生活，都没有得到过应有的重视。这个讨论很快引起反响，吴重庆、薛毅、周立、石勇、梁卫星等都参与了讨论。而有意思的是，这次讨论的参与者不全是学者，还有一些现在就生活在乡村的人，比如梁卫星，他就是湖北的一个乡村老师，他也注意到了这个问题。湖北这个地方，是农村问题比较多的，出了像李昌平这样的人。还有一些观点也很有意思，比如像吴重庆，他主张挖掘乡村传统的“儒学资源”来重建乡村文化。这个讨论进行了一段时间，很巧合地，最近上面提出了一个“新农村文化建设”的问题，而《天涯》起码早了四五年时间就已经讨论。

应该说，就是从“三农”问题开始，《天涯》开始从宏观整体性的讨论进入了一些微观的、具体的问题的讨论。这里列举一下，有韩德强等关于西部大开发的讨论；潘维关于具体的民主制度的设计；郎咸平关于国有企业资产流失的调查报告，这篇文章很多人可能没有特别留意，是《天涯》2002 年第 1 期发的，题目叫作《教会、股份制及监管》，是揭露号称中国最大最强的“庄家”德隆集团的，这是郎咸平先生在国内人文刊物发表的第一篇文章；还有王晓明的《九十年代与“新意识形态”》，揭露并分析批判 20 世纪 90 年代以来新出现的市场意识形态，这个工作他现在还在做，并延伸到广告业、房地产业；还有孙立平《1990 年代以来社会分层的三大趋势——答友人问》，关注中国社会分层的调查与思考，孙立平是一个起始者……这些具体问题，《天涯》也没有触及一下就算了，很多讨论还在继续下去、深入下去。

其中最典型的一个就是“生态问题”，前面说了，《天涯》发起过一次环境—生态问题讨论，推出过一个《南山纪要：我们为什么要谈环境—生态？》，在知识界引起很大反响。但《天涯》并不就此罢休，在国内一些环保组织发起“保护虎跳峡”运动时，《天涯》立即做出反应，全文发表了他们号召签名的呼吁书，《天涯》是当时唯一全文刊登这份呼吁书的期刊。这其实就是《天涯》自对“生态问题”的宏观反思之后，进入到具体的一些行动的表现。接着，《天涯》到了最近，又和“自然之友”等联合发起了“自然生活与思想”的征文，希望在全社会推广一种自然的生活观念和生活方式。我们认为，这样的工作只要坚持下去，迟早会取得一些成效，比如在自然之友等环保组织长期坚持不懈的努力下，北京等地的宾馆里已经不再主动提供洗涤剂，除非你需要时才会给你，确实一般宾馆里的洗涤剂、洗涤用品都给浪费掉了。还有比如室内温度，专家研究出 26 摄氏度是人体最适应的温度．而且空调 26 度时是最省电的，现在很多宾馆也都将空调的温度固定在 26 度……这些情况的出现，应该说与环保组织做的大量工作有关。从支持“保护虎跳峡”运动到“自然生活与思想”写作征文，其实都是《天涯》对生态环境问题讨论的继续深入与具体参与。

因此可以说，《天涯》十年，其实也经历了一个从宏观到微观、从总体性反思到具体问题讨论的过程，但其基本的立场始终没有变化，那就是它在改刊之时确定的“道义感，人民性与创造力”，以及后来又提出过的一个基本类似的主张——立国、立人、立心。

文学艺术：边缘底层的立场

关于《天涯》的文学，学者张新颖有一段话概括得很好，他说："文学是一个制度化的过程，在这个制度化的过程当中，伴随的是不断地排斥，就好像我开始接受到很多东西，但是后来有个人告诉我说那些不是文学，于是我就把它排斥掉了；然后再过一段时间，又有人告诉我什么什么又不是文学。比如说我小时候听老人讲故事，后来到我学文学的时候，就知道这个是故事，而不是文学。然后慢慢地排斥到最后，终于形成了一个越来越封闭、越来越孤立的一个圈子，这样的一个东西我们把它叫作文学。当然我们可以把这个圈子说得好听一些，比如说随着它越来越孤立，它越来越'上升'了，就是说它越来越'高'了。但我有时候想，如果文学不是一门'上升'的艺术，如果文学是一门'下降'的艺术，那么它会怎么样？文学在'上升'的过程中，获得了很多的技巧、很多的意识、很多很精致的东西，但是它丧失的是什么？那样一个很广阔的、那样一个很基础的、那样一个在我们的文学教育中不断被排斥掉的东西，真的是没有用的东西吗？那样一个东西真的是和我们的文学没有关系的东西吗？所以说我觉得，像'民间语文''作家立场'这样的栏目的设立，不应该说是在文学这个门类之外又有了一个其他类型的栏目，不必说它是一个另外的东西，我觉得这个东西它就是文学，就是一个本来不应该被我们关到文学的大门之外的东西。"

也是因为这个原因，张新颖在编辑年度最佳散文选本时，经常把《天涯》“民间语文”栏目里的日记或者书信之类直接选进去。而这个，也应该说是《天涯》最初开辟“民间语文”栏目的初衷，那就是把那些鲜活的、质朴的老百姓带有文学创作色彩的文本保留下来，我个人称之为“反文学、反纯文学之道而行之”的文学创作，张新颖则称之为“下降”的文学，“下降”到更广阔的地面上，而不是老悬在半空中的文学，同时，它也引导作家与更广大的社会、生活、民众建构一种关系。确实，老百姓的书信、日记、检讨书、口头禅、公文、检举信，甚至判决书里，其实都蕴藏着老百姓的语言智慧、反映着他们活生生的现实与生存状态。是文学取之不尽用之不竭的深厚的土壤与基础。《天涯》正是以这样一种边缘的底层的立场来坚持自己的文学之道。按韩少功、蒋子丹他们最初的说法，就是要让作家走向社会现实，让普通百姓走向文学。

基于这样的文学立场，《天涯》在它的各个栏目板块中经常互相呼应，比如在“作家立场”，经常组织一些作家对现实问题、社会问题及公共话题的讨论，比如反省所谓纯文学、反省个人化写作、呼吁重建公共性、重建文学与社会现实生活之间的关系等，《天涯》曾经发起过一个“作家和世界”的讨论，发表了五位诺贝尔文学奖获得者格拉斯、萨拉马戈、希尼、戈迪默、奈保尔等关于当时世界形势的现场争论，同时还发表了诗人北岛的随笔《午夜之门》，写北岛参加一个国际作家声援考察团，到达巴勒斯坦，在枪林弹雨的恐怖氛围中，会见阿拉法特，对第三世界表示道义上的支持，还有作家张承志关于反对当时所谓“恐怖主义”这种说法的短文……这个专题一度反响强烈。

另外就是对“文化研究热”的引导。《天涯》最早对文化研究有过比较系统的介绍，由李陀主持，在《天涯》开辟过一个“媒体与大众化文化”专栏，这个专栏介绍过一些真正贴近现实的文化研究工作，包括英国、法国、美国的文化研究成果，把文学批评家的视野也引向更广阔的社会现实与生活。在这样一种思路下，《天涯》后来又相继发表了一些关于当代中国生活方式、文化现象与文化潮流的批判性的研究分析文章，如关于广告业、关于美容业以及所谓的木子美、超级女声、芙蓉姐姐等现象，为作家们提供了一个不同于主流思潮的批判性视角。

还有就是关注底层。《天涯》在文学界率先发起了“底层的表述”问题的讨论。并且从两个方面来引导社会关注：一是让年轻一代开始关注底层。很多 20 世纪七八十年代出生的年轻人，他们对底层的生活完全不了解。比如说《天涯》发表过一篇《一个上海白领的心里话》，这个最早是在网上的讨论，说的是一个上海白领以前一个月的工资是 8000 块钱，到哪里都坐飞机，而且他一直生活在上海，出入的都是宾馆酒吧。在他的视野里，看不到穷人，所以他认为这个世界上没有穷人，直到有一天他出差到了一次陕西，才发现中国不仅仅是上海，中国原来还有陕西，还有黄土高原，他觉得很震惊，在网上发了这个帖子。从这个讨论开始,《天涯》发了一系列比较年轻的作者的文章，专题栏目叫作“一九七〇年代的底层经验”，谈这些年轻人到工厂、到乡村的一些观察、思考，引导年轻的一代关注底层；另外就是发起一个“关于底层的表述”的讨论，当时的初衷就是觉得中产阶级文学大行其道、铺天盖地，而作家作为社会的良心和灵魂的工程师，不能过于依强欺弱，不能过于恃强凌弱，作家就应该站在弱势者的立场、边缘者的立场，应该多关注底层。这场讨论吸引了众多作家、批评家参与，比如王晓明、刘旭、薛毅、陈燕谷、摩罗、刘继明、夏榆等，讨论关于底层的表述，如何表述底层；讨论“穷人恒穷”，为什么穷人永远是穷的。这个讨论后来又延伸到其他文学刊物，还在继续。

同时，在具体的文学作品上,《天涯》也倾向底层和边缘的作者。比如新疆青年作家刘亮程，很多年一直默默地在新疆的一个偏僻乡村写作，写了一系列散文《一个人的村庄》。在《天涯》以前所未有的版面推出，并配以著名作家史铁生、李陀、南帆、李锐等的评论文字。刘亮程的散文迅速被广泛转载，并进人大、中学教材。还有安徽马鞍山的青年诗人杨键，本身是一个下岗工人,《天涯》从 1996 年起持续地发表他的诗作，如今已具有广泛影响，被誉为“草根诗人”。

此外,《天涯》还注意为作家们提供一些另类的文学资源与思想资源，比如对甘地的介绍。以往文学界热衷于介绍西方的潮流，而对与国情相近的亚洲国家忽略不见,《天涯》刊登了甘地的随笔《真理静修院院规》之后，在文学界反响强烈，有作家甚至将这篇文章复印了几十份散发给朋友。基于同样的考虑，《天涯》也注重对传统资源的挖掘，比如重新刊登钱穆、章太炎等人的文章，启迪当下。

“艺术”栏目的做法与“文学”栏目有些类似。比如关注一些边缘的新的艺术力量，像贾樟柯，《天涯》就比较重点地介绍过这个导演。电影《小武》刚出来时，《天涯》就发表了相关评论，后来，又接二连三地发表了贾樟柯关于本人及其一些电影的介绍。还有国内的纪录片，由于纪录片一般都关注现实，与《天涯》的宗旨很接近，所以《天涯》几乎发表过国内大部分比较著名的纪录片导演和研究者的文章，像吴文光、吕新雨、张亚璇、温普宁、禹成明等。“艺术”栏目也发起过关于公共性与个人行为艺术的讨论，在艺术界颇有影响。

可以这么说，《天涯》在文学艺术界起到的作用，主要是一种精神的提升，而且是一种整体性的提升。为整体的文学艺术建设，提供了独特而重要的资源，是“立国、立人、立心”的一种“立”。

几点办刊心得

与国内众多的文学刊物比，《天涯》无疑是独树一帜的。就内容而言，《天涯》的包容性非常突出，信息量也非常大。《天涯》的包容性表现在两个方面：一是在坚持自己的办刊立场的同时，尽量做到兼容并蓄。比如一般人认为《天涯》是一个“新左派”刊物，但实际上，几乎大部分有影响的自由主义者都在《天涯》上发表过文章，而且不少是他们的代表性文章，比如秦晖、汪丁丁等，此外，保守主义的萧功秦、民族主义的王小东等，也都是《天涯》的作者。可以说，各种观点立场的作者和文章，《天涯》都一视同仁。《天涯》努力做的，就是提供一个公共的平台和讨论交流的场所；二是《天涯》的五大栏目“作家立场”“民间语文”“文学”“艺术”“研究与批评”的设置，使得《天涯》几乎包罗万象。此外在常设栏目如“作家立场”等五大栏目之外，还有不固定栏目如“特别报道”等，这样一来，几乎所有的人文门类都囊括其中，这就使得《天涯》能够涉及人文领域的所有方面，这样的雄心与气势，这样的广度与包容度，在中国应该说没有第二家。而且具体到其中的一些栏目，如“民间语文”，本身就包容性很强，既可以是历史资料，比如明清契约、“文革”日记等；也可以是现实内容，比如乡村中学志愿者书信、芙蓉姐姐网络自白等。

至于信息量，这是很多《天涯》读者对杂志最满意的地方。《天涯》每一期都讲究策划，绝不是干巴巴几篇文章一发就了事，而是经常在文章背后配发一些相关资料或文章，名曰“参考资料”“参证文本”，将具体文章所涉及的背景及与此文章相关的内容一起刊登，使读者对文章的写作动机及其针对性一目了然，同时也扩大了读者的视野，方便读者看出文章背后更多的内容，对此，不少读者称“受益匪浅”。此外，《天涯》还有一个小栏目“环球笔记”，这个栏目其实就是思想文学界信息的动态摘要，其涉猎面很广，文学艺术思想文化无所不包，一些非专业读者对思想文学界的了解与掌握都来自这个栏目，他们甚至对这个栏目产生了依赖心理，评价“一册《天涯》在手，基本上对当下的思想、文化、文学界的动态、研究、创作有了一个基本的了解、掌握”。而《天涯》也通过这个栏目，可以补充所刊登文章暂时未能涉及的内容，比如文化保守主义浮出水面后，《天涯》就接二连三地摘发了蒋庆、康晓光等人的言论，正好弥补了所缺。

而就形式而言，《天涯》也颇多创新：一是前面说的栏目设置，本身就打破了传统文学刊物按小说、散文、诗歌划分的惯例，一度在文学刊物中兴起一股模仿潮流；二是《天涯》支持和鼓励文体创新和文风变革，提倡自由的、活泼的文风，带头尝试“跨文体写作”，后来这也在文学界引领了风气；还有封面在国内率先采用牛皮纸设计，显得质朴、大方，也深具中国特色。

在《天涯》编辑部里，有一个不成文的要求：把每一期当创刊号来办。比如基本上每一期保证有一到两个亮点，这些亮点再逐渐深入，产生连锁效果，成为思想文学界的热点话题。当然，要做到这一点并不容易，按《天涯》同人的自我鼓励，就是要“敏感，因而敏锐；关心，所以关注”，只有对现实、社会与民众有真正的关心与敏感，才可能真正地知其所知，想其所想，忧其所忧，才会提出他们也关注与敏感的问题，我在回答一位记者的提问时，就提出“要带着问题意识办刊物”，而只有这样，所提出的问题和讨论才不流于空洞、无聊、狭隘，也因此，从这个意义上，诗人于坚称：“《天涯》是国内最具原创性的人文刊物之一。”当然，我们不会因此暗地里沾沾自喜，更多地，我们视之为鼓励，视之为还要继续努力与前进的动力。